USA Today Bestselling Author

DALE MAYER

Un Cadavre dans les Œillets

Jolis Jardins Maudits 3

Un cadavre dans les œillets : Jolis Jardins Maudits, tome 3
Beverly Dale Mayer
Valley Publishing Ltd.
Traduit de l'anglais par Emma Valieu et Valentin Translation.

ISBN-13 : 978-1-773366-23-4
Format Print

Résumé du livre

Du luxe à la misère… Le chaos s'apaise… Les crimes cessent… À moins que… ?

Après avoir été impliquée dans deux affaires de meurtres depuis qu'elle est revenue vivre, il y a peu, dans la ville pittoresque de Kelowna, après son divorce, la jardinière Doreen Montgomery a acquis une réputation à la hauteur de celle de sa grand-mère. Le seul moyen d'empêcher les gens de jaser, c'est de mener une vie paisible à la limite de l'ennui jusqu'à ce que les médias et les voisins finissent par l'oublier. C'est ce que compte faire Doreen en prévoyant une visite du célèbre jardin des œillets, à Kelowna. Des plantes, encore des plantes, personne n'y trouvera à redire.

Mais quand elle assiste à une dispute entre une belle jeune femme et son petit ami, elle ne peut s'empêcher d'être inquiète. Suffisamment pour suivre le couple sur le parking et dans la ville. Lorsqu'une fusillade interrompt l'après-midi placide, il est trop tard pour se demander comment son meilleur ennemi, le brigadier Mack Moreau, réagira en apprenant qu'elle est impliquée une fois de plus dans une autre de ses enquêtes.

Entre les nouveaux cadavres dans les œillets et les rebondissements dans une vieille affaire de disparition d'enfant, Doreen ne chôme pas, même si elle essaie tant bien que mal de cacher son implication à Nan, à Mack Moreau et surtout aux médias. Mais une certaine personne ne quitte pas Doreen des yeux… une personne qui ne peut pas se per-

mettre qu'elle découvre les réponses aux questions qu'elle
pose.

Inscrivez-vous ici pour être informés de toutes les nouveautés
de Dale !
https://geni.us/DaleNews

Chapitre 1

À Mission, Kelowna, Colombie-Britannique.
Mercredi, un jour après… sa dernière affaire.

DOREEN ETAIT ASSISE sur le canapé, les jambes repliées. Trois jours, c'était tout ce qu'elle avait désiré. Trois jours de paix et de calme. Était-ce dans les cartes ? Elle en doutait. Autant elle voulait désespérément s'éloigner des feux des projecteurs et se réjouir de la sérénité et de la tranquillité que procurait le fait de vivre dans la maison de Nan, autant elle avait l'estomac noué par un mauvais pressentiment.

Ses animaux étaient calmes – même Goliath, endormi à l'autre bout du canapé avec Mugs –, tous ses bébés à fourrure ou à plumes comprenant de façon évidente à quel point Doreen avait besoin de ça de leur part en ce moment. Thaddeus frotta son bec contre sa joue, puis ferma les yeux, content d'être simplement assis sur son épaule.

Malheureusement, elle ne trouva ni le calme ni la tranquillité en dehors de son foyer, pas depuis son réveil – mais la matinée était à peine avancée – et pas durant ces deux derniers jours, c'était certain. Les journalistes étaient encore à sa porte, même à cette heure. Les pigistes écrivaient toujours des articles sur la façon dont Doreen avait aidé à résoudre le cas de la mort de Betty Miles, survenue des décennies avant, et Nan et ses potes continuaient d'aimer être au centre de l'attention en accordant de nombreuses interviews, prétendument en son nom. Doreen avait affirmé à Nan que tout cela lui convenait très bien, simplement contente qu'elle ait trouvé quelque chose, autre que ses activités de pari illégales, pour apporter un peu d'excitation à sa vie.

En effet, elle rayonnait.

Mais pour sa part, Doreen voulait qu'on la laisse seule. À cette pensée, son téléphone s'alluma. Elle y jeta un coup d'œil et râla. Mais elle appuya tout de même sur la touche « Décrocher ».

— Vous avez intérêt à avoir une bonne raison de me déranger, Mack.

Elle glissa plus profondément sur le canapé jusqu'à ce que sa tête repose sur l'accoudoir. Thaddeus changea de position, mais refusa d'abandonner sa place sur son épaule.

— J'étais pratiquement certain qu'à cette heure-ci, vous seriez pleine de vie et au taquet, dit-il.

Elle pouvait déceler l'inquiétude dans sa voix et ne put que sourire.

— Je le suis, et en même temps, non. Avez-vous la moindre idée de la longueur de la file de journalistes devant ma porte ? Je sais que c'est une petite ville, mais il semblerait que les nouvelles se soient déversées à travers tout le pays.

— Vous êtes une célébrité, lança-t-il en riant. Mais non, ce n'est pas une position facile, ajouta-t-il d'une voix adoucie.

— Je n'ai tué personne, s'exclama-t-elle, se redressant sur son séant pour jeter un coup d'œil entre les rideaux. Pourquoi est-ce qu'ils me tourmentent ?

Thaddeus poussa un cri, lui jeta un regard écoeuré

puisqu'elle le dérangeait durant sa sieste sur son épaule, sauta sur le dos du canapé, puis vagabonda quelques pas et entreprit de fermer de nouveau les yeux.

— C'est comme si tout le monde pensait que j'étais celle qui avait mal agi, dit-elle en tendant le bras pour caresser Mugs puis passer ses doigts sur le dos de Goliath.

— Vous vous souvenez de la fois dernière ? demanda-t-il. Ça finira par se calmer, là aussi.

— Bien sûr, mais chaque fois que je découvre un nouveau corps, s'exaspéra-t-elle, ils me regardent comme si j'avais quelque chose à voir dans l'histoire.

— Pas que vous ayez quoi que ce soit à voir dans ce qui engendre des cadavres, corrigea-t-il, son humour léger glissant sur sa voix, mais que votre arrivée ait précipité tout ça. Ou peut-être avez-vous une sorte d'habilité psychique. Ce n'est pas le cas, si ? demanda-t-il, une note curieuse dans la voix, ce qui la fit glousser.

— Je crois que, depuis le temps, vous comme moi le saurions si ça l'était.

— Eh bien, vous avez besoin de quelque chose pour vous remonter le moral.

— Qu'avez-vous pour moi ?

Elle se leva et s'approcha pour regarder à travers la fenêtre ronde de la porte d'entrée. Instantanément, les flashs des appareils photo se déclenchèrent. Elle recula et se dirigea vers la cuisine.

— Avez-vous un puzzle sympa sur lequel me faire plancher ?

— Vous voulez dire une nouvelle affaire ?

— Ça me sortirait de ce bazar. (Son ton devint rusé.) Vous savez comme j'aime un bon puzzle.

— Vous pourriez vous mettre aux vrais puzzles,

s'exclama-t-il. C'est un passe-temps bien plus sûr.

— Les puzzles meurtriers sont plus amusants, gloussa-t-elle, sachant qu'il détesterait sa réponse.

— Et bien plus dangereux, répondit-il sèchement. Vous auriez pu être tuée la dernière fois.

Elle haussa les épaules.

— Vous vivez, vous mourez. Au moins, j'aurai fait quelque chose que je souhaitais.

— Résoudre des affaires classées ?

Elle eut un rictus en décelant l'hésitation dans sa voix.

— Vous en avez une autre sous le coude, pas vrai ?

Silence.

Pour la première fois depuis qu'elle s'était réveillée avant l'aube aujourd'hui, son ennui et la sensation d'un nuage noir suspendu au-dessus d'elle s'étaient presque envolés.

— Ce n'est pas ma faute si cette ville est un repaire d'iniquité, déclara-t-elle. Pensez simplement à toute la méchanceté cachée ici depuis si longtemps. (Elle pouvait ressentir ce même sentiment d'excitation déferler en elle quand elle plongeait dans l'une des affaires sans suite de Mack.) Allez-vous me parler des détails ?

— Non, lâcha-t-il, sans une hésitation dans la voix cette fois.

— Et pourquoi pas ?

Elle attendit. S'il voulait jouer la carte de l'attentisme, ce n'était pas un problème. Elle pouvait en user aussi.

— Ce n'est pas vraiment une priorité, finit-il par préciser.

— Peut-être pas pour vous, reprit-elle. Les affaires classées *sont* une priorité pour les familles.

— Je n'ai pas dit qu'il était question d'un homicide.

— Ça pourrait même être mieux, rebondit-elle. Au

moins je n'aurais pas à trébucher une nouvelle fois sur des cadavres, enfin pas tout de suite.

— Cela me conviendrait parfaitement si vous ne trébuchiez pas davantage, *à chaque fois*, argua-t-il.

— Ça me va, enchérit-elle. Je suis d'accord pour ne plus jamais trouver de dépouilles.

— De plus, ce n'est pas une affaire classée dont je voulais vous parler. J'y penserai la prochaine fois.

— Mince. (Elle poussa un lourd soupir.) C'est à quel propos alors ?

— Je discutais avec le conseil municipal. Ils souhaitent refaire le grand panneau avec le jardin, quand on entre à la frontière de la ville. Vous savez, le « Bienvenue à Kelowna » entouré de parterres de fleurs.

— Oui, majoritairement des bégonias je crois, confirma-t-elle. Au moins l'un des cercles autour du panneau est composé de bégonias.

— Beurk, lança-t-il. Je serais content de ne plus en voir avant un moment.

Elle acquiesça.

— Ils sont sympas à entretenir et ils ne poussent pas trop sauvagement en extérieur, alors ils n'ont pas besoin d'une tonne d'entretien. Ils sont idéaux pour les grands jardins et constituent de chouettes décorations pour les bordures ou les caveaux.

Au mot « caveau », elle grimaça.

Il rit.

— Je constate que vous avoir dans les parages est un rappel constant pour les choses mortes et tout ce qui y est associé.

— Peut-être. Et à propos du conseil municipal. Vous leur parliez de quoi ? (Son esprit eut un sursaut d'intérêt pour son compte en banque constamment en baisse et elle se sentit profondément inquiète à ce sujet.) J'espère que c'est important. Et si ça implique de l'argent à mon intention, la réponse est oui.

— Vous ne savez même pas ce que ça pourrait induire, s'amusa-t-il.

— Ça n'a pas d'importance, répondit-elle. Je suis presque à court de l'argent trouvé dans les poches des vêtements que Nan ne porte plus, que je trie avant de les donner ou de tenter de les revendre. Ce qui signifie que je vais piocher dans les petites économies que je possède.

— Et les travaux de jardinage que vous avez réalisés chez ma mère ? Ce serait un emploi régulier, si vous êtes d'accord.

— Je suis absolument d'accord, annonça-t-elle. Ce que vous me paierez mettra de la nourriture sur ma table.

— En parlant de nourriture, rebondit-il, avez-vous allumé la nouvelle cuisinière ?

Elle pivota et sortit de la cuisine.

— Quelle cuisinière ?

Il soupira.

— Celle que vous avez payée cent dollars et que nous avons branchée. Beaucoup de personnes se sont donné du mal pour s'assurer que vous ayez un appareil pour faire à manger en toute sécurité.

— C'est ça le truc, ironisa-t-elle. « Faire à manger ».

— Je vais vous dire… Et si ce dimanche, j'amenais les ingrédients pour un truc simple au petit-déjeuner ou au déjeuner, et que je vous montrais comment le préparer ?

— Simple, ce serait genre des œufs, imagina-t-elle, et je doute fortement que vous désiriez ça pour déjeuner, je me trompe ?

— Pas un problème pour moi. J'aime les œufs à toute

heure, indiqua-t-il. Vous ne savez pas les cuire ?

Elle éloigna le téléphone de son oreille afin de pouvoir observer l'écran noir.

— D'accord, d'accord, d'accord, protesta-t-il. Ne me regardez pas comme ça.

— Comment saviez-vous que je vous regardais ? s'étonna-t-elle.

— Je pouvais l'entendre dans le silence pesant au bout du fil, justifia-t-il sans rire. Et les œufs, c'est facile. Si on faisait une omelette ? C'est un peu plus consistant que de simples œufs.

L'esprit de Doreen se remémore les omelettes onctueuses et légères que son chef lui concoctait.

— Avec des épinards, du caviar et du gruyère ?

Mack répondit de nouveau avec son mutisme gênant.

— Oh, d'accord ! Alors, que contient votre omelette normalement ? s'intéressa-t-elle.

— Eh bien, les épinards sont un ingrédient potentiel, dit-il, mais sinon, tout ce que j'ai sous la main. Comme du bacon, du jambon, un reste de viande. Vous pouvez y mettre des légumes si vous le voulez. (Son ton suggérait qu'il ne voyait vraiment pas le problème.) La viande et les œufs font un combo parfait… en plus du fromage.

— Je vois. Les omelettes au jambon et au fromage sont bonnes également, déclara-t-elle. On peut ajouter des champignons ?

— Bien sûr, approuva-t-il. On peut faire revenir quelques champignons. Alors, vous êtes partante pour un cours de cuisine ?

— Oui, prononça-t-elle lentement.

Mais elle devait lui demander quelque chose, et c'était un peu embarrassant.

— Parlez franchement, intima-t-il avec un interminable soupir, un tic qui n'appartenait qu'à lui.

Comme s'il savait qu'elle faisait tout un plat de ce rien, mais qu'elle avait besoin de l'exprimer.

— Je devrai vous payer pour ça ? s'inquiéta-t-elle tout de go.

Il rit.

— Non, vous n'allez pas me payer pour un cours de cuisine. Pas avec de l'argent, pas en faisant du jardinage, pas en faisant du troc ni d'une autre façon.

Elle esquissa un grand sourire.

— Dans ce cas, j'ai hâte de suivre ma leçon de cuisine numéro un. Les omelettes.

— J'apporterai les ingrédients. Vous mettrez à l'écrit tout ce que je ferai, d'accord ?

— D'accord !

— Et mardi, vous reproduirez le menu, toute seule, ajouta-t-il. Vous prendrez une photo et m'enverrez le résultat final ; je pourrai voir comment vous vous en êtes sortie.

Elle gloussa.

— Probablement mieux si vous revenez et me regardez faire pour la seconde fois, et ensuite vous pourrez goûter le résultat.

— Vendu, valida-t-il.

Elle fronça les sourcils, suspicieuse, se demandant s'il n'avait pas prévu ça en premier lieu.

— Alors vous devrez amener les ingrédients pour deux repas, rebondit-elle rapidement.

Il hurla de rire.

— Vous voulez que je vous dise ? Vous ne savez peut-être pas cuisiner, mais vous avez une sacrée aptitude à négocier.

Et sur ce, il raccrocha.

Elle se sourit à elle-même, jusqu'à ce qu'elle se rende compte qu'il ne lui avait pas tout expliqué au sujet du panneau de bienvenue de la ville, ou de celui de l'affaire classée. Elle le rappela, mais il ne décrocha pas. Alors elle lui envoya un SMS. **Et à propos de la ville ?**

Il lui envoya une carte et un document en réponse. **Ils cherchent des suggestions quant à ce qui peut être mis dans ces deux parterres.**

Elle marcha jusqu'à son ordinateur, l'alluma, puis y transféra l'image et le PDF depuis son téléphone. Il y avait un panneau « Bienvenue à Kelowna ». Elle pouvait voir les plantations arrivées à maturité tout autour. Et les parterres indiqués se trouvaient de chaque côté de l'écriteau. **Des suggestions pour quoi ?**

Les types de fleurs, pourquoi ces fleurs, l'argent, l'estimation du coût.

Je n'ai aucune idée du coût, tapa-t-elle. **Et même si je leur suggérais ce que je ferais, quel rapport avec tout le reste ?**

Ils souhaitent organiser des enchères. L'enchère gagnante décroche le boulot et l'argent.

Elle se requinqua lorsqu'elle lut ça. Ensuite, elle ouvrit le PDF et parcourut le document d'une page. **D'accord, mais ça dit d'envoyer les propositions avant minuit, demain soir.**

Oui, répondit-il. **C'est pour ça que je vous ai appelée si tôt ce matin. Alors, au boulot.**

Chapitre 2

S E METTRE AU boulot était compliqué. Doreen se trouvait dans la troisième serre du coin, se renseignant sur les prix des plantes vivaces, Mugs marchant sagement à ses côtés. Elle avait toutes sortes d'idées, allant des *aeschynanthus* aux œillets. Elle se disait que les œillets seraient splendides. Mais pour obtenir la couleur qu'elle souhaitait au prix de gros, ça allait coincer.

Jusqu'à présent, aucune des personnes à qui elle avait parlé n'avait été intéressée par une vente en gros. Elle savait que quelque part dans la région d'Okanagan, elle pouvait conclure ce genre de deal, mais elle n'avait pas très bien réussi à localiser l'endroit. Elle se demandait si elle pourrait placer une enchère afin d'effectuer le travail et faire payer à la ville le coût des fleurs. Certainement que les jardiniers de la munici-palité avaient accès à des plantes qu'elle ne connaissait même pas *et cela* au prix de gros.

Cela avait du sens pour elle, mais elle ignorait si c'était la procédure classique ou, dans le cas contraire, si la municipali-té accepterait. Cependant, elle pouvait tenter. Mais, pour le moment, elle était à court d'idées quant à ce qu'elle pouvait composer et où. Elle adorait l'idée des roses, mais cela exigeait du boulot. Pour ce qui était des œillets – mais pas ceux à longues tiges cependant –, elle pouvait les disposer en plusieurs couches. Des grands au centre, puis des plus petits au fur et à mesure qu'ils approchaient du bord. Ça pourrait vraiment avoir l'air chouette.

Ces idées bourdonnant dans sa tête, elle flâna dans la serre, prenant quelques notes. Quand quelqu'un l'appela par son prénom, elle se retourna sans réfléchir et le flash d'un appareil photo s'enclencha devant son visage. Elle grogna.

— Arrêtez de faire ça !

— Vous êtes une célébrité dans cette ville.

L'homme se retourna et s'éloigna en gloussant.

Elle soupira et se glissa par la portière de son véhicule, Mugs à ses côtés. Elle resta là, assise dans sa voiture, un moment.

D'une manière ou d'une autre, elle n'avait pas associé le fait de sortir de la maison avec celui d'effectuer son premier pas devant les yeux du public, après les dernières nouvelles tombées sur Betty Miles. Doreen avait été tellement concentrée sur l'envie de s'enfuir de chez elle qu'elle avait oublié ce à quoi elle échappait. Mais sa sortie avait mieux fonctionné qu'elle l'aurait cru. Elle avait forcé la foule de journalistes à se disperser pour la laisser s'en aller, et elle ne reviendrait pas tant qu'elle ne serait pas complètement satisfaite et prête.

Puisqu'elle était assise dans sa voiture, elle regarda un vieux couple se quereller pas loin, debout à côté d'un autre véhicule garé. Ils avaient l'air si à l'aise, comme si ces calmes complaintes avaient été émises des tas de fois auparavant. Lorsqu'ils entrèrent enfin dans leur automobile et s'éloignèrent, elle voulut rire et pleurer.

Un gros engin la fit se tourner pour regarder et voir une jeune femme arriver dans une Mini Cooper rouge fantaisiste.

D'ailleurs, que pouvait-il bien y avoir de *mini* dans le nouveau modèle, elle n'arrivait pas à savoir ? Elle paraissait plus imposante que sa Honda. Elle observa la femme sortir, parfaitement coiffée de la racine aux pointes. Doreen reconnut tout le travail effectué dans ce look, même si elle n'avait absolument plus aucun intérêt à ressembler à ça.

Elle étudia ses ongles coupés ras. Ils étaient propres, mais ses doigts montraient les ravages du jardinage, sans plus de manucure chaque semaine ou de bains spéciaux pour ongles, histoire de garder ses mains parfaites. Juste un boulot sain en plein air dans la gloire de mère Nature. Pourtant, Doreen avait besoin de trouver une bonne crème hydratante. Alors qu'elle jetait un nouveau coup d'œil à la jardinerie, elle se demanda s'ils vendaient de la crème pour les mains sollicitées, comme celles des jardiniers professionnels. Elle avait dépassé le seuil de la simple lotion fantaisiste désormais. Mais les paysagistes de son ancien foyer disposaient de petits pots verts qu'ils utilisaient tous les jours. Une pharmacie serait la meilleure option et la moins chère.

Puis elle pensa à faire un autre arrêt, mais décida qu'elle allait tout de même vérifier ici. Elle bondit hors de la voiture, saisit la laisse de Mugs et fila tout droit vers le coin le plus éloigné contenant le mur d'étagères pour tout ce qui était associé au jardinage. Bien sûr, les crèmes pour les mains étaient sur un étalage en forme de triangle.

Alors qu'elle étudiait les différents choix, elle pouvait entendre quelqu'un parler dans le fond.

Un homme exhorta d'un ton désagréable :

— Après ce que tu as fait, tu feras maintenant ce que je te demanderai.

Doreen se raidit. Mugs se décala près de ses talons, tirant sur sa laisse pour renifler les fleurs dans l'allée d'à côté. Elle regarda avec précaution vers sa gauche, mais ne remarqua personne. Elle observa vers sa droite, près du stand de crèmes pour les mains, et aperçut deux personnes près d'un autre coin. L'homme était grand – un mètre quatre-vingts, peut-être deux –, baissant les yeux vers la divine blonde que Doreen avait vue sortir de sa voiture un peu plus tôt. Mais, au lieu d'être intimidée, la blonde lui en mettait plein la figure, et, d'une voix dure, lui dit :

— Eh bien, avec ou sans moi pour te soutenir dans ta décision, tu finiras planté dans les pâquerettes. Pas *moi*.

Énervée, la blonde se retourna et s'éloigna à grands pas.

Doreen essaya de ne pas se trouver sur son chemin, mais la blonde percuta son épaule délibérément. L'air fut expulsé de la poitrine de Doreen dans un *humpf!* Mugs aboya bruyamment, se rapprochant de la blonde.

Celle-ci se retourna, dévisagea Doreen et lança sans ménagement :

— Mêle-toi de tes foutues affaires. Et tiens ce clébard rondouillard loin de moi.

— Je n'ai pas prononcé un mot ! se défendit Doreen. (Puis, incapable de s'en empêcher, elle ajouta sèchement :) Et il n'est pas rondouillard !

Au même moment, l'homme s'approcha, et, surplombant Doreen, enchérit en ricanant :

— Si, il est gros. Et tu ne diras pas un mot, n'est-ce pas ?

Elle leva les yeux vers lui.

— Vous pouvez aller assassiner et mettre en terre tous les gens que vous voulez. Mais laissez-moi en dehors de ça. Et arrêtez d'insulter mon chien.

Il s'esclaffa.

— Ouah ! T'en as de l'imagination, hein ?

Mais elle pouvait lire l'inquiétude dans ses yeux. Il s'en

alla, mais pas avant qu'elle ne se saisisse de son téléphone pour prendre une photo de son profil tandis qu'il tournait dans un angle. C'était probablement un cliché naze, mais peut-être que quelqu'un pourrait trouver qui il était, au besoin.

Avec sa crème dans la main, elle se dirigea vers la longue file du comptoir principal. Elle observa la blonde devant elle franchir la ligne, comme si elle ne voulait pas s'embêter à attendre et, d'une démarche pressée, aller vers les portes d'entrée.

Doreen posa l'article sur le comptoir, se précipita dehors et, avec son téléphone, immortalisa le visage de la femme. Comme elle marchait vers sa voiture, Doreen fit de même avec la Mini. Elle devenait sacrément douée pour se servir de son mobile à hauteur de hanche afin de prendre des photos en douce. Elle était quasi sûre que Mack ne serait pas ravi de la voir faire. Ni les gens qu'elle avait shootés. Mais il semblerait que tout le monde balançait ses appareils photo devant elle. Alors, quoi ?

Elle se demanda s'il était prudent de suivre cette femme. Mais c'était un acte idiot. Elle avait été témoin d'une querelle entre deux personnes qui avaient proféré de vaines menaces. Rien à voir avec elle. Et pas vraiment une situation où la vie était menacée. Elle devrait juste s'occuper de ses propres affaires…

Jusqu'à ce qu'elle distingue la grande brute sauter dans un énorme fourgon noir et s'éloigner brutalement derrière la Mini.

Doreen mâchouilla sa lèvre inférieure, indécise, n'appréciant pas le grondement menaçant du moteur du van. Ces monstrueux véhicules paraissaient toujours être conduits par des connards.

Ce terme la fit sourire. Elle n'était pas très à l'aise à l'idée de jurer, mais les mots s'échappaient de plus en plus. Et malheureusement, Thaddeus entendait – et répétait ! – la plupart d'entre eux. Elle souhaitait avoir usage de formules qu'elle prononcerait plus aisément et qui voudraient dire la même chose, sans baisser le niveau. Internet était empli de jurons alternatifs, mais elle ne voulait rien qui ne soit déjà utilisé par les autres. Bien sûr, *connard* était un terme populaire. Cependant, elle l'aimait bien.

Elle sauta dans sa voiture et démarra, suivant le fourgon et la Mini Cooper. Elle ne savait pas bien pourquoi. S'ennuyait-elle à ce point ? Cela faisait trois jours qu'elle avait résolu l'affaire de cette pauvre Betty Miles, qui avait été démembrée trente ans plus tôt par sa meilleure amie, Hannah Theroux. Trois jours, c'était tout. Qu'était-elle, une espèce d'accro aux cadavres ?

Cependant, la dispute entre les deux personnes avait eu tout l'air d'une vraie menace, maintenant qu'elle y réfléchissait, prenant en considération un homme exigeant qui suivait une femme. Pas que celle-ci parut menacée par les mots de ce type. Elle avait donné tout ce qu'elle avait pu.

Pendant qu'elle les prenait tous deux en filature, Doreen se rendit compte qu'elle empruntait la direction du panneau de bienvenue de Kelowna. Elle fut revigorée d'avoir une excuse valable à fournir à Mack d'aller dans cette direction. Elle désirait vraiment jeter un œil aux deux parterres que la ville souhaitait renouveler. Doreen aurait dû envisager ça en premier lieu, car, sans connaître la taille de chacun, elle n'aurait aucune idée du budget à y consacrer ni du nombre de plantes nécessaires.

Cela prit cinq minutes de plus pour atteindre cette zone. Les deux véhicules continuèrent devant elle. Elle fronça les sourcils lorsqu'ils empruntèrent un embranchement puis un virage en dépassant le panneau. Elle s'arrêta à un petit centre commercial tout près, ainsi elle pourrait se garer et marcher jusqu'à l'écriteau le reste du chemin en remontant la route.

En sortant, elle étudia la direction dans laquelle les autres véhicules s'étaient engagés. Ça ressemblait à une impasse. Peut-être que, lorsqu'elle en aurait fini ici, elle jetterait un œil là-bas. En attendant, elle se munit de son bloc-notes et, Mugs à ses côtés, s'approcha tranquillement pour regarder le grand jardin avec le panneau « Bienvenue à Kelowna » en plein milieu.

Elle prit plusieurs photos des deux petits parterres pour lesquels la ville cherchait d'autres options. En forme de cœur, ils étaient jolis et pouvaient donner quelque chose de vraiment unique. Sa créativité artistique la démangeait, elle avait presque trop de choix à envisager. Tandis qu'elle écrivait davantage de notes, elle vérifia la sécheresse de la terre, le type de paillis utilisé et vit comment les jardiniers de la municipalité avaient utilisé un outil coupant pour créer un fossé peu profond au bord du jardin afin d'éviter à la pelouse de déborder. Ce qui était astucieux, car la maintenance d'un espace public qu'exigeait une ville de cette taille était importante et chère. Bien que la mairie employât sûrement une armée de jardiniers, il y avait toujours trop à faire et pas assez d'heures-homme pour s'en charger.

Mugs se coucha sur l'herbe, heureux d'être en excursion. Il se roula et renifla le long du terrain, en s'amusant. Elle rit.

— J'aurais dû amener les autres avec nous. Ils auraient adoré être ici.

Bien sûr, le chat et l'oiseau étaient plus difficiles à contrôler. Elle reporta son attention sur les jardins. Son esprit bourdonnait avec plusieurs possibilités de plantes. Elle se demanda s'ils pouvaient garder les arbres à caoutchouc ici, car ils constituaient d'énormes ornements qui pourraient être au centre de chacun de ces parterres en forme de cœur. Pas seulement un arbre, mais peut-être quatre ou cinq. Elle avait vu des tas de gros pots de fleurs sur les trottoirs de la ville et dans les centres commerciaux qui étaient soumis à la même technique. Cela lierait ensemble les paysages du centre-ville avec les designs des abords de la localité.

— Allez, Mugs, on y va.

Après avoir laissé entrer le chien dans la voiture, elle retourna à son siège. Plutôt que de retourner à la maison, elle se rendit là où les deux véhicules étaient partis. Juste un petit crochet pour s'assurer que tout se passait bien. Elle se dirigea vers le coin de la rue pour y trouver le fourgon garé quelques maisons plus bas sur la gauche. Avec son téléphone, elle le prit en photo, obtenant ainsi la plaque d'immatriculation. Le van ne semblait pas être à sa place en comparaison avec la maison en mauvais état devant laquelle il était, qui, dans son esprit, ressemblait à un repaire de drogués. L'un de ces squats typiques qu'on voyait dans les grandes villes et que tout le monde évitait. Ils étaient généralement plutôt faciles à éviter, car ils étaient souvent regroupés avec d'autres pavillons du genre, dans un quartier particulier. Néanmoins, les habitations de chaque côté paraissaient plus chics. Cette maison particulièrement délabrée était un endroit dans lequel elle ne s'attendait pas à ce que la femme blonde se rende.

Doreen demeurait dans le quartier de Rutland de Kelowna et Nan vivait à Mission. Rutland était un coin plus pauvre, en aucun cas populaire, et la ville mettait certainement beaucoup en œuvre pour le redynamiser. Il représentait l'immobilier le moins cher de la ville également. Super pour attirer les promoteurs.

Comme elle passait lentement en voiture près du fourgon, elle put voir la Mini Cooper au rouge brillant stationnée à côté. Cela paraissait vraiment incongru, avec la maison en ruines. *Peut-être que ces deux-là étaient des promoteurs ? Peut-être qu'ils ont acheté la maison et prévu de la reconstruire ?* Elle haussa les épaules, se demandant quelle était leur magouille, mais se disant que ce n'était pas ses oignons.

Elle continua sa route jusqu'à un cul-de-sac au bout de la rue. Elle fit le tour du cercle et repassa lentement devant le pavillon. Elle n'avait absolument aucune excuse pour ce qu'elle allait réaliser ensuite, rien que Mack ne pourrait considérer comme valable. Mais elle n'y réfléchit pas à deux fois.

Elle s'arrêta près d'une maison voisine et se gara. Prétextant emmener Mugs pour une promenade, elle monta sur le trottoir et s'éloigna de la maison, traversa la route et se balada sur le trottoir opposé de la maison en question. Elle se montrait trop curieuse et elle le savait. Mais elle et son chien faisaient juste une balade innocente. Ce n'était pas comme si elle se trouvait sur une propriété privée avec une pancarte « Défense d'entrer ».

Il n'y avait pas de mal.

Pang ! Pang !

Elle stoppa, se demandant où regarder et si elle avait pu confondre ce bruit avec un autre, mais elle l'entendit de nouveau. *Pang ! Pang !* Suivi d'un pleur.

Tout provenait de *la* maison.

— Mugs, on y va.

Elle se précipita jusqu'à sa voiture, sauta dedans et retourna à la jardinerie, où elle appela Mack, à l'abri sur le parking.

— Quoi ?

— Je crois que j'ai entendu des coups de feu, dit-elle sans préambule.

— C'est quoi ce bordel ? Où ça ?

Elle grimaça en lui parlant de la querelle du couple et du fait qu'elle les avait pris en photo ainsi que leurs véhicules, puis les avait suivis.

— Vous avez fait quoi ? rugit-il.

— D'accord, d'accord. Je sais que je n'aurais pas dû les espionner, reconnut-elle. Mais ça ne change rien au fait que je pense avoir perçu des détonations.

— Il est aussi possible que vous ayez entendu *autre chose* que des coups de feu, insinua-t-il. Comme les pétarades d'une voiture.

— Oui, peut-être, admit-elle. Peut-être, peut-être, peut-être. Mais peut-être *pas*.

Il se mit à râler.

— Très bien. Quelle est l'adresse ?

— Je ne connais pas le numéro de la maison. Mais elle est à Hawthorne Street, la troisième à partir de l'angle, sur la gauche si vous venez du panneau de Kelowna.

— Oh ! Que faisiez-vous là-bas ?

— Je devais voir de quelle taille étaient les parterres. Comment aurais-je pu émettre une offre décente sinon ?

Elle espérait qu'il croie qu'il s'agissait là de la raison principale de sa venue ici en premier lieu.

— Je jetterai un œil, annonça-t-il. Mais vous, rentrez chez vous. Vous ferez ça ?

— Oui.

— Avez-vous amené l'un de vos animaux ?

— Juste Mugs.

Elle se pencha pour caresser la tête du basset. Mugs laissa échapper un *ouaf !* adéquat.

— Au moins, vous l'avez, même si je ne pense pas qu'il serait d'une grande protection en cas d'attaque.

— Comme vous le savez parfaitement, il assure grandement ma défense, quand il le faut, répondit-elle sèchement.

— Peut-être. Mais peut-être pas. Pour moi, vous êtes tous les deux une parodie de terreur.

— OK, c'est possible, dit-elle sur un ton de défi, légèrement vexée. Mais ça marche. Nous sommes une famille.

Et là-dessus, elle raccrocha. Elle se pencha et fit à Mugs un énorme câlin.

— Rentrons à la maison. Retrouvons le reste de la famille.

Y avait-il un plus beau mot au monde ? Non. Et elle ne pouvait imaginer un meilleur endroit où elle voudrait être à cet instant.

Chapitre 3

LES JOURNALISTES ETAIENT toujours en train de se prélasser dans son allée. Ils étaient tous au garde-à-vous et prenaient des photos, leurs flashs illuminant le jardin devant sa maison tandis qu'elle arrivait en voiture. Un couple était déterminé à camper sur ses positions, mais elle continua de conduire droit devant, avec assurance. Ils bougeraient de son chemin à temps ou seraient renversés. Elle n'était pas vraiment d'humeur à discuter avec eux.

Tandis qu'elle manœuvrait dans son allée, elle se plaça devant le garage et se gara. Trop dommage qu'elle n'ait pas eu l'occasion de le vider afin de le rendre utilisable. Cela lui aurait donné une chance de fuir les regards indiscrets. Alors que Doreen avait effectué le tri dans les affaires de Nan dans la maison, pour ce qui était du garage, c'était une tout autre histoire.

Avec Mugs dans son sillage, elle marcha vers la porte de devant. Elle aurait dû acheter de quoi manger pendant qu'elle était de sortie. Elle était presque à court de crackers, de fromage, de beurre de cacahuètes, et de tout ce qui était préemballé. Depuis que Mack lui avait indiqué que les nouilles chinoises étaient supposées être cuisinées, elle avait entrepris de les mettre au micro-ondes avec de l'eau. Une source constante de nutrition pauvre. Elle ne pouvait qu'en rire.

Du perron de devant, elle pouvait voir Thaddeus, ce grand idiot, observer par la fenêtre. Elle avait fermé les rideaux avant de partir à cause des journalistes. En réalité, ils étaient clos depuis plusieurs jours maintenant. Mais le perroquet avait faufilé sa tête entre les voilages afin de pouvoir regarder dehors.

Comme il avait reculé sa tête des rideaux, elle ne pouvait plus le distinguer. Elle savait qu'il était perché sur les coussins du sofa, attendant qu'elle rentre. Elle pouvait l'entendre de l'extérieur, braillant « Elle est rentrée, elle est rentrée. » Doreen ouvrit la porte et s'écria :

— Oui, Thaddeus, je suis rentrée.

Mugs émit un *ouaf !* en entrant, puis sauta sur le canapé – presque sur le chat – comme pour reprocher à Goliath, le monstre félin vautré sur le coussin du milieu, d'être là. Le feulement et le coup de griffes de Goliath furent suivis par un dernier aboiement, puis le matou prit la fuite. Alors, le chien se coucha sur le canapé, le regard désintéressé, et ferma les yeux.

Doreen se plaignit, ferma la porte d'entrée en secouant la tête et pénétra dans la cuisine pour mettre en route la bouilloire. Elle laissa tomber son bloc-notes sur le comptoir et dit à haute voix, espérant que les oreilles de Mack allaient siffler :

— De rien, Mack ! Quelqu'un est peut-être mort. Mais tout va bien. Ne vous inquiétez pas pour moi ni pour eux !

Elle était injuste, évidemment, car Mack s'était soucié de sa sécurité quand elle avait suivi le couple. Peut-être qu'ils avaient eu une querelle d'amoureux, mais, malgré la nature de leur discussion, ce n'était pas le problème de Doreen. Le fait était qu'elle s'ennuyait. Ils avaient attiré son regard et elle n'avait pu se résoudre à les laisser partir.

Sur cette pensée, elle s'assit devant son ordinateur portable et continua ses recherches, en quête de photos de grands parterres d'œillets à Kelowna. Elle ne voulait pas commettre d'erreur et choisir les mauvaises plantes. Bien qu'elle adore les œillets, de quoi avaient-ils l'air quand ils étaient en masse ? Google Images proposa plusieurs photos sympas de jardins locaux. En se disant qu'elle pourrait aller y faire un tour et les regarder de plus près, elle se prépara une tasse de thé et en versa dans son thermos.

De plus, elle était agitée, et que Mack lui ait demandé de rentrer chez elle ne lui convenait pas. Techniquement, elle était retournée à son domicile. Elle prévoyait juste de partir, une fois de plus. Si elle pouvait entreprendre quelque chose de constructif, alors elle devait le faire. Non ?

ELLE REMIT LA laisse à Mugs et fit entrer Thaddeus et Goliath dans la voiture également. Cette excursion serait une sortie en famille. Thaddeus monta sur le siège passager à l'arrière, Mugs de l'autre côté et Goliath à la place du mort, car... Eh bien, parce qu'il ne laisserait jamais quelqu'un d'autre s'asseoir là. La vie était aussi simple que ça pour Goliath. Mais le truc, c'était que quand vous étiez un Maine Coon de quinze kilos avec des griffes et des dents, la vie était relativement simple.

Doreen fit lentement marche arrière dans l'allée, frôlant une fois de plus les journalistes, ignorant les flashs de leurs appareils photo qui explosaient devant son visage. Elle se demanda si elle devait parler aux médias qui campaient dans son jardin de devant des coups de feu entendus plus tôt. Ils remballeraient tout et se dirigeraient vers la nouvelle scène de crime, non ? Mais c'était plutôt injuste pour la police. Ils pourraient perturber leur investigation initiale. Une fois débarrassée d'eux, elle reprit la route en direction de la ville.

Elle conduisit jusqu'au premier des trois sites d'œillets qu'elle souhaitait voir par elle-même, commençant par le plus éloigné. Une fois là-bas, elle laissa les animaux sortir et marcher avec elle. C'était un énorme jardin public situé à côté de l'entrée de l'un des nombreux vignobles, propriété privée de la famille Pollock. Le parterre était absolument magnifique. Elle pouvait voir, de là où elle se tenait, comment les grands œillets s'affaissaient quelque peu sur les côtés, probablement à cause du dernier déluge qu'ils avaient eu ici, genre le mois dernier. Kelowna ne connaissait pas beaucoup d'épisodes pluvieux, mais quand il y en avait une, elle tombait parfois à verse et venait écraser les fleurs.

Tandis qu'elle les étudiait, elle comprit qu'elles allaient s'en remettre, mais ne seraient plus jamais bien droites. Du coup, cette variété ne constituait probablement pas le meilleur des choix.

Maintenant, pour ce qui était de l'œillet commun, c'était une tout autre histoire. Radieux, coloré, gai, presque toujours en fleur, particulièrement lorsque la plante est mature. Ce pourrait être une meilleure option. Cependant, Doreen avait encore deux autres jardins à aller visiter.

Le suivant était bien plus petit. Les œillets étaient plantés en cercle et entourés de ce qui semblait être de la bruyère. Un choix intéressant puisque celle-ci se révélerait avec ses fleurs violettes au printemps. Elle avait toujours aimé la bruyère. C'était difficile d'être objective avec une plante qui criait de joie que la nouvelle année était arrivée, que le printemps avait finalement éclos, et qui intimait en gros à tout le monde de bouger son popotin et de sortir de sa maison, car c'était un nouveau monde, là dehors. Elle sourit à sa propre excentricité et s'occupa à prendre des photos.

Au troisième jardin, les œillets étaient organisés en rangées. Une espèce naine avait apparemment été utilisée, puisque les fleurs atteignaient environ les deux tiers de la hauteur des précédentes, bien que cette taille fonctionne à merveille en tant que pièce maîtresse. Elle étudia l'espace de devant puis fit le tour en marchant, pour avoir un aperçu de l'effet général.

Elle s'arrêta, l'air arrivant en petites bouffées irrégulières. Se forçant à bouger, son regard verrouillé sur le parterre, elle appela Mack. Sa ligne était occupée. Elle essaya une deuxième fois, puis une troisième. Ne parvenant toujours pas à le joindre, elle bascula en mode appareil photo, mais, avant qu'elle ne puisse prendre un cliché, son téléphone sonna.

— Il n'y a rien à la maison d'Hawthorne Street, annonça Mack. Pas de véhicule, personne dehors. Les portes n'étaient pas verrouillées, mais le domicile lui-même semble vide quand on regarde à travers les rideaux. (La fatigue teintait le son de sa voix.) Alors, c'était une fausse alerte.

— Non, ça n'en était pas une, contredit-elle. Il faut que vous veniez ici. Genre… *maintenant.*

— Doreen, vous allez bien ? s'enquit-il vivement.

— Non, répondit-elle sèchement. Je ne vais pas bien. Venez ici, maintenant !

— De quoi parlez-vous ?

— Je vais vous montrer ! hurla-t-elle. Attendez, j'envoie une photo.

Elle raccrocha, bascula en mode appareil photo et prit un cliché du jardin d'œillets absolument éblouissant… et du cadavre allongé en plein milieu.

Chapitre 4

APRES AVOIR ENVOYE la photo, Doreen n'eut pas à patienter longtemps jusqu'à l'appel de Mack.

— Vous ne venez pas tout juste de la trouver, si ?

— Si. C'est celle que j'ai vue et suivie plus tôt, dit Doreen. C'est la femme qui s'est battue avec l'homme.

Il jura doucement au téléphone.

— Pourquoi ne m'avez-vous pas appelé ?

— Je l'ai fait, trois fois ! s'exclama-t-elle. Vous n'avez pas répondu !

Elle lui raccrocha au nez, rassembla ses animaux, retourna à sa voiture et s'assit à l'intérieur, s'interrogeant sur sa réaction tardive. Elle devrait être en train de trembler en ce moment, non ? Ce n'était pas qu'elle était devenue indifférente à la vue de cadavres, mais elle avait croisé cette dame on ne peut plus en vie et très affirmée face à un type agressif. Et ça devrait suffire à bouleverser n'importe qui au monde. Ce fut long à venir, mais une fois passée son incrédulité initiale, le chagrin se glissa ensuite dans le cœur et l'âme de Doreen. Cette pauvre femme. Elle était si intensément vivante, quelques heures seulement auparavant. Doreen avait admiré son cran.

Elle se blottit contre elle-même et se balança doucement d'avant en arrière sur le siège. Thaddeus vint jusqu'à son épaule et frotta gentiment sa joue contre la sienne. « Meurtre dans le jardin. Meurtre dans le jardin. »

— Il faut vraiment qu'on ajoute quelques mots à ton vocabulaire, souffla-t-elle doucement à l'oiseau.

Elle tendit la main et caressa ses plumes, appréciant à quel point il était affectueux. Il frotta sa tête de haut en bas, attrapant au passage la larme qui était tombée du coin de son œil.

Goliath sauta de son siège et atterrit sur ses genoux, comme s'il s'attendait à ce qu'elle n'ait rien d'autre à faire que de le caresser. Elle le prit dans ses bras et le serra fort contre elle. Et il la laissa faire. C'était le plus surprenant. Il ne miaulait même pas à la force de son étreinte. Il avait dû sentir que ses pleurs signifiaient qu'il devait la laisser agir pour le moment. Elle blottit son visage dans sa douce fourrure et murmura à quel point cela lui avait manqué de ne pas le connaître pendant ses jeunes années. Il était une telle bénédiction dans sa vie.

Elle avait à peine fini de dire ça que Mugs aboya du siège arrière. Elle gloussa.

— Oui, Mugs. Je t'aime aussi, mon pote.

Ce qu'il lui fallait vraiment, c'était que Mack débarque ici avant que quiconque n'arrive. Elle ne voulait pas qu'on la retrouve seule avec le cadavre. Mais elle sentait qu'elle devait rester, pour protéger et veiller sur la pauvre femme.

Comme si n'importe qui pouvait encore lui faire du mal désormais… Elle était déjà morte. Tellement triste… Les gens pouvaient être mauvais parfois, et elle refusait que des gosses sans cœur viennent et prennent des photos pour les poster sur Internet.

Quand on frappa brutalement à sa vitre, elle laissa échapper un cri perçant. Mugs aboya furieusement. Goliath se tendit avec sa grosse patte, la posant sur la vitre, toutes griffes dehors. Elle appuya sur le bouton qui baissa la vitre, entendant Mack lui hurler dessus.

— Vous et votre ménagerie ! dit-il, le visage sombre en prenant conscience de la présence des occupants de la voiture.

— Hé ! J'avais seulement emmené Mugs la dernière fois, indiqua-t-elle. Peut-être que j'ai senti que j'aurais besoin du réconfort de tous cette fois.

— Vous devriez être chez vous, là où je vous ai demandé d'aller, saine et sauve, pas ici, une nouvelle fois. Et qu'est-ce que vous fichez là, d'ailleurs ?

— Je suis venue voir à quoi un large massif d'œillets pourrait ressembler. Je réfléchissais au design du parterre du panneau de Kelowna. C'est difficile de visualiser des œillets en masse. Sur Google, j'ai trouvé trois grands parterres dans le coin. Celui-ci est le troisième. Et là, c'est la femme que j'ai vue plus tôt ce matin à la jardinerie.

— Celle qui a eu une altercation avec le chauffeur du fourgon noir, c'est ce que vous avez raconté ?

Elle acquiesça.

— Oui. Ensuite, je l'ai suivie jusqu'à cette maison, où j'ai trouvé sa voiture rouge garée. Quand je suis rentrée chez moi et que j'ai effectué quelques recherches sur l'appel d'offres de la ville, puis que je suis venue ici, je ne m'attendais pas à la voir dans l'un de ces trois jardins. Vous ne pouvez pas me blâmer pour ça, déclara-t-elle, levant les deux mains en signe de frustration.

Goliath, mécontent, car elle avait arrêté de le caresser, sauta sur le siège passager et se roula en boule. Elle ouvrit vivement la portière de sa voiture, heurtant le genou de Mack.

— Aïe !

Il recula, l'observant pendant qu'elle s'extirpait de la voiture, Thaddeus sur l'épaule.

— Je n'ai rien fait ! répéta-t-elle.

— J'ai pigé.

Il passa une main dans ses cheveux, mais au vu de son expression, il avait simplement envie de tirer dessus.

Elle ricana.

— Ce n'est pas ma faute si vous vivez dans une ville si meurtrière.

— N'oubliez pas que vous vivez ici aussi maintenant, dit-il, le regard rétréci en levant un doigt pour le pointer sur elle.

— Pointez-le sur moi encore une fois et je le mords ! le mit-elle au défi. Et comment se fait-il que vous soyez venu seul ?

— Car je devais m'assurer que je n'allais pas rassembler une équipe pour rien. *Encore une fois.*

— Hé ! Vous aviez déjà une troupe réunie à Hawthorne. Ils n'ont juste pas assez bien regardé là-bas. (Elle leva les yeux vers lui.) Et êtes-vous réellement en train de prétendre que je ne sais pas à quoi ressemble un cadavre ?

Il croisa les bras sur sa poitrine, les doigts tapotant son bras et il argua :

— Eh bien, vous n'en avez pas vu beaucoup qui possédaient encore de la chair sur eux, n'est-ce pas ?

Elle pencha la tête sur le côté, puis la hocha.

— Vous marquez un point.

Elle ferma la portière derrière elle, laissant Mugs à l'intérieur de la voiture. Quand il aboya, elle ronchonna en ouvrant à l'arrière et le laissa sortir.

— Venez. Venez, dit-elle à Mack. Laissez-moi vous montrer.

— Et si vous restiez simplement ici et que j'allais jeter un œil ? proposa-t-il.

Elle s'adossa contre la Honda et croisa les bras sur sa poitrine, imitant la précédente posture de Mack.

Il secoua la tête et se dirigea vers les œillets.

— Vous êtes impossible.

— Faites tout le tour jusqu'à l'autre côté, indiqua-t-elle.

Il leva une main en signe de remerciement.

C'était tellement stupide de lui donner des instructions. S'il ne pouvait voir le corps d'ici, c'était qu'il était à l'opposé. Elle étudia l'objet d'art au centre du jardin, une statue représentant peut-être un mari et sa femme, se serrant dans les bras, dans une étreinte. L'espace vert décorait l'entrée d'un grand bâtiment, le centre du planning familial. Elle n'était pas sûre de ce que le « Toi, Moi et Nous » sur le panneau signifiait. Peut-être du conseil matrimonial ? Mais les médias tourneraient ça d'une vilaine façon, expliquant que cette relation s'était terminée par un meurtre. Pas le genre de publicité que quiconque souhaiterait.

En parlant de publicité, elle ne voulait pas se trouver ici quand la presse apprendrait ça. Elle regarda Mack baisser les yeux sur la pauvre femme, les mains sur les hanches. Elle marcha vers lui.

— Vous voyez ? l'interpella-t-elle. Je n'ai rien inventé, vous savez.

— J'aurais préféré, cela dit. Juste pour une fois. Son nom était Celeste. Celeste Bingham. Son petit ami de longue date s'appelle Josh Huberts.

— Oh, mon… Vous la connaissiez, murmura-t-elle. Je

suis tellement désolée. Ça rend la chose encore plus affreuse. Mais au moins, vous savez comment commencer votre enquête.

Il hocha la tête.

— Beaucoup de gens la connaissaient, ajouta-t-il. Une femme d'affaires prometteuse. Elle a gagné le prix de la meilleure entrepreneure l'année dernière.

Le corps de Celeste avait été roulé sur le côté, ses jambes croisées, ses mains ouvertes, l'une sur le côté, ce qui tordait sa hanche.

— On ne dirait pas qu'elle a simplement été posée là, constata Doreen.

— Pas sûr de ça, répondit-il. C'est une pose plutôt commune, symbolisant de joindre les mains autour du monde.

— Aucune idée de ce que ça peut signifier, indiqua-t-elle. Je présume que les coups de feu entendus plus tôt lui étaient destinés.

— Combien en avez-vous entendu ?

— J'ai pensé à deux, en premier lieu, puis à deux de plus. Mais je ne sais pas si je les ai tous distingués.

— Eh bien de toute évidence, on lui a tiré dessus. Je demanderai au médecin légiste de confirmer si c'est la cause de la mort et de préciser combien de balles il trouvera dans son corps.

Elle fourra les mains dans ses poches.

— Ai-je une chance de rentrer chez moi et d'échapper à cette imminente scène de crime avec flics et médias ?

Il grogna un rire.

— Il semblerait que ce soit votre pénitence pour avoir désiré plus d'excitation dans votre vie. Et pour avoir quitté votre maison, contrairement à ce que je vous avais recommandé.

— Hé, vous m'avez exhortée de rentrer, c'est ce que j'ai fait. Vous ne m'avez pas dit d'y rester. Et j'adorerais me terrer chez moi de nouveau, lança-t-elle. Au moins jusqu'à ce que ces satanés médias se calment. Ils n'ont pas besoin de découvrir que je suis impliquée dans cette affaire, n'est-ce pas ? Mais cela n'arrivera pas, du moment que vous me laissez partir maintenant.

— Allez-y. Rentrez chez vous, intima-t-il. Je reviendrai plus tard pour obtenir une déclaration.

Elle pouvait entendre les véhicules avancer vers eux. Elle se précipita à sa voiture.

— Viens, Mugs. Filons avant qu'ils n'arrivent ici.

Mais elle ne fut pas assez rapide. Trois grosses cylindrées s'arrêtèrent pile quand elle atteignit le siège de devant. Deux officiers lui firent signe ; l'un fronça les sourcils, l'autre regarda Mack.

Mack se contenta de siffler pour obtenir leur attention et ordonna :

— Oubliez-la. Le corps est ici.

Les hommes se dirigèrent vers lui.

Elle fit marche arrière et tourna pour rejoindre son foyer. Elle savait que cette scène deviendrait plus moche avant un quelconque déblaiement. Et maintenant, la dernière chose qu'elle souhaitait, c'était d'être prise sur la scène d'un autre crime. Elle espérait que personne ne l'avait vue ici, mais elle y était venue durant les heures normales d'ouverture, un jour de semaine, alors n'importe qui du planning familial l'avait certainement aperçue de son bureau. Même si elle n'avait remarqué personne entrer ou sortir du centre. Elle plissa les yeux. Elle n'avait pas vu de voiture. Le bâtiment ne semblait pas avoir de lumière allumée.

Elle secoua la tête. Si elle avait eu un cadavre dans son jardin, elle aurait appelé à l'aide, forcément. Et bien sûr, étant ce qu'elle était, elle serait sortie, tentant de résoudre ce qui avait bien pu se passer.

Elle conduisit à vitesse très réduite, s'assurant que personne n'aurait de prétexte pour la regarder de travers. Elle ne voulait pas attirer davantage l'attention sur elle.

Puisqu'elle avait tous ses animaux, elle décida de s'arrêter pour visiter Nan au lieu de rentrer directement chez elle. De plus, elle ne dirait pas non à un câlin. Elle s'arrêta devant la maison de retraite, où sa grand-mère vivait, et se gara. Emmenant ses compagnons avec elle, elle saisit la laisse, l'attacha au collier de Mugs et descendit jusqu'à l'angle où vivait Nan. Elle ne pouvait pas faire entrer les animaux dans le bâtiment, et le jardinier d'ici semblait penser que Doreen était une menace constante pour ses brins d'herbe parfaits. Nan faisait pression pour faire installer des pierres de gué afin que Doreen puisse cheminer jusqu'à son appartement sans enfreindre une seule règle. Mais jusqu'à présent, aucune des deux parties ne pliait. Alors, Doreen devait continuellement s'introduire discrètement dans le patio du jardin. Puisqu'elle n'avait pas prévenu Nan de leur visite, elle ne ferait pas irruption. Sa grand-mère était un vrai personnage. De ce fait, il y avait des choses que Doreen ne voulait pas savoir.

Elle déboula sur le patio et appela :

— Nan, tu es là ?

Puisque aucune réponse n'arrivait, elle sortit son téléphone, s'asseyant à la petite table de bistro pour contacter sa grand-mère. Ça sonnait et sonnait. Finalement, à la dixième tonalité, Doreen étant sur le point de raccrocher, Nan répondit.

— Oh, ma chérie, comment vas-tu ?

— Je vais bien, dit Doreen avec humour. Où es-tu ?

— On est dans la salle commune. (La voix de Nan se fit rusée.) Je viens juste de récupérer ma part de gains.

Doreen émit une plainte.

— Tu as des ennuis encore ?

— Non, non, non. Je n'ai pas du tout de soucis. C'était juste un pari inoffensif.

— Je suis sûre que oui. Du moment que Mack ne le découvre pas. *Une nouvelle fois.* Je pensais que, peut-être, je pourrais venir pour une tasse de thé, si ça te convient.

— Bien sûr que oui ! Bien sûr que oui.

— Bien, lança-t-elle. Car je suis dans ton patio.

Nan lâcha un cri de surprise et un « Oh ! », puis la communication se coupa.

Juste après, Nan sortit en trombe des portes vitrées, les bras grand ouverts. Doreen gloussa, se baissa et fit un câlin à sa grand-mère.

— Je ne savais pas si tu étais occupée, expliqua-t-elle en adressant un clin d'œil.

Nan afficha un grand sourire.

— Parfois, je suis occupée, mais pas maintenant, alors c'est parfait.

Doreen secoua la tête et se rassit.

— Tu manques aux animaux, mentit-elle.

— C'est gentil à toi de dire ça, répondit Nan. Mais en vérité, je pense qu'ils sont vraiment heureux avec toi. Tu as ajouté cette touche d'excitation à leur vie.

— Peut-être, reconnut Doreen, mais ça ne signifie pas que tous les câlins et l'amour que tu leur donnais ne leur manquent pas.

— En effet. Laisse-moi préparer le thé. J'ai aussi un excellent gâteau à la carotte, si tu en veux un morceau.

— J'adorerais, répliqua Doreen, ravie. Curieusement, j'ai raté le déjeuner.

Elle pensa à tous les lieux dans lesquels elle s'était rendue aujourd'hui, comprenant que ça ne valait pas le coup pour elle de répondre à la proposition pour le travail d'aménagement paysager de la ville. Elle n'était pas sûre de savoir quoi faire à ce sujet et, en ce moment en particulier, avait l'impression que c'était une perte de temps. Avec sa carrière débutante dans le jardinage, elle avait probablement besoin de plus d'expérience et de plus de temps pour participer à un appel d'offres quant au projet d'une munici-palité.

Nan revint avec du gâteau sur une assiette et la moitié d'un sandwich sur une autre. Avec un reniflement désappro-bateur, elle posa les deux devant Doreen.

— Tu devrais manger ça alors. Qu'est-ce que je vais faire de toi ?

— J'étais juste occupée, Nan, c'est tout.

— Tu n'as fait aucune provision, c'est ça ?

Doreen sourit.

— Si. Plein. Mais je n'ai toujours pas trouvé comment fonctionne cette cuisinière.

— Ta mère ne t'a jamais rien appris d'utile, si ?

— Comment trouver un homme, ce qui a visiblement marché, déclara Doreen d'un ton sarcastique. Elle avait raison. Tout le reste s'est mis en place. Le problème, c'est qu'elle ne m'a donné aucun conseil sur comment garder cet homme à long terme, continua-t-elle, le ton de sa voix étant devenu sec.

— Ça te manque ? D'être mariée, ou ta vie d'avant ? Est-ce que lui te manque ?

Doreen secoua la tête.

— Pas du tout, et je ne suis pas habituée à consommer une tonne de nourriture. Tu te souviens comme il affirmait toujours que manger me rendrait grosse ? Alors, on ne me servait jamais une portion convenable. Peut-être était-ce l'entraînement parfait pour ma vie actuelle.

— Pas de piste pour un job à temps plein, ma chérie ?

— Pas encore. Mais je prends en charge le jardin de la mère de Mack chaque semaine. Ça ne paiera pas des masses, mais chaque petite chose peut aider.

— C'est une bonne nouvelle, dit Nan avec joie. Et, bien sûr, je te pousserai de plus en plus vers ton beau détective aussi.

Doreen savait qu'elle devrait certainement parler à Nan de ces cours d'omelette, mais ne voulait pas propulser ses espoirs aussi haut quant au fait qu'elle pouvait attirer un petit ami si beau, respectable et travailleur. Elle ne souhaitait pas que sa grand-mère joue davantage l'entremetteuse qu'elle ne le faisait déjà. Et Nan ne semblait pas comprendre que ces choses doivent arriver en leur temps, si une histoire devait commencer. Mais sa grand-mère partait d'une bonne intention, et elle avait été d'une très grande aide ces dernières semaines. Les événements avaient été si chaotiques depuis l'arrivée de Doreen qu'elle n'avait pas eu beaucoup d'occasions de trouver le cours normal de sa nouvelle vie.

— Ce qu'il te faut, c'est une nouvelle affaire, suggéra Nan. Quelque chose qui accapare ton attention.

Et de nouveau, Doreen dut retenir les mots qui étaient prêts à s'échapper. Il était hors de question qu'elle raconte à Nan ce qu'elle avait récemment trouvé.

— Un travail de jour conviendrait, éluda Doreen en souriant.

— As-tu déjà vu avec Wendy au magasin de dépôt-vente, à propos d'éventuelles reventes ?

— J'ai évité de prendre de ses nouvelles, admit Doreen. Si j'ai réussi à obtenir de l'argent sur certains de tes biens, j'ai supposé que ce serait mieux de m'abstenir d'en encaisser, jusqu'à en avoir vraiment besoin. De cette façon, je garde un contrôle rigoureux sur le peu de fonds que j'ai.

— Trop rigoureusement contrôlé, corrigea Nan.

— Hé, quand il n'y a pas d'argent, il n'y a pas d'argent ! se défendit Doreen avec le sourire. Mais peut-être que je m'y arrêterai sur le chemin du retour ou, étant donné que j'ai tous les animaux avec moi, je pourrais juste appeler Wendy.

Nan décala l'assiette avec le sandwich vers sa petite-fille.

— Mange.

— Je ne vais pas avaler ton dîner.

— Tu ferais mieux. C'est du saumon. Alors si tu ne le manges pas, je le jetterai à la poubelle, et cela rendra Midge vraiment en colère contre moi.

Doreen savait à quel point Nan détestait ce poisson. Doreen saisit le sandwich et, sans surprise, c'était du saumon avec des oignons. Elle prit une bouchée et poussa un soupir de contentement.

— Eh bien, le malheur des uns fait le bonheur des autres. C'est excellent.

— C'est aussi énorme, indiqua Nan. Pourquoi voudrais-je un sandwich aussi gros ? Et au saumon en plus ?

Doreen baissa les yeux et se rendit compte que sa moitié de sandwich était effectivement assez grande. Elle mangea gaiement pendant qu'elles attendaient que le thé soit infusé et, une fois que ce fut le cas, Nan le versa et lui servit une tasse.

Doreen sourit et la remercia.

— Je ne peux pas continuer à venir ici pour me remplir

l'estomac, déplora-t-elle.

— Tu t'adapteras en temps voulu, la rassura Nan. Et je partagerai toujours ma nourriture.

À ce moment, Thaddeus s'approcha pour se frotter contre sa joue, mais son regard était fixé sur le gâteau à la carotte. Nan gloussa, en prit un bout et le posa devant lui. Immédiatement, il y planta son bec.

Doreen exprima un rictus.

— Il ne réclame pas beaucoup pour se maintenir en vie, déclara-t-elle. C'est une bonne chose, car entre l'alimentation pour le chien, celle pour le chat et les graines pour oiseaux… Ils me coûtent plus cher à nourrir que moi.

— Sottises, balaya Nan. Ils ne devraient pas revenir plus cher que toi. Tu devrais manger mieux que tu ne le fais.

— Je m'y attellerai, promit-elle. Écoutons ce que Wendy aura à annoncer aujourd'hui. J'obtiendrai un peu d'argent toutes les semaines par le jardin de Millicent, alors ça fera la différence.

— As-tu contacté le magasin de jardinage pour un travail saisonnier ?

Elle hocha la tête.

— Oui, mais quelque chose est survenu de la dernière affaire sur laquelle j'étais. (Elle grimaça.) Je suppose que la famille Theroux n'était pas très impressionnée quand j'ai révélé qui Hannah était en réalité. Je crois que la jardinerie possède un lien familial avec les Theroux.

Nan la regarda, les sourcils froncés. Puis son visage s'éclaira.

— Oh, mon… Oliver fait partie de cette famille Lansdowne. Étant apparenté à la pauvre Betty, il doit avoir son mot à dire là-dessus.

— Oh…

Doreen y pensa un moment, puis haussa les épaules.

— J'espérais un boulot là-bas, mais s'ils retiennent le cas Betty Miles contre moi, eh bien…

— Ça va se calmer, dit naturellement Nan, s'installant confortablement sur sa chaise. Est-ce que le détective t'a donné un nouveau cas à étudier ?

— Je ne pense pas que Mack me considère comme faisant partie de son équipe ou qu'il devrait me transmettre une seule enquête. (Doreen se coupa un gros morceau du gâteau à la carotte, en croqua une bouchée et poussa un gémissement.) Oh, mon… C'est bon !

— Tu aimes ?

Doreen hocha la tête.

— C'est excellent. (Elle regarda le gâteau, puis Nan, suspicieusement.) Il n'y a pas de marijuana dedans, n'est-ce pas ?

Nan partit dans un éclat de rire.

— Non, il n'y en a pas. Cependant, je préfère quand il en contient, tu sais.

Doreen soupira. Même si la marijuana était devenue légale dans cet état, Nan ne semblait pas apprécier son passe-temps autant qu'avant, lorsque c'était un secret bien gardé. Entreprendre quelque chose qui n'était pas permis semblait attirant pour elle.

— Qui a fait celui-ci ?

— Midge, répondit-elle. Elle l'a amené ici avec le sandwich au saumon.

— De gentils voisins, commenta Doreen.

Nan acquiesça.

— J'ai une autre part de gâteau que tu peux emporter chez toi, pour le dessert, ainsi que l'autre moitié du sandwich qui pourra être ton dîner. Au moins comme ça, je sais que tu auras plus de nourriture dans l'estomac aujourd'hui.

Doreen rit.

— Je mange, sans mentir.

— Ce qu'il te faut, c'est commencer à cuisiner.

— Lundi, j'apprends à préparer une omelette.

Le regard de Nan afficha une lueur d'intérêt.

— Une omelette ? Un choix intéressant.

— Ça me manque, les œufs, confessa Doreen. Et je n'en ai acheté aucun, car je ne sais pas comment les cuisiner. J'ai essayé de les mettre au micro-ondes, et ce fut un cauchemar.

— Comment t'y es-tu prise ?

Le visage de Nan était étrangement joyeux.

— Je les ai mis dedans et les ai fait chauffer pendant huit minutes, répondit-elle. J'étais quasi sûre que c'était ce qu'indiquait la recette que j'avais lue sur Internet.

— Alors, tu les as juste posés sur le plateau pendant huit minutes ? (Nan la regarda avec surprise. Puis elle se mit à glousser.) Ne me dis rien ! Ça a explosé, n'est-ce pas ?

Doreen l'observa, perplexe.

— Comment tu as su ?

À cette question, Nan hurla de rire.

— Ça a dû être un sacré bazar !

— C'était terrible, confirma Doreen. Il y avait de l'œuf partout. (Elle montra un large sourire.) Je suis contente de t'apporter autant de divertissement ces jours-ci.

Ne pouvant s'arrêter de s'esclaffer, Nan s'approcha et tapota la main de sa petite-fille.

— Je suis tellement contente que tu sois si proche. Je ne m'étais pas autant amusée depuis des décennies.

Même si son rire lui était destiné, Doreen était heureuse de voir sa grand-mère si joueuse et enthousiaste.

— Tu peux te moquer de moi autant que tu veux, du

moment que tu continues de me nourrir. (Elle introduisit un autre morceau de gâteau à la carotte dans sa bouche.) C'est vraiment divin.

Sans un mot, Nan retourna à la cuisine et, quand elle revint de nouveau dehors, elle tenait un morceau tout emballé deux fois plus grand que celui que Doreen avait mangé, ainsi que l'autre moitié de sandwich.

— Tu ramènes ça chez toi. Tu l'apprécieras plus que moi.

Doreen le poussa sur le côté.

— Je ne dirai pas non.

Elles finirent leur thé dans un silence complice, puis elle annonça :

— Il faut que je parte et que j'appelle la boutique de dé-pôt-vente. Il est temps de faire face aux conséquences et de voir si on a réalisé quelques transactions. (Elle hésita.) Quelqu'un… non, je ne me souviens plus de qui l'a suggéré, a dit que tu détenais peut-être des antiquités dans ta maison.

— Oui, il y en a… acquiesça Nan. Quand tu auras le temps, tu devrais les faire estimer.

— Si cela ne te dérange pas, je le ferai probablement. Peut-être qu'il y a quelque chose de valeur là-bas.

— Reste positive, intima Nan.

Son téléphone sonna, à l'intérieur de son appartement. Elle se leva et indiqua :

— Je reviens.

Doreen regarda sa grand-mère se rendre dans sa chambre. Elle ne savait pas de combien de temps elle disposait avant que le ragot le plus récent n'arrive à la maison de retraite, mais elle préférait être partie avant que quiconque n'apprenne qu'elle avait trouvé un autre cadavre. À cet instant, son portable sonna. C'était Mack.

— Je vais arriver, annonça-t-il. Vous êtes chez vous ?

— Pas encore, répondit-elle en se levant. J'y serai dans quelques minutes. Je me suis arrêtée chez Nan pour prendre le thé.

— Vous ne lui avez rien révélé, n'est-ce pas ?

— Non, et j'étais justement en train de me demander comment partir vite d'ici, avant qu'ils n'apprennent quoi que ce soit. (Elle saisit la laisse de Mugs et posa Thaddeus sur son épaule, appelant Goliath à les rejoindre.) Je dois lui dire au revoir quand même.

— Si elle n'est pas à vos côtés, vous pouvez parier qu'elle est en train d'entendre le dernier ragot, prévint-il d'une voix menaçante. Vous ne pouvez rien lui raconter.

— Je n'étais pas en train de lui rapporter quoi que ce soit ! se défendit Doreen. Vous devez apprendre à me faire confiance.

Et elle raccrocha. En se retournant, elle vit que Nan revenait, les yeux brillants d'intérêt. Doreen grommela.

— Je dois filer, Nan. Un grand merci pour le gâteau, le thé et le sandwich. Je t'appelle plus tard.

Elle embrassa sa grand-mère sur la joue et courut dans l'herbe avant que Nan n'ait la chance de l'interroger. Quelque part, Doreen entendit un homme parler.

— Tu lui as demandé si elle savait quelque chose à propos du corps ?

— Non, non, non. Je n'en ai pas eu l'occasion. Je crois que Mack l'a contactée et lui a demandé de rester silencieuse.

Doreen monta dans la voiture, y fit entrer ses animaux et, en faisant signe à Nan, fit marche arrière dans le parking. Peu de temps après, elle arriva dans son allée, ignorant les journalistes qui hurlaient leurs questions et les flashs de leurs appareils photo. Elle se rua à l'intérieur, chassant ses compagnons devant elle. Une fois rentrée dans sa maison sans encombre, elle les laissa faire leur vie.

— Bon sang les gars ! C'est parti pour un bazar encore plus gros !

Thaddeus se redressa. « Le chaos, c'est cool. Le chaos, c'est cool. »

Elle se tourna pour lui lancer un regard furieux.

— Le chaos, c'est *pas* cool. Le chaos, c'est *pas* cool ! insista-t-elle.

Son téléphone se mit à sonner. Elle baissa les yeux et vit qu'il s'agissait de sa grand-mère. Elle soupira et répondit :

— Nan, je viens juste de rentrer. Que se passe-t-il ?

— Eh bien, puisque tu es partie si vite, ma chère, je n'ai pas eu l'occasion de te demander à propos du corps.

— Quel corps, Nan ? questionna-t-elle.

— Celui que tu as dû trouver et pour lequel Mack te donnait du fil à retordre, lâcha-t-elle. Ma chérie, on a vraiment besoin des détails.

— Quels détails et pourquoi ? interrogea-t-elle, de plus en plus suspicieuse.

Nan rit.

— Pour les paris, bien sûr ! Rappelle-moi quand tu peux.

Puis elle raccrocha.

Chapitre 5

DOREEN JETA SON téléphone portable sur le plan de travail et poussa un hurlement de pure frustration dans la cuisine vide. Au bout d'un moment, elle se sentit mieux. Seul Mugs avait décidé qu'il devait l'accompagner dans ce rituel, et il continua de hurler. Tandis qu'il s'arrêtait progressivement, elle pouvait entendre Thaddeus faire des histoires, marchant le long de la table, chantant et croassant, comme s'il fredonnait une sorte de musique au rythme fou. C'était probablement comme ça qu'il avait perçu son hurlement.

Elle lança son sac et sa veste à côté de son mobile et s'approcha de la cafetière.

— C'est le bon moment pour une tasse de café, maugréa-t-elle pour elle-même, ne pensant délibérément pas à son addiction croissante pour cette boisson.

Elle savait aussi que Mack arriverait bientôt pour lui poser des questions. Il buvait toujours l'intégralité de son café. Cependant, il en faisait un excellent. Même si elle avait essayé tout ce qu'elle avait pu et qu'elle en préparait désormais du bon, il distillait cette petite touche de magie. Il apparut à Doreen que, ce qui le rendait peut-être meilleur, c'était qu'elle ne le faisait pas elle-même. Elle devait le prendre en considération puisqu'elle conservait de bons souvenirs de tous les cafés qu'elle avait dégustés dans sa vie d'avant, aucun d'entre eux n'ayant été préparé par ses soins. Habiter dans une maison ayant coûté des millions de dollars avec un mode de vie de riche avait pas mal d'avantages. Et un délicieux café tous les jours dès qu'elle le souhaitait en était un.

Elle mit les grains moulus, remplit la carafe à l'arrière de la cafetière et appuya sur le bouton de démarrage. Puis elle marcha jusqu'au frigo et l'ouvrit. S'il n'y avait rien d'autre, elle devrait y mettre de côté le gâteau de carottes et le sandwich. Elle voulait absolument manger le gâteau, car il était vraiment très bon. Mais c'était en partie parce qu'elle était stressée.

Finalement, une fois le café passé, elle se saisit d'une tasse, ouvrit la porte de derrière et entra dans sa véranda. Elle était vieille et démodée, mais c'était la sienne et à cet instant, elle avait besoin de ce réconfort.

Avec les animaux la suivant dans son sillage, elle erra dans son jardin de derrière. C'était uniquement là, trouvant un espace privé où personne ne pouvait interférer, qu'elle réussissait à déstresser. Presque en pilote automatique, ses pieds l'amenèrent au ruisseau. Elle se jucha sur le rondin proche de sa maison, mais tout juste un peu accessible au public. Elle s'assit là, observant l'eau s'écouler dans son lit. C'était si apaisant.

Mugs marcha dans les flots jusqu'à ce que sa large patte soit recouverte d'eau, et il plongea la tête afin d'y boire. Évidemment, ses oreilles suivirent, alors elles s'y enfoncèrent également. Elle soupira.

— Mugs, pourrais-tu au moins les relever, qu'elles ne

soient pas mouillées à chaque fois ?

Il lui répondit simplement par le triste regard typique du basset et continua de vaquer à ses occupations. Elle dit :

— Je suppose que je devrais être contente que tu ne te baignes pas totalement.

Avec son dédain typique face à tout ce que pouvait faire Mugs, Goliath s'assit sur une pierre, sa queue s'enroulant parfaitement autour de lui. Le chat avait le regard baissé vers l'eau, fasciné, mais également révulsé. Doreen ne pouvait même pas l'imaginer pêcher. Il était simplement trop délicat. Mais il détestait l'eau. Et en même temps, c'était comme s'il ne parvenait pas à s'en éloigner. Elle se demandait comment il pouvait concilier les deux.

Thaddeus, d'un autre côté, marchait le long du rondin sur lequel il était, sifflant à Mugs « Bois l'eau ! Bois l'eau ! »

Elle rit en l'entendant.

Il pencha la tête, la regarda, se lissant les plumes à l'air frais. Il procurait beaucoup de bien à sa famille. Elle n'avait jamais pensé avoir un oiseau comme animal de compagnie avant ça. Elle devait nettoyer derrière lui, tout comme pour le chat et le chien, mais elle aimait faire un peu de ménage désormais. L'aspirateur était assez vieux, mais fonctionnait encore, heureusement, et c'est tout ce qui lui importait. Savoir que cet endroit était à elle apportait également une grande différence.

Deux semaines maintenant qu'elle était là, c'était difficile à croire. La maison était familière. Ça sentait encore comme Nan, un mélange de renfermé et de vieille poussière. Doreen lui donnait lentement une meilleure allure, ce qui était un miracle, vu qu'elle n'avait pas d'argent pour ça. Ça se résumait à du bon vieux travail manuel.

Doreen avait évoqué le sujet des antiquités avec Nan,

mais avait oublié de lui demander si elle connaissait l'histoire de chacune d'entre elles. Il fallait également qu'elle trouve un brocanteur. Dans l'espoir qu'il la conseille au cas où quelques-uns de ces objets auraient de la valeur.

En parlant de ça… Elle retourna vers la maison et y pénétra pour récupérer son téléphone sur le plan de travail, puis composa le numéro de Wendy du magasin de dépôt-vente, tout en reprenant la direction du rondin près du ruisseau.

— Salut, Wendy, c'est Doreen.

— Salut Doreen, répondit gaiement Wendy.

Elle était tout le temps si joyeuse. Doreen était jalouse d'elle, en un sens.

— Que puis-je pour toi ? demanda Wendy. As-tu d'autres vêtements à apporter ?

— En fait, non, répondit-elle, même s'il devrait y en avoir encore un peu. J'ai encore la chambre parentale à passer en revue.

— Oh, mon Dieu ! Est-ce que toutes les affaires précédentes provenaient de la chambre d'amis ?

— Oui, confirma Doreen en riant à moitié. C'était le cas.

— Dieu du ciel ! Tu devrais trier le reste et me l'amener. J'ai vendu quelques pièces et l'un des manteaux en fourrure. Maintenant, souviens-toi. Je ne te verserai rien pendant un temps. Je paie au bout de quatre-vingt-dix jours, au cas où les gens rendent les objets.

— Oui, oui, pas de soucis, déclara rapidement Doreen, car elle n'avait pas du tout compris ça.

Wendy lui avait probablement expliqué, mais, comme l'ex-mari de Doreen le confirmerait, elle n'avait juste pas eu à gagner d'argent. Elle n'était pas stupide, c'était seulement qu'elle ne pigeait pas comment fonctionnait ce genre de règles.

— Alors, tu dis qu'après quatre-vingt-dix jours, tu m'appelleras et m'indiqueras combien d'argent est à ma disposition.

— Oui, et alors, je paie le quinze du mois suivant, après les quatre-vingt-dix jours. C'est beaucoup de comptabilité, étant donné que mes clients peuvent rapporter les articles durant ce laps de temps.

Doreen avait confiance en Wendy. Que ce soit la bonne chose à faire ou non, elle n'avait pas beaucoup le choix.

— Pourquoi as-tu voulu vendre le manteau de fourrure, à ce propos ? demanda-t-elle par curiosité. Nous n'avions pas vraiment discuté du prix des articles que je t'ai apportés.

— Non, mais je crois que j'en ai déjà cédé pour cent dollars en tout, et ça, c'est sans compter le manteau de fourrure. Je l'ai vendu pour cent quarante-cinq. (Sa voix devint distraite lorsqu'elle proposa :) Je peux chercher pour toi, si tu veux.

— Non, non, déclina Doreen avec joie. Je suis juste contente d'entendre que tu écoules certains de ces objets. C'est très encourageant.

— Et... ajouta Wendy, avec de la chance, on va doubler ou tripler ce montant avant la fin des quatre-vingt-dix jours. Surtout si tu amènes plus d'affaires, peut-être qu'on peut t'en obtenir un peu chaque trimestre.

— C'est une bonne idée, s'illumina Doreen. Maintenant, je cherche des antiquaires en ville.

— Je n'en connais pas, répondit-elle, à part Fen Gunderson qui possédait son propre magasin de vieilleries. Il est à la retraite maintenant, mais il a un œil de lynx. Si tu cherches des conseils, tu devrais lui parler.

— Et où puis-je le trouver ? demanda-t-elle.

— Il vit à Upper Mission.

Elle avait vécu suffisamment longtemps à Kelowna pour savoir qu'elle-même résidait à Mission et qu'au sud de sa maison se trouvait Upper Mission. D'un point de vue géographique, ça n'avait aucun sens pour elle. Mais ce n'était pas elle qui avait déterminé les limites de la zone.

— J'irai à sa rencontre, et je verrai s'il me dit quelque chose.

— Il est facile à trouver. Il est volontaire à la boutique solidaire de Mission. Tu pourras toujours le trouver à l'arrière, à tester des grille-pain et n'importe quel appareil condamné que les gens déposent. (Wendy se mit à rire joyeusement.) C'est un amour, quoi ! Je suis certaine qu'il adorerait se rendre dans la vieille maison de Nan et découvrir ce qu'elle possède. Il pourrait vraiment te préciser quelles pièces ont de la valeur.

— Ce serait l'idéal, s'exclama Doreen. Je n'ai aucune idée de ce qui en a et de ce qui n'en a pas.

— Exactement, acquiesça Wendy. Des gens m'attendent au magasin, là. Alors, quand tu en auras l'occasion, passe en revue davantage de vêtements et fais un saut ici ; même si c'est juste pour rendre visite, tu seras toujours la bienvenue.

Elle raccrocha, laissant Doreen assise près de la rivière. Elle se retourna pour regarder la vieille maison qui avait besoin d'une nouvelle couverture et la véranda qui se trouvait sur le côté. Pourtant, elle sourit. C'était à elle. C'était un toit au-dessus de sa tête. Avec un petit peu de travail, beaucoup de volonté et d'huile de coude, ça ferait l'affaire.

Quand elle entendit qu'on l'appelait par son prénom, elle cria en réponse, tout en se rendant compte qu'elle n'aurait pas dû faire ça. Ça aurait pu être n'importe qui. Et n'importe qui aurait pu être un reporter.

Immédiatement, elle distingua un son de dégoût provenant de derrière la barrière du voisin.

— Que faites-vous, cachée par ici ? demanda-t-il ou elle.

Doreen fronça les sourcils. Elle devait d'abord déterminer le genre de la personne qui venait de parler, en se basant sur cette voix unisexe. Elle avait rencontré l'homme de la maison et, à sa connaissance, une femme vivait là. Mais Doreen l'avait déjà rencontrée. Et cette voix désincarnée provenant du terrain de derrière ne s'était jamais présentée, alors Doreen ne savait pas s'il s'agissait de l'homme ou de la femme.

— Je ne me cache pas du tout ! se défendit Doreen, exaspérée. Je suis là pour profiter du ruisseau.

— Saleté, lança la voix. Et arrêtez de crier. Vous dérangez ma sieste.

Doreen leva les deux mains et branla du chef. Apparemment, même ici, à s'occuper de ses affaires dans son propre jardin, elle posait problème. Mais, comme elle regardait vers la maison, elle vit Mack marchant dans sa véranda. Elle sourit et lui fit signe, puis se leva. Thaddeus arriva vers elle en vitesse. Elle se pencha et le laissa grimper sur sa main, puis elle l'éleva jusqu'à son épaule. Mugs aboya joyeusement à leur visiteur.

Goliath les observa tous, avec ce regard dédaigneux et hautain digne d'un lord de manoir, qui semblait leur signifier : « Vous ne vous attendez pas à ce que je dise bonjour à tout le monde, n'est-ce pas ? Juste parce que vous le faites… »

Mugs, d'un autre côté, courait déjà comme un fou vers Mack. Apparemment, il pensait que cet homme était quelqu'un de bien. Il ne valait pas un clou comme chien de garde, aboyant généralement *après* que Doreen avait entendu frapper à sa porte. Cependant, il avait été utile ces derniers jours, alors tout allait bien. De plus, elle adorait ce charmant clébard. Il était sa famille. Il avait été là pour elle envers et contre tout, et elle aimait ses bajoues, chacun de ses plis.

Comme Doreen marchait vers Mack, elle leva sa tasse.

— Il y a une cafetière de café frais.

Son visage s'illumina. Il se tourna et disparut dans sa cuisine.

Elle rit.

— Qui aurait cru que mon seul et unique ami dans cette ville aurait fini par être un détective de police ?

Elle souriait toujours jusqu'à ce que son regard atterrisse sur les traces de terre foncées dans son terrain.

Mack sortit.

— Et maintenant, c'est quoi qui vous dérange ?

— Le bazar que vos hommes ont laissé, répondit-elle d'un ton sec.

Elle progressa sur les marches de la véranda et le dévisagea en entrant dans sa cuisine.

— Ils devraient nettoyer ça.

— On en a déjà discuté des tas de fois, dit-il, exaspéré. Ils ne vont rien nettoyer du tout.

— Ce sont eux qui ont abîmé tout mon jardin.

Elle posa sa tasse et la remplit. Il avait pris la plus grosse de la maison, alors il restait à peine suffisamment de café pour s'en remplir une autre. La boisson dans la main, elle se dirigea vers la table de la cuisine et s'assit.

— Ils n'ont rien déterré. Ils ont bougé un cadavre caché sur votre propriété.

— Mais je ne l'ai pas caché, précisa-t-elle avec logique. Alors, ça n'a rien à voir avec moi !

— Oubliez ça, intima-t-il en secouant la tête, la rejoignant à la table. Vous ne bénéficierez pas de *jardinage* gratuit de la part du RCMP.

Elle soupira et posa le menton sur la paume de sa main.

— Alors, qu'avez-vous trouvé concernant l'affaire ?

— Il n'y a pas d'affaire. (Il sortit un bloc-notes, le posa sur la table de la cuisine et reprit sa tasse de café.) Allons-y, prenons votre déposition.

— D'accord, dit-elle.

Elle répéta ce qu'elle avait fait à partir du moment où elle avait vu le couple dans la jardinerie, jusqu'à celui où elle avait trouvé le corps. Quand elle se sentit finalement assoiffée, elle se rendit compte qu'elle avait bu le reste de son café. Elle observa longuement la cafetière vide.

Il posa son regard sur elle, puis sur la cafetière.

— Allez en lancer une autre.

Elle haussa les épaules et resta assise à sa place.

— Êtes-vous en train d'essayer de me faire préparer du café pour vous ?

Elle lui afficha un regard aux yeux grand ouverts et innocents.

— Bien sûr que non. Pourquoi ferais-je ça ?

Mais il ne semblait pas la croire. Il la fixa, puis déclara :

— Vous avez préparé un très bon café aujourd'hui. Quelle différence avec celui que je prépare ?

Elle croisa les bras sur sa poitrine, s'adossant de nouveau sur sa chaise.

— C'est juste que je n'en veux plus.

Il finit sa tasse, l'observa et dit :

— Si vous n'en voulez plus, cela vous dérange si je mets en route une autre cafetière ?

Elle se pencha en avant avec enthousiasme.

— Non, non. Allez-y.

Il l'observa.

— Vous êtes bête. Votre café est aussi bon que le mien.

— Vous le pensez ? demanda-t-elle.

Elle le regarda effectuer les mêmes gestes qu'elle avait faits pour préparer le café.

Quand il goutta joyeusement, il s'assit de nouveau.

— Oui, votre café est aussi bon que le mien.

Thaddeus, à ce moment-là, disparut dans le salon. Quand il finit par s'ennuyer, il revint et sauta sur le genou de Doreen, grimpa sur son bras puis sur la table. Il marcha jusqu'à sa tasse et lui donna un coup de bec. Elle le chassa et déplaça la tasse.

— Il fait ça depuis peu. Je ne comprends pas pourquoi.

— A-t-il assez de nourriture ?

Elle se leva et alla vérifier.

— Après avoir oublié il y a quelques jours, raconta-t-elle, je me suis sentie si mal que je leur donne probablement trop à manger maintenant.

Dans le hall d'entrée, elle trouva le sac de graines pour oiseaux, en prit une poignée et posa le tout sur la table de la cuisine. Thaddeus s'y dirigea. Elle grommela.

— À la vitesse où il engloutit, je vais bientôt devoir lui payer un nouveau sachet.

— En avez-vous déjà acheté ?

Elle fit non de la tête.

— Non. Jusqu'à présent, toutes les provisions que Nan m'a laissées me sont d'un grand service.

— Bien, répondit-il. Votre argent tiendra un peu plus longtemps alors.

Elle acquiesça.

— Pas des lustres, mais suffisamment. Maintenant, dites-moi ce que je dois savoir.

Il la dévisagea avec surprise.

— De quel calibre étaient les balles qui l'ont tuée ? Combien de tirs a-t-elle reçus ? Quelle était la cause de la mort ? Je suppose que ce sont les balles, précisa-t-elle, car je ne l'ai vue que peu de temps avant. Cependant, sa nuque paraissait légèrement contusionnée et je ne me souviens pas d'avoir noté ça plus tôt.

— Vous avez remarqué ça, hein ? s'étonna-t-il. Moi aussi. (Il tapota son crayon sur son bloc-notes.) Le truc, c'est que… jusqu'à ce que le médecin légiste ait l'occasion de l'ausculter, nous ne connaîtrons pas les détails.

Elle hocha la tête.

— Comment se fait-il que ceux de la maison de retraite aient été si vite au courant ?

Il grogna.

— Aucune idée. Le centre du planning familial est fermé depuis le trouble de la semaine passée.

— Quel trouble ?

Il lui lança un regard.

— Vous n'en avez pas entendu parler ?

— Je ne savais même pas que ce bâtiment existait jusqu'à aujourd'hui, confirma-t-elle. Alors, racontez-moi.

— C'est un centre de planning familial, et ils sont pro-choix, l'informa-t-il. Un grand chahut a eu lieu la semaine dernière, lorsque deux hommes sont entrés et ont embêté quelques femmes dans la salle d'attente. C'était suffisamment violent pour qu'ils ferment le bâtiment pendant qu'ils revoyaient leurs options de sécurité.

— Les types ont-ils été inculpés ?

Il haussa les épaules.

— Je ne suis pas au courant.

— Vous ne vous occupez que d'affaires classées ou aussi

d'affaires en cours ?

Il souffla un bon coup.

— Comme vous le savez, je fais les deux.

— Alors, quelle est cette affaire classée dont vous alliez me parler avant ?

Il secoua la tête.

— Oh non, ne vous fatiguez pas ! Je veux en savoir plus sur ce couple. Avez-vous entendu leur conversation ?

— Je vous ai déjà raconté cette partie, éluda-t-elle. Donc, votre affaire classée concerne-t-elle un meurtre, de la drogue, un vol ?

— Aucun des trois, répondit-il.

— Des enfants disparus ? devina-t-elle.

Il la fusilla du regard. Elle exulta.

— J'ai raison, c'est ça ? ricana-t-elle en tapant dans ses mains comme une enfant.

Il secoua la tête.

— Je ne dis pas que vous avez tort ou raison. Bref, on ne va pas discuter de ça maintenant.

Elle hocha la tête.

— D'accord, c'est vraiment parce que nous avons une enquête en cours sur laquelle nous devons travailler. Vous m'avez donné le nom de la personne décédée et m'avez précisé qu'elle était une femme d'affaires, mais de quoi s'occupait-elle ?

Il soupira.

— Elle était chargée des fonds du centre du planning familial, annonça-t-il. Elle dirigeait le service qui met en relation les financiers avec les entreprises.

Doreen resta à le fixer un long moment, le temps que les informations se rassemblent.

— Alors, son corps a été jeté devant un organisme

qu'elle aidait à fonctionner ?

Il confirma d'un signe de tête.

Elle s'adossa, une main recouvrant sa bouche.

— Ouah… c'est intéressant !

Il eut un haussement d'épaules.

— Bien sûr, ça pourrait être pire, reconnut-elle. Elle aurait pu avoir créé une boutique de confiseries. Peut-être qu'elle aurait été jetée dans une cuve de chocolat crémeux ou autre.

Il l'observa. Elle se mit à rire.

— D'accord, d'accord. Vous me connaissez. J'essaie juste de faire le tri dans tout ce négatif, puis de trouver quelque chose de lumineux et de joyeux pour équilibrer tant bien que mal.

— Découvrir un corps dans une cuve de chocolat crémeux… ce n'est pas joyeux.

Elle l'ignora, saisit sa tasse et marcha vers la cafetière.

— Peut-être pas, mais il y a du café frais, alors je me ressers. (Elle en versa et alla se rasseoir, sa main balayant le dessus pour chasser la vapeur.) C'est une disparition d'enfant, hein ? Un cas intéressant.

Il ne prêta pas attention à Doreen et tapota son bloc-notes.

— Êtes-vous sûre que vous n'avez rien vu d'autre ?

Elle fronça les sourcils.

— Je croyais que le centre du planning familial était vide, mais j'ai eu ce sentiment étrange que quelqu'un m'observait, vous savez ? Pourtant, quand je me suis tournée, je n'ai vu personne derrière les fenêtres.

— Non. Comme je l'ai dit, c'était fermé.

— Sauf si quelqu'un y travaillait, s'est fait prendre en train de s'occuper de la société pendant qu'elle ne recevait pas de public, suggéra-t-elle calmement. Nous savons que plein de gens feraient ça. Et concernant les gardiens ?

Il effectua un signe de tête.

— Personne n'a répondu aux officiers lorsqu'ils ont toqué. Que vous ayez eu sentiment étrange ne me suffit pas pour conclure que quelqu'un là-bas vous observait.

— Mais ce n'est pas une raison pour ne pas le signaler non plus, insista-t-elle en gloussant, saisissant sa tasse pour boire une gorgée. Dès qu'elle y goûta, elle sourit.

— C'est pour quoi ce sourire ?

Il avait la voix suspicieuse, mais teintée d'humour. Le rictus de Doreen s'effaça, et elle le contempla innocemment. Il soupira.

— Il est meilleur ?

— À ma grande tristesse, oui.

Cette réponse le fit rire.

— Vous êtes folle. Vous le savez, hein ? la taquina-t-il affectueusement.

Elle haussa les épaules.

— Mais vous m'appréciez quand même, alors tout va bien. Combien d'enfants ont disparu ?

— Trois, mais ils ne sont pas tous liés entre eux. (Il s'arrêta et lâcha :) Nom de Dieu !

Elle s'esclaffa.

— Tous des garçons ?

Les sourcils de Mack se soulevèrent tous les deux.

— Qu'est-ce qui vous dit que ce sont des garçons ?

— Je ne sais pas. J'avais de grandes chances de tomber juste, et je suis plutôt douée avec ça.

— Telle grand-mère, telle petite-fille, commenta-t-il la tête penchée et les sourcils levés. Dans ce cas, vous devriez acheter un ticket de loterie. Cela résoudrait vos soucis d'argent.

— Hmmm, c'est vrai. Le problème avec cette solution, c'est que vous devez d'abord avoir de l'argent.

Il eut un rictus.

— C'est vrai. Je vais vous laisser maintenant. (Il se leva, prit son bloc-notes.) Assurez-vous de ne parler à personne de cette affaire, s'il vous plaît. Je reviendrai probablement plus tard avec d'autres questions. Mais je vous appellerai avant.

— Ça me va, indiqua-t-elle. Nous avons toujours notre cours de cuisine lundi ?

— Jusqu'à preuve du contraire.

Il se tourna et marcha vers la sortie.

Chapitre 6

Mercredi après-midi…

S E REMEMORANT WENDY lui suggérant de lui apporter plus de vêtements à revendre, Doreen prit le morceau de gâteau à la carotte restant et une tasse de thé, puis monta jusqu'à la chambre parentale. Elle y avait rangé ses affaires, mais n'avait pas enlevé celles de Nan. Un énorme placard double occupait tout un mur. En vérité, elle s'était gardé cette corvée pour une journée de pluie. Mais, pour aujourd'hui, la distraction serait appréciée, et voir la quantité de nourriture de Thaddeus bien diminuer au quotidien était un autre rappel constant qu'elle avait besoin de plus d'argent. Puisque Nan avait cette habitude de cacher ou de paumer ses billets dans beaucoup de ses fringues, cela avait été une énorme source d'argent liquide en extra pour Doreen la dernière fois qu'elle avait farfouillé dedans. Tellement de monnaie que Doreen puisait encore dans ce fonds pour payer les courses.

Elle commença par une extrémité du placard, en sortit la moitié d'une douzaine de cintres environ, tous supportant des vêtements de soirée. Elle tint une paire de robes et siffla.

— Ouah, Nan ! Quand as-tu bien pu porter ça ?

L'une était scintillante, ressemblait à un modèle des années vingt, de l'ère Gatsby. Mais elle était éblouissante, d'un gris argent. Elle étendit toutes les robes sur le lit et accrocha celle-ci au dos de la porte pour vérifier son état. Elle était vraiment magnifique, en excellent état. Et vu sa taille, elle irait à Doreen.

Elle fronça les sourcils.

— Je n'aurai jamais d'endroit où me rendre pour porter quelque chose comme ça.

Pourtant, elle détestait l'idée de s'en débarrasser.

Elle la laissa au dos de la porte pendant qu'elle vérifiait les autres affaires qu'elle avait sorties. Chaque robe avait un style très différent, vraiment unique. Elles n'étaient pas spécialement le genre de Doreen. Cependant, elle n'aurait pas cru qu'elles étaient celui de Nan non plus. Mais elles révélaient le goût pour la mode qu'avait sa grand-mère et sa personnalité quand elle était plus jeune. Et bon sang, elle avait dû être une sacrée fêtarde !

Pourtant, ces robes étaient d'excellente facture et cela voulait dire beaucoup, en matière de revente.

Elle en mit de côté deux autres qui l'intéressaient pour son usage et en accrocha trois à la tringle à rideaux de la petite fenêtre, pour se décider ultérieurement. Puis elle entreprit de vérifier toutes les poches, mais ne trouva rien. Elle sortit deux autres robes, déçue de n'y trouver aucunes espèces.

Elle dénicha quelque chose dans la suivante, qui possédait des bonnets de poitrine rembourrés : un billet de cinquante dollars glissé dans l'un d'eux. Stupéfaite, elle l'extirpa, mais pensa ensuite à toutes ces fois où elle était sortie pour une soirée. Si elle ne voulait pas prendre son sac à main avec elle, mais qu'elle avait besoin d'une poche pour son argent, c'était une cachette idéale. Cela la fit revenir sur ses pas pour vérifier chacune des autres robes. Ce fut la seule dans laquelle elle trouva de l'argent, mais elle s'assura qu'elle les avait bien toutes minutieusement contrôlées, ceintures comprises.

Elle s'attela à la tâche, passant en revue une bonne partie du placard. Certains des vêtements n'étaient pas au goût du jour, mais de styles classiques que Doreen pourrait porter à n'importe quel moment. Du moins, elle l'espérait.

Quand son téléphone sonna, elle répondit distraitement.

— Garce ! dit une voix étrangère à l'autre bout du fil.

— Je vous demande pardon ?

Clac.

Elle renâcla.

— Bon… ce n'est pas comme si on ne m'avait jamais appelée comme ça avant.

Elle reposa le portable et retourna aux robes qu'elle avait posées sur le lit. L'une était une robe mission de style hippie. Elle rit. Ça pourrait être marrant si elle prenait une centaine de kilos, mais elle ne pouvait imaginer la porter maintenant. Cependant, elle avait été confectionnée avec un superbe tissu. Si seulement elle savait coudre, elle pourrait faire plein de choses avec. Elle la rangea dans la pile à apporter au dépôt-vente.

Elle crut que la suivante était une robe en tricot, mais c'était plutôt un cardigan descendant presque jusqu'aux pieds. Il était magnifique. Le tissu était doux, lisse et soyeux. Elle vérifia les poches et croassa de plaisir en y retirant un porte-monnaie. Il était orné de perles dans une espèce de lamé doré, ce qui aurait convenu avec l'une des robes habillées, pas forcément avec le cardigan.

Elle l'ouvrit et le découvrit bourré de monnaie. Avec

précaution, elle le vida sur le lit. Il y avait beaucoup de pièces, d'une valeur de dix dollars peut-être, ainsi que plusieurs billets de vingt. Alors qu'elle les dépliait, elle en trouva un de cinquante à l'intérieur. Elle demeura interdite.

— Nan, comment as-tu pu égarer tout cet argent ? Ça me rendrait dingue s'il me manquait cinquante dollars !

Quand le téléphone sonna une seconde fois, elle répondit sans réfléchir :

— Allô ?

— Garce, tu vas mourir toi aussi.

Clac.

— Une fois, d'accord, on s'en moque. *Deux fois…* maintenant, tu deviens casse-pieds, maugréa-t-elle.

Elle attendit de voir si l'inconnu allait réitérer, mais personne ne rappela. Vérifiant le numéro, elle ne lut que « Appel anonyme ». Elle nota l'heure des deux appels et resta à l'affût d'un éventuel troisième coup de fil.

Elle se tourna et observa le porte-monnaie. Il était si mignon qu'elle ne voulait pas s'en débarrasser. Elle n'était pas sûre de vouloir vendre le long cardigan en tricot non plus. Elle le retira du cintre et l'enfila devant le miroir sur pied. Il s'arrêtait juste à mi-mollet et était d'un vert sauge prononcé avec de grosses manches enroulées aux poignets.

Elle se blottit dedans et sourit.

— Je te garde, annonça-t-elle.

Puis le téléphone sonna une nouvelle fois. Elle lut le même « Appel anonyme » sur l'écran de son portable et répondit.

— Allô ?

— Tu vas déguster, garce.

— Vous devenez ennuyeux, dit-elle.

Cette fois, elle raccrocha en premier. Puis sourit de toutes ses dents.

Chapitre 7

Jeudi matin...

QUAND ELLE SE leva le jour suivant, il était difficile de croire que c'était le matin. Elle n'avait pas dormi de la nuit. Même si elle avait eu le dernier mot sur son appelant anonyme et qu'il n'avait pas recommencé, cet incident avait tout de même fait son chemin dans ses cauchemars. Elle ne savait pas quel était le problème de cet homme.

— Est-il lié à l'un des cadavres que j'ai trouvés ? pensa-t-elle à voix haute dans la chambre vide. Il est de toute évidence une petite brute, qui essaie de me faire peur en me menaçant. Comme le dirait Mack, que mon interlocuteur m'ait annoncé que j'allais mourir aussi ne signifie pas nécessairement qu'il a un rapport avec le meurtre de Celeste.

Elle fit pivoter sa nuque lentement en s'asseyant sur le côté du lit. Une lourde tête atterrit sur ses genoux tandis que Mugs roulait et s'étirait. Elle se pencha et gratouilla sa grande bedaine, terminant par un câlin à ses grandes oreilles qui pendaient. Elle les adorait, elles étaient si douces.

— Tu peux rester ici Mugs, mais il me faut une douche.

Comme elle se levait, elle vit le perroquet sur le rebord de fenêtre de sa chambre, regardant le jardin. Elle fronça les sourcils.

— Que fais-tu par ici, Thaddeus ?

Il tourna son regard perçant dans sa direction et inclina sa tête vers la fenêtre, comme pour dire « Viens ici, petite sotte et regarde. Il était temps que tu te lèves. »

Elle marcha jusqu'à lui et scruta par la fenêtre. Rien ne semblait suspect. Ses sourcils se froncèrent.

— Je ne vois pas ce qui te dérange, mon petit, et rien qui pourrait être inquiétant.

Il répondit d'un petit cri et se secoua les plumes, comme s'il se sentait insulté qu'elle ne distingue pas ce que lui avait repéré.

Elle scruta de nouveau le terrain, mais il ne lui paraissait pas différent. Cela étant, pas mal de choses s'y étaient passées dans son jardin, alors elle n'était pas certaine de pouvoir ignorer les observations de Thaddeus aussi vite. Cela avait mis du temps, mais elle avait fini par comprendre que les animaux possédaient vraiment une sorte de savoir intuitif sur ce qui les entourait.

Faisant demi-tour, elle s'en alla pour prendre une douche. Lorsqu'elle sortit enveloppée d'une serviette, Thaddeus regardait toujours par la fenêtre. Ce qui la dérangeait vraiment, c'était sa concentration. Il n'était pas un prédateur par nature, même si elle supposait qu'il pourrait l'être dans la vie sauvage. Il y avait quelque chose là dehors qu'il continuait de surveiller.

Elle se tint à ses côtés, observant de nouveau dans la même direction que celle qui focalisait toute son attention. Il restait fixé sur le coin arrière droit. À peu près là où sa barrière finissait et où le ruisseau bordait celle du voisin.

ELLE S'ACCROUPIT DERRIERE lui, partageant ainsi sa ligne

de mire.

— Je sais que tu es plus malin que moi, mon pote. Mais je ne vois vraiment pas ce que tu regardes. (Il ne bougea pas d'une plume.) On pourrait descendre et aller dehors, voir ce qu'il y a, proposa-t-elle presque en gage de réconciliation.

Il poussa un cri et sauta sur son épaule. Elle rit et déclara :

— D'accord. Je vais prendre ça pour un oui. Mais laisse-moi m'habiller d'abord.

Et ça, il ne le voulait pas. Elle batailla dans ses vêtements, se força finalement à le retirer de son épaule pour le déposer sur la tête de lit. Une fois parée, elle le remit sur son épaule et descendit les escaliers, Mugs à ses côtés.

Tandis qu'elle franchissait les dernières marches, elle aperçut Goliath vautré sur celle du bas. Elle marmonna :

— Pourquoi avoir choisi de t'étendre là ?

La seule reconnaissance qu'elle obtint de lui fut une pichenette de sa queue. Elle renâcla.

— Tu essaies de me faire tomber, c'est ça ? Et alors, tu feras quoi après ? demanda-t-elle sèchement. Je serai étendue là, avec une jambe cassée, et personne ne pourra te donner à manger.

Il roula sur son dos et s'étira, une réminiscence de ce qu'avait fait Mugs plus tôt. Elle rit, enjamba l'énorme félin, s'accroupit et fit à Goliath de gentilles caresses. Elle se redressa et dit :

— J'adore tout ce temps consacré aux animaux, mais je vais me transformer moi-même en bête si je ne prends pas un café.

Elle pénétra dans la cuisine et alluma la cafetière. Pendant ce temps, elle regarda dans le jardin, s'interrogeant sur ce qui avait tant dérangé Thaddeus. Dès que le café eut suffisamment coulé pour qu'elle puisse s'en servir une tasse, elle attrapa un vieux mug usé et ébréché qu'elle considérait avoir plus de caractère que les tout nouveaux qui étaient tape-à-l'œil, puis ouvrit la porte de derrière. Mugs courut dans la cuisine et fila. Il aboya sans s'arrêter. Elle lui fit les gros yeux.

— Mugs ! Quel est le problème ?

Tout aussi rapidement, une traînée orange attira son regard au moment où Goliath se rua dehors, derrière Mugs. Sur son épaule, Thaddeus criait haut et fort.

— OK, OK, OK ! hurla-t-elle. J'y vais, j'y vais !

Elle descendit les marches de la véranda, puis l'allée menant au jardin. Tout en progressant, elle s'émerveillait : ça avait vraiment meilleure allure sans la clôture délabrée qui lui barrait la vue du ruisseau. Cela agrandissait vraiment l'espace. Elle n'en pouvait plus d'attendre de pouvoir s'occuper du projet de jardinage de son propre terrain. Mais elle souhaitait d'abord définir un plan réalisable, couché sur papier.

Ses idées n'étaient pour le moment que des ébauches, et elle ne voulait pas bâcler le boulot. Elle retirait une certaine fierté de son travail, et il était possible que ses propres réalisations soient publiées dans un portfolio, pour montrer de quoi elle serait capable dans les propriétés d'autres personnes. Alors, Doreen ne souhaitait pas tout faire foirer.

Elle descendit tranquillement l'allée, allongeant le pas. Mugs s'assit, les fesses fermement plantées au sol, et Goliath s'installa à côté de lui. Curieuse, elle les rejoignit pour jeter un œil.

— Hé, que se passe-t-il ? questionna-t-elle. Il n'y a *rien* ici.

Mais ils la regardèrent tous deux avec dégoût. Elle poussa un grognement, se disant que tous les animaux pensaient qu'elle était stupide. Tandis que l'ensemble de la population croyait que les bêtes n'étaient pas aussi malignes qu'elles ne l'étaient en réalité.

Elle baissa les yeux vers la zone concernée, les laissant vagabonder quelques mètres devant, mais elle ne comprenait toujours pas ce qui clochait. Elle avança davantage, se demandant si ses animaux observaient vers le ruisseau, lequel était devenu la source d'un tas de choses étranges, merveilleuses et, dans certains cas, mortelles.

Alors qu'elle longeait de haut en bas le bord de l'eau, elle se retourna pour considérer ses trois compagnons. Thaddeus avait rejoint les deux autres au sol, et, désormais, tous étaient simplement assis là, à l'observer, comme pour dire « Allez ! Tu vas piger, oui ? »

Le truc, c'était qu'elle n'avait aucune idée de ce qu'ils voulaient signifier. Elle s'accroupit près du ruisseau, mais songea que s'il y avait quelque chose dans l'eau, ils se seraient placés au bord. Au lieu de ça, ils se trouvaient à environ deux mètres à l'écart, regardant presque à ses pieds.

Elle étudia la distance entre elle et ses animaux. À ce moment précis, son téléphone sonna. Voyant qu'il s'agissait de Mack, elle répondit.

— Je pourrais avoir d'autres questions pour vous aujourd'hui, annonça-t-il.

— Bien sûr, acquiesça-t-elle d'une voix distraite.

— Que faites-vous ? (Comme elle ne répondit pas tout de suite, la voix de Mack se fit plus tranchante :) Doreen, parlez-moi. Dans quel merdier vous trouvez-vous ?

Elle lança un regard furieux au portable.

— Hé, soyez gentil. Je n'étais pas obligée de répondre, vous savez ?

— Pourquoi ne le feriez-vous pas ?

— J'ai reçu trois appels de menace la nuit dernière, expliqua-t-elle calmement. Mais j'ai eu le dernier mot.

— Bon sang, mais de quoi parlez-vous ? rugit-il. Pourquoi ne me l'avez-vous pas dit ?

Elle ricana.

— Les messages étaient brefs. Juste « Garce, garce, tu vas déguster. » Ce genre de trucs, raconta-t-elle. Mais au troisième appel, je lui ai balancé qu'il devenait vraiment ennuyeux, et j'ai raccroché en premier. Je n'ai pas eu de nouvelles depuis.

Il y eut un silence, puis il demanda :

— Vous êtes-vous moquée d'un inconnu qui vous menaçait ?

Toujours accroupie au bord du ruisseau, fixant le sol, elle s'assit confortablement et fronça les sourcils.

— Je n'appellerais pas ça exactement me moquer…

— Moi, oui. Avez-vous pensé au fait que quelqu'un là dehors vient d'assassiner une femme et pourrait vous avoir vue suivre le couple ?

— Je doute fortement qu'ils imaginent que je représente une quelconque menace, réfuta-t-elle. Je veux dire… soyons réalistes.

— Oui, insista-t-il d'une voix devenue dure et froide. Soyons réalistes. Vous surprenez une dispute. Vous suivez un couple. Vous entendez des coups de feu. Vous trouvez un cadavre. Puis vous êtes menacée par téléphone. Tout ça le même putain de jour. Est-ce assez réaliste ?

Elle grimaça.

— D'accord, alors je ne voulais pas sous-entendre ça dans ce sens-là.

— Moi si, répondit-il sèchement avant d'émettre un grognement. Vous avez une notion tellement étrange du bien et du mal.

— Peut-être. Mais au moins, c'est ma notion à moi.

Et elle coupa la communication.

Assise là, elle maugréa :

— Zut, zut et zut !

Évidemment qu'il avait raison. Elle était encore un peu hors de contrôle après avoir été enchaînée sous le joug de son très prochainement ex-mari. Elle prenait toutes ses décisions par elle-même, désormais, mais étaient-ce les bonnes ? Pas forcément. Mack était furax qu'elle ait emboîté le pas à ce couple, et le problème était qu'elle n'avait pas de bonne excuse pour ça. Enfin, excepté son intuition et aussi le fait que le fourgon avait suivi la Mini.

Mais peut-être se rendaient-ils au même rendez-vous ? Ce n'était pas comme si Doreen avait pensé que la femme s'était trouvée en réel danger, ce qui aurait été une tout autre histoire. Et pourtant, elle avait *vraiment* été en danger. Doreen avait simplement cru que la façon dont le couple agissait était curieuse. Elle aurait aimé dire qu'elle était voyante, mais elle en serait alors une plutôt naze puisqu'elle n'avait pas sauvé la vie de cette femme en la prévenant. Alors, tandis qu'elle n'était pas tout à fait sûre de ce qu'il se passait avec son appelant anonyme, finalement, elle jugea que Mack avait une bonne raison d'être mécontent d'elle, ce qui, dans ce cas, n'était pas de la voyance pure.

Aussi, elle n'avait pas vraiment pris au sérieux l'inconnu de la nuit dernière. Son ton s'était révélé trop moqueur, comme s'il faisait une farce de gosse.

Elle se redressa, leva les bras vers les animaux et vociféra :

— Les gars, vous devez m'indiquer ce que vous voulez que je remarque, car, d'ici, je ne vois rien !

Le regard de Goliath donnait à Doreen une raison pour

le dévisager.

— Arrête d'être si arrogant et montre-moi simplement !

Et ce foutu chat se leva, s'étira vers l'avant comme s'il prenait l'une de ses stupides poses de yoga avec son popotin s'agitant dans les airs, et ses pattes se posèrent sur un truc devant eux.

Elle entendit un *clic* métallique lorsque ses griffes rencontrèrent quelque chose de rigide.

Elle plongea en avant.

— Pourquoi tu n'as rien dit ?

Un petit bout d'objet coincé sortait à peine du sol. Elle ne l'avait jamais remarqué, car il était tout rouillé et recouvert de boue.

— Aucune idée de ce que c'est, lança-t-elle.

Elle essaya de pincer un des coins et de tirer dessus pour le libérer, mais il ne daignait pas bouger. Il lui fallait une pelle.

— On doit rentrer, j'ai besoin d'outils. Ça m'a tout l'air d'être un gros boulot. (Elle secoua de nouveau le morceau souillé et oxydé, mais il ne remuait toujours pas.) Et je préférerais porter des gants.

Elle baissa les yeux sur ses mains.

Thaddeus poussa un cri à son intention. Elle le regarda.

— Ne me dis pas que tu as vu ça hier soir et que tu l'as gardé à l'œil toute la nuit ? C'est assez gros pour le voir d'où je me tiens, mais pour ce qui est du second étage de la maison…

Cependant, en levant les yeux vers sa demeure, elle se rendit compte qu'elle était pile en face de la fenêtre de sa chambre. Elle grommela.

— D'accord, les amis, vous êtes probablement les animaux les plus étranges de la planète.

Mugs aboya. Elle le dévisagea avec un large sourire.

— Ne t'inquiète pas, je vous aime quand même.

Elle saisit sa tasse de café et son téléphone sonna. C'était de nouveau Mack. Elle appuya sur « Décrocher » et lâcha :

— Je ne répondrai pas.

Et elle raccrocha. Puis elle prit conscience de ce qu'elle avait fait.

Elle pencha la tête en arrière, les yeux levés vers le ciel, et elle gémit.

— Eh bien, ça fera sa matinée. S'il raconte ça à ses collègues, ils vont tous penser que je suis folle.

Cela dit, ils le croyaient sans doute déjà. Elle avait remarqué l'expression de leurs visages quand ils étaient arrivés au jardin d'œillets la veille. Ils devaient se poser des questions sur quelqu'un qui avait le chic pour trouver des cadavres régulièrement. Ce que personne ne semblait comprendre, c'était qu'elle ne cherchait pas après eux.

D'accord, hier, elle avait cherché, mais elle ne s'attendait pas à en trouver un. Elle examinait des parterres d'œillets pour avoir une idée de ce qu'ils auraient l'air en nombre. Ce n'était clairement pas sa faute si quelqu'un avait décidé de balancer un corps dans les fleurs. De plus, elle ne sollicitait absolument aucun planning familial. La dernière chose qu'elle prévoyait pour son futur était la perspective d'un enfant.

Cela lui causa un pincement de regret au cœur, car cette éventualité avait toujours été là, mais jamais au bon moment. D'une manière ou d'une autre, les projets changeaient. Peu importe, il lui fallait des gants et une pelle. Elle marcha vers la maison et posa son téléphone sur le plan de travail de la cuisine.

— Monsieur Mack Je-Sais-Tout, si vous rappelez, je ne

répondrai pas. Pour de vrai. Je laisse mon portable ici.

Elle se resservit du café, prit ses gants et une pelle, puis revint vers le ruisseau. Peut-être qu'avec un peu de chance, ce serait rigolo, pour changer. Et non pas quelque chose qui la conduirait vers davantage de gens assassinés. Elle n'était décidément pas d'humeur pour un autre meurtre, à moins d'être la personne qui viendrait en aide dans l'enquête.

Chapitre 8

D E RETOUR DEHORS, dans son jardin, Doreen mit sa tasse de café de côté.

— Mugs, ne la renverse pas.

Il lui répondit d'un regard triste, ce qui l'amusa.

Elle chassa les animaux, ce qui lui offrit davantage d'espace pour bosser. Ils étaient toujours assis là où ils l'étaient auparavant, devant le mystère en terre. Ses gants enfilés, elle essaya de nouveau de tirer sur le bout qui dépassait du sol.

Il était fin et en métal. Il devait être là depuis un moment.

Avec la pelle, elle souleva un peu de terre et de pierres autour de l'objet, espérant trouver un moyen de le libérer. Lentement, petit à petit, cela fonctionna. Ça ressemblait à une plaque d'immatriculation… ce qui n'avait aucun sens. Comment une plaque d'immatriculation aurait pu descendre le ruisseau ? À moins d'être arrivée là avec les débris emportés par le courant pendant la crue du printemps.

D'après ce qu'elle avait appris, toutes sortes de choses déboulaient avec cette montée des eaux. Et pas forcément des trucs qu'elle voulait voir. C'était plutôt triste quelque part, mais ça faisait partie de la routine de mère Nature.

Finalement, après de nombreux va-et-vient, elle libéra suffisamment l'objet pour pouvoir l'extirper de la terre. Elle le leva et observa le morceau de métal cabossé.

— Alors maintenant, nous avons une plaque d'immatriculation. (Elle observa les animaux qui avaient le regard fixé dessus, comme s'il s'agissait d'une vipère.) Qu'est-ce qu'on est supposés faire avec ça ?

— Vous pourriez me la donner, pour changer, dit Mack dans son dos, en tendant la main.

Elle leva les yeux vers le détective, lui donnant sa trouvaille à contrecœur.

— Qui vous a invité ?

— Je me suis invité tout seul, lâcha-t-il sombrement. Qu'est-ce que vous entendiez exactement par « Je ne prendrai pas cet appel », avant de me raccrocher au nez ?

— Je n'y avais pas réfléchi, admit-elle. Je vous ai juste répondu et j'ai coupé la communication.

Il rit et secoua la tête.

— Vous vous rendez compte que je me tenais au milieu de mon bureau, hurlant à votre réponse ? Du coup, j'ai été obligé de raconter aux autres ce que vous aviez fait.

Elle lui lança un coup d'œil furieux en se redressant, se débarrassant d'une main de la saleté sur ses genoux.

— Vous leur *auriez* dit, réagit-elle sèchement, probablement juste pour vous moquer de moi et consolider ma réputation d'idiote.

— Oh ! vous jouissez d'une réputation, ça oui, confirma-t-il en hochant la tête. Mais pas en tant qu'idiote.

— En tant que quoi alors ? s'interloqua-t-elle avec curiosité.

— Peut-être quelqu'un qui a plus de mauvaise chance

qu'il ne lui en faut pour tomber dans les ennuis encore et encore.

Elle pouffa devant lui.

— Eh bien, ils peuvent simplement passer à autre chose. S'ils faisaient leur boulot, je n'aurais pas besoin d'un quelconque pouvoir magique pour attirer le mauvais sort. (Elle désigna la plaque d'immatriculation qu'il tenait désormais.) Je sais que ce n'est pas une question banale, mais avez-vous déjà vu ça avant ?

Il roula des yeux.

— Pas loin de cinquante mille personnes vivent dans cette ville. Vous vous attendez vraiment à ce que je me souvienne de tous leurs numéros minéralogiques ?

— J'ai pensé que, puisque cette plaque d'immatriculation était enterrée près de ma propriété et, en prenant en compte le cas récent de Betty Miles… Je me suis demandé si c'était lié.

Affichant une moue, il secoua la tête.

— C'est celle d'un fourgon.

Elle étudia les lettres et les chiffres.

— Peu importe. Pourquoi ne la rentrez-vous pas dans votre base de données pour voir ce qui en découle ?

— Et pourquoi ferais-je ça ?

Elle leva les bras, exaspérée.

— Peut-être que le reste du van est enterré quelque part dans le coin aussi ! Et potentiellement, que c'est lié à un autre cas, ajouta-t-elle.

— Ouah, vous vous ennuyez vraiment désespérément !

— Plus maintenant. Apparemment, nous avons une nouvelle affaire de meurtre à résoudre.

Elle lui adressa un large sourire. Il branla du chef.

— Non, non, non, non, non. *J'ai* une nouvelle affaire à

résoudre, pas *vous* !

— Ce n'est pas ma faute si quelqu'un l'a tuée pendant que j'étais là-bas.

— Qu'est-ce que vous voulez dire, qu'ils l'ont tuée pendant que vous étiez là-bas ?

— Pendant que j'étais devant la maison délabrée, j'ai entendu les coups de feu. Comme je vous l'ai indiqué.

— Nous n'avons que votre parole pour ça, lui opposa-t-il, le regard se rétrécissant pour la mettre en garde.

— Êtes-vous en train de me déclarer que vous n'êtes pas entrés pour vérifier ?

— Nous avons des officiers sur place désormais. Nous n'avions pas de raison d'y pénétrer la première fois.

— Bien. J'avais peur, puisque j'étais la seule à vous en avoir parlé, que vous vous soyez obstiné à ne pas aller vérifier. Mais s'il s'agit réellement d'une scène de crime, eh bien, toutes vos preuves scientifiques se trouveront là-bas.

— Merci beaucoup pour votre perspicacité, madame Poirot, ironisa-t-il avec sarcasme.

Elle se frappa les hanches.

— Si vous êtes de mauvaise humeur, vous pouvez partir.

— Je veux que l'un de mes experts en technologie informatique regarde votre téléphone, voir s'il peut tracer vos appels de menace.

Elle l'ignora, mais avait conscience qu'il gagnerait cette bataille. Ce fut au tour de Mack de lever les mains en signe de reddition.

— Qu'est-ce qui vous prend à tout faire pour me rendre dingue comme ça ?

— Je suis irrésistible, affirma-t-elle. Au moins, vous parvenez à résoudre des affaires classées. Peut-être vous donneront-ils une médaille pour celle de Betty Miles.

— C'est à vous qu'on devrait en donner une, marmonna-t-il.

— D'accord, on y joint une récompense en espèces ?

Elle lui offrit un sourire insolent, ce qui le fit grogner.

— Non, vous êtes supposée faire votre devoir en tant que bonne citoyenne.

— Oui. Le truc, c'est que la citoyenne est fauchée.

— Vous avez vu avec Wendy ?

Doreen hocha la tête.

— Oui, mais je n'avais pas compris cette histoire de comptabilité à quatre-vingt-dix jours.

Le visage de Mack se voulut compatissant.

— C'est logique qu'elle procède comme ça.

— Je suppose. Mais je dois attendre longtemps après cet argent. (Son visage s'illumina.) D'un autre côté, j'ai commencé à faire le tri dans les affaires de Nan, dans la grande chambre. J'ai trouvé une pile entière de vêtements que je vais garder. Ainsi que deux centaines de dollars déjà. (Elle afficha un large sourire.) Je ne sais pas comment elle s'en est sortie en égarant ces espèces tout le temps. Mais je lui en suis reconnaissante.

— N'avez-vous jamais pensé qu'elle aurait pu l'égarer volontairement ?

— Volontairement ?

Elle ne parvenait pas à faire le lien entre perdre de l'argent dans des vêtements et le faire de son plein gré, ni pour quelles raisons.

Le visage de Mack se fissura d'un large sourire.

— Je veux dire qu'elle a pu mettre cet argent dans ses poches pour que vous soyez en mesure de le trouver.

Elle le regarda, l'air ahuri.

— Vous croyez que Nan aurait pu faire ça ?

Doreen espérait que non. Ça lui donnerait l'impression d'être un cas social.

— Aucune idée, dit-il. Mais si vous y réfléchissez, elle savait que vous étiez dans une situation difficile. C'est une chouette façon pour vous de vous fournir en extra.

Elle fronça les sourcils.

— Eh bien, je l'imagine assez bien dans ce rôle. Mais Nan devrait garder son argent. C'est moins excitant de cette manière.

— Alors, oubliez ça. Ce n'est pas parce que ça ressemble à une mine d'or que c'en est vraiment une.

Quand son téléphone sonna, il répondit en se détournant d'elle.

— OK, très bien, déclara-t-il. J'arrive tout de suite. (Il se tourna de nouveau vers elle.) Je dois y aller. Essayez de vous tenir éloignée des problèmes.

— De quoi parlez-vous ?

Et alors, elle aperçut l'expression sur le visage de Mack et elle sut. Elle demanda avec enthousiasme :

— Ils ont trouvé quelque chose à la maison d'Hawthorne, c'est ça ?

Il haussa les épaules et marcha vers sa voiture.

Elle courut à sa suite, Mugs gambadant devant eux, Goliath slalomant entre leurs jambes. Comme ils menaçaient de faire trébucher Mack, Doreen jura :

— Goliath, bon sang ! Hors de mon chemin !

Mack rit.

— Vous voyez ? Même vos animaux essaient de vous recadrer.

— Bonne chance à eux ! se moqua-t-elle. J'ai raison cependant, n'est-ce pas ? N'est-ce pas ?

Il la regarda.

— Oui, j'ai raison. Youhou ! Maintenant, ce que vous devriez vraiment faire, c'est me remercier pour ça, car je vous ai facilité la tâche !

À l'angle de sa maison, il se retourna vivement.

— Et pourquoi croyez-vous que ce coup de fil avait quelque chose à voir avec vous ?

— Je vous ai indiqué où la fusillade a eu lieu, poursuivit-elle. Je vous ai trouvé un corps. Alors, vais-je devoir également découvrir son assassin ? ajouta-t-elle avec une note d'aspérité dans la voix.

— Ce n'est pas parce que vous avez surpris deux personnes en train de se disputer publiquement dans un magasin que ça signifie forcément que c'est lui qui a tiré sur elle.

— Non, bien sûr que non, admit-elle en essayant de garder le visage inexpressif. Mais là encore, c'est un bon point de départ.

— Non, contredit-il avec un sourire entendu. Nous commencerons avec le corps de la scène de crime.

Puis il partit.

Cela prit une minute à Doreen pour bien réfléchir à la dernière déclaration de Mack. Elle se dirigea en courant jusqu'au jardin de devant.

— Vous voulez dire que… Il y a un deuxième corps ?! s'écria-t-elle.

Elle s'arrêta net là où les journalistes se tenaient, avides d'entendre ses mots. *Je suis tombée direct en plein cauchemar médiatique, non ?* Elle secoua la tête en voyant Mack partir en voiture, un grand rictus aux lèvres. Elle pivota et courut hâtivement jusqu'à son terrain de derrière. Pour la première fois depuis longtemps, elle ferma la barrière après elle, d'un *clac* sec. Peut-être que cela empêcherait les prédateurs d'entrer. Elle ne pouvait le garantir, mais elle l'espérait.

Une fois dans le jardin, elle entra dans la véranda et s'assit avec son téléphone portable pour voir s'il y avait la moindre nouvelle concernant le corps de Celeste. Parfois, les stations locales effectuaient un assez bon boulot pour transmettre l'information. En effet, un reportage avait déjà été réalisé sur un corps, du fait de la présence inexpliquée de la police au centre du planning familial.

Thaddeus sauta sur la table de la véranda, vérifiant s'il y avait d'autres graines. Elle le regarda et dit :

— Tu sais quoi ? Parce que tu manges suffisamment pour deux, je me suis demandé si tu attendais un petit.

Il lui lança son regard le plus horrifié. Elle éclata de rire. À ce moment-là, son téléphone sonna. Elle baissa les yeux et s'aperçut qu'il s'agissait de Nan.

— Salut, Nan ! s'exclama gaiement Doreen, remise debout et une tasse remplie de café désormais froid, la cafetière s'étant éteinte pendant qu'elle se trouvait dehors avec Mack.

— Comment vas-tu ma chérie ?

— Je vais bien, répondit-elle. Quoi de neuf ?

— Je m'inquiète juste de l'effet sur ta santé mentale si tu continues de débusquer tous ces cadavres.

— Je n'ai rien dit concernant la trouvaille d'une dépouille. Qu'est-ce que tu me chantes ?

— Eh bien, un corps a été découvert, déclara-t-elle. Et je suis quasi certaine que c'est toi qui l'as trouvé.

— Qu'est-ce qui te fait penser ça ? questionna-t-elle avec prudence.

— Et bien, jusqu'à présent, tu as repéré tous les morts. Tu devrais vraiment laisser les autres s'en charger.

Doreen regarda son téléphone, atterrée.

— Nan, à t'entendre j'ai l'air cupide.

— Eh bien tu l'es, en un sens.

— Et *toi*, tu veux trouver des cadavres ? demanda-t-elle à sa grand-mère.

— Non, non, bien sûr que non ! Mais si tu les déniches tous, qu'est-ce que la police est supposée faire ? interrogea-t-elle de son ton le plus raisonnable.

Tout comme les autres conversations qu'elle avait eues avec Nan, celle-ci devenait étrange.

— Es-tu en train de pêcher des informations pour tes paris ?

— Évidemment que non ! Je suis vraiment inquiète pour ta santé. Ta santé mentale.

— Je me porte bien. Je suis soucieuse de mon compte en banque, dit-elle sans ménagement.

— Tu as contacté Wendy ? s'intéressa Nan par curiosité. Elle devrait avoir de l'argent pour toi désormais.

— Pourquoi est-ce que tout le monde me demande ça ? demanda Doreen en riant. Oui, je l'ai fait. Et oui, certaines affaires ont été vendues, mais je ne recevrai aucune contre-partie financière avant au moins trois mois.

— Oh, mon… Ce n'est pas juste.

— Je ne sais pas si c'est juste ou non, mais c'est ainsi que fonctionne le business de Wendy. Cela ne me laisse pas vraiment beaucoup d'options.

— Et concernant les antiquités ?

— Wendy m'a donné le nom d'une personne à contac-ter. Un Allemand qui travaille à la boutique solidaire en tant que volontaire, pour réparer les petits appareils et autres.

— Fen Gunderson ? rebondit Nan d'une voix aiguë.

— Oui, c'est cet homme.

— Il tient un magasin d'antiquités, mais je ne suis pas sûre qu'il ne soit pas un tant soit peu voleur.

— Pourquoi dis-tu ça ? demanda Doreen en secouant la tête.

— Parce que Gloria a acheté un grille-pain chez lui, qui était supposé avoir été réparé. Elle l'a ramené chez elle, et, la première fois qu'elle l'a utilisé, il y a eu un nuage de fumée noire et ce satané truc n'a jamais refonctionné.

— Combien elle l'avait payé ? interrogea Doreen avec douceur, se retenant avec difficulté de sourire.

— Deux dollars, pas moins ! Elle était vraiment en colère !

— L'a-t-elle ramené ?

— Bien sûr que non. Le magasin ne rembourse pas. Mais elle leur en a parlé quand elle s'y est rendue une seconde fois. Ils ne l'ont pas aidée. À vrai dire, je pense qu'ils sont partis du principe qu'elle avait été ravie d'en trouver un en aussi peu de temps, et son état de marche n'était pas garanti.

Doreen pouvait facilement imaginer. Elle se tenait là, souriant comme une idiote en pensant à quel point venir à Kelowna et vivre près de Nan avait enrichi sa vie. Sa grand-mère et ses amis dans cette maison de retraite étaient de vrais personnages.

— Peut-être qu'elle devrait en acheter un autre, suggéra Doreen.

— Pourquoi gaspiller deux autres dollars ? maugréa Nan.

Repensant aux paroles prononcées plus tôt par Mack, Doreen questionna :

— Nan, as-tu laissé de l'argent dans tes habits de la chambre du haut ?

— Comment ça, ma chérie ? demanda-t-elle distraitement. Oui, probablement. Tu en as déjà trouvé dans la chambre d'amis. Alors pourquoi n'en aurais-je pas oublié dans la grande chambre ?

— Je n'en ai aucune idée. C'est bien que tu l'aies fait. C'est juste que je n'aurais pas voulu que tu le fasses délibérément.

— Pourquoi ferais-je une telle chose délibérément ? s'étonna Nan, la curiosité teintant sa voix. Ce serait ridicule.

— Tu es sûre que tu n'as pas besoin d'argent ? (Doreen se mordilla la lèvre inférieure.) Tu peux avoir celui que j'ai découvert. Tu le sais, hein ?

— Nous en avons déjà discuté, ma chère. Non, je n'en ai pas besoin. Tu sais que j'en ai plein. Tout l'argent et le contenu de cette maison sont à toi.

— Tu es sûre ? Ça m'inquièterait que tu sois en manque de ressources.

— Oh, ma chérie ! Je suis si reconnaissante que tu sois tout près. Tu me réchauffes le cœur.

Les mots de Nan étant la réplique de ce qu'avait pensé Doreen plus tôt, elle ne put que sourire.

— Je t'aime aussi, Nan.

Et là-dessus, sa grand-mère raccrocha.

Chapitre 9

DOREEN AVAIT ENCORE un peu de temps devant elle. Assise à sa table de cuisine, elle se demandait si elle devait faire preuve de bon sens en répondant à cette offre pour le projet d'aménagement paysager des parterres de fleurs de la ville. Elle devait être envoyée avant ce soir.

Retrouvant le lien vers le site Internet que Mack lui avait donné, elle rédigea quelque chose, en gardant en tête les incessants cours de management de son presque ex-mari. *Donne-leur un tas de détails qui ne leur apprendront rien. Rends le tout suffisamment détaillé pour qu'ils se fassent une idée. Reste assez vague pour ne rien promettre.*

Elle soupira.

— J'ai horreur de me dire que j'ai appris quelque chose d'utile venant de toi, espèce de gros rat, aboya-t-elle.

Elle laissa l'ordinateur portable ouvert sur l'écran du brouillon, puis le sauvegarda pour ne pas avoir à le retaper. Elle n'avait plus que quatre ou cinq heures pour soumettre son offre. Elle était encore indécise quant à l'envoyer ou pas.

Elle regarda autour d'elle, en quête de nourriture, se rendant compte qu'elle ne possédait guère plus que le restant de gâteau à la carotte et une moitié de sandwich. Elle engloutit ce dernier pour finalement comprendre que cela n'était pas suffisant pour qu'elle tienne. Elle devrait compléter son repas avec des nouilles chinoises, encore.

Elle étudia la cuisinière un long moment, sachant qu'elle avait encore quelques jours devant elle avant le cours de cuisine. Rien que l'idée d'une omelette suffit à exciter ses papilles. Elle avait hâte d'apprendre à faire à manger. Internet était rempli d'astuces, et les plats confectionnés avaient toujours l'air *géniaux*. Alors, elle visionna toutes les vidéos de gourmets en ligne, mais personne ne proposait de recettes pour débutants.

Elle saisit un paquet de nouilles chinoises, les versa dans un bol, les recouvrit d'eau et plaça le tout dans le micro-ondes. Elle savait que les vrais gastronomes seraient horrifiés par ce qu'elle venait d'accomplir, mais, hé ! Ça restait de la nourriture ! Elle sortit le gâteau de carotte, le posa dans une assiette sur la table et alla en quête de protéines. Mais il ne lui en restait plus. Alors, elle se souvint du reste de poulet rôti.

Elle sortit le quart restant, et, souriant à ses curieuses nouilles, à son gâteau et à son quart de poulet, elle s'assit pour manger. Son ventre était quasi rempli lorsqu'elle eut fini et, en emportant une tasse de thé et du dessert qu'elle n'avait pas encore avalé, elle se rendit à l'étage, dans la chambre.

Il y avait un petit quelque chose de plaisant dans cette chasse au trésor, à farfouiller dans les vêtements de Nan pour y trouver de l'argent. Tout comme la dernière fois, Doreen apporta un saladier pour récupérer tout ce qu'elle avait récolté. Cela incluait le porte-monnaie, les deux billets de cinquante dollars et d'autres plus petits, ainsi que pas mal de petites bricoles.

Pour elle, ce placard était une mine d'or. Elle continuait d'espérer en trouver davantage dans les autres pièces de la maison, mais se disait qu'elle devait d'abord terminer celle-ci. Elle n'avait pas oublié l'idée du vide-grenier, mais elle n'avait rien envisagé pour ça encore. En attendant, elle devait trier plus de vêtements pour pouvoir les déposer auprès de Wendy. C'était ce qu'elle allait entreprendre maintenant.

Avec cette idée en tête, elle retourna fouiller dans le placard de la grande chambre. C'était un processus plus lent dans cette pièce, car Doreen y trouvait beaucoup de vêtements qu'elle ne voulait pas donner. Beaucoup d'entre eux seraient facilement vendus au dépôt-vente, car ils étaient vraiment uniques. Mais en même temps, Doreen ne voulait pas se débarrasser de ce dont elle pourrait se servir, car acheter de nouvelles fringues coûtait affreusement cher.

Nan avait pas mal voyagé durant ses jeunes années, et elle s'était apparemment offert de nombreux vêtements lors de ses destinations de vacances très variées. Et heureusement, elle ne s'était pas payé d'objets touristiques. Elle ne trouva aucun tee-shirt arborant le nom de Hawaï ou celui d'autres villes, mais plusieurs trucs sympas, comme de longues jupes fluides qu'elle mit de côté après avoir vérifié qu'elles ne comportaient pas de poches.

Puis elle trouva une courte veste possédant une petite poche à l'intérieur. Elle croassa de plaisir quand elle en sortit un billet de cinq dollars. Le placard de Nan était une véritable bouée de sauvetage, de diverses manières. Cela occupait Doreen quand elle s'ennuyait. Cela lui donnait suffisamment d'argent de poche pour se maintenir convenablement en vie à un moment où elle se demandait comment rester sur pied. Plus tard, le magasin de dépôt-vente lui apporterait davantage de fonds.

Doreen n'avait rien contre l'idée de trouver un job qu'elle pourrait faire, mais elle espérait ne pas finir dans une industrie de fast-food ou serveuse. Bien que la pensée de bénéficier d'un repas en contrepartie de ses horaires de boulot ne soit pas un élément à négliger.

Elle avait vraiment perdu du poids depuis qu'elle avait emménagé dans la maison de Nan. Les nouilles chinoises n'apportaient pas une tonne de bénéfices nutritionnels, mais elle faisait de son mieux avec ce qu'elle avait. Elle était fière du chemin parcouru.

Honnêtement, elle était sacrément honorée d'aider à résoudre des affaires criminelles classées. Si seulement le département de police la remerciait avec de la nourriture, elle serait heureuse.

La petite veste dans ses mains était aussi magnifique. Il fallait qu'elle l'enfile. Elle s'arrêtait pile au niveau de ses côtes et lui allait très bien. Elle était d'un vert émeraude, mais pas flashy. Sachant qu'elle ne pourrait pas s'en séparer, elle la mit de côté avec les choses qu'elle gardait pour elle et partit en quête d'un autre habit pendu dans le placard.

La pièce suivante était une robe sans bretelles. Elle ne put que se demander depuis quand ces vêtements se trouvaient là. *Depuis suffisamment longtemps pour qu'ils soient de nouveau à la mode ?* Elle savait que cette robe n'était pas d'une couleur qu'elle affectionnait et qu'elle ne la porterait jamais, alors elle fouilla dans les replis pour s'assurer qu'aucun billet n'était caché dans les bonnets, comme précédemment. Ne trouvant rien, elle la posa sur la pile destinée au dépôt-vente.

Dès qu'elle aurait gagné plus de place dans le placard, elle pourrait mieux ranger ses propres affaires. Pas qu'elle en possédait beaucoup, mais elle avait toujours une valise qu'elle devait ouvrir. Déterminée à créer un plus gros vide dans la penderie qu'elle ne l'avait fait jusque là, elle saisit dix cintres supplémentaires et les sortit pour les déposer sur le lit. Et un par un, elle les passa en revue. Elle trouva une poche pleine d'espèces et un billet de vingt dollars coincé dans l'une des robes.

De toute évidence, Nan ne voulait pas sortir sans argent, et elle s'habillait avec des vêtements de créateur qui ne permettaient absolument pas de prendre de porte-monnaie, de petite laine ou de veste qui viendraient gâcher le look dans son ensemble. Alors elle avait planqué les espèces à l'intérieur.

Fouillant très attentivement chaque tenue, Doreen se retrouva avec une petite fortune grâce à l'argent de poche de Nan. C'était un système ingénieux que celui d'utiliser une épingle à nourrice pour fixer l'argent dans ses vêtements. Doreen finit par mettre ces dix habits restants, à l'exception d'un, dans la pile destinée au magasin de dépôt-vente.

Craignant d'être passée à côté de quelque chose parmi eux, elle sonda de nouveau chaque tenue avant de les glisser dans un sac destiné à Wendy. C'était assez sportif.

Ces cintres vérifiés, elle en attrapa dix autres. Alors qu'elle les sortait du placard et les laissait sur le lit, elle se rendit compte que la tringle était encore trop chargée pour pouvoir accueillir ses propres affaires. Nan avait entassé des années et des années, si ce n'était des décennies et des décennies de vêtements ici. Doreen passerait des jours à trier tout ça.

Elle s'arrêta sur la première pièce en haut de la nouvelle pile, un tailleur-pantalon avec des poches qui contenaient de l'argent. Elle déclara que c'était le meilleur vide-placard qu'elle avait jamais effectué. Il y avait de la monnaie à l'intérieur de la veste, qui se révéla être un billet de vingt dollars. Mais elle fut ravie d'en trouver un autre de cinquante. Elle vérifia toutes les autres poches, puis s'attaqua au pantalon. Sans surprise, un autre billet de dix était retenu grâce à une épingle. C'était un très beau tailleur, en laine.

Fronçant les sourcils, elle le mit de côté avec ce qu'elle garderait pour elle. Elle essaierait tous ces vêtements pour voir s'ils lui allaient avant de prendre la décision finale de les conserver. Elle était une petite fashion victim, et certaines de ces pièces étaient de qualité, de très bonne qualité.

Elle parcourut les quelques robes suivantes, qui ressemblaient plus à des chemisiers. Mais seule l'une d'entre elles avait une poche qui lui permit de récolter un billet de cinq dollars. Elle plaça trois robes sur la pile des vêtements destinés au dépôt-vente, puis elle en dénicha une autre, en soie, à ajouter au tas pour Wendy.

Doreen eut le souffle coupé lorsqu'elle tint en main celle en lamé doré.

— Ouah, Nan, c'est incroyable !

Et une fois encore, caché à l'intérieur, elle trouva un billet de dix dollars. Celui-là avait été difficile à discerner. Il était plié et dissimulé dans une déchirure de la matière. Très astucieux de la part de Nan. Cela la fit craindre encore une fois d'être passée à côté de quelque chose dans les autres vêtements.

Elle pressa légèrement la robe pour s'assurer que rien de plus ne se trouvait à l'intérieur, mais ne décela rien. Un autre tas avait été constitué sur le lit. Regardant la pile grandissante de billets dans le bol, elle comprit que Nan avait alors perdu pas mal d'argent.

Elle reformula cette phrase, car Nan ne l'avait pas perdu. Elle l'avait délibérément épinglé à l'intérieur de sorte que, si elle sortait pour la soirée, elle n'ait pas à prendre un porte-monnaie. C'était un concept intéressant. Cela signifiait également que Nan avait plus d'argent que Doreen ne l'avait supposé.

Après avoir passé en revue trois autres groupes de dix cintres, elle avait légèrement soulagé le placard surchargé. Elle pouvait désormais remuer un peu les cintres de gauche à droite, car il y avait au moins trois à cinq centimètres d'espace libre.

Sa collecte pour le magasin de dépôt-vente était énorme également, ce qui lui provoqua un large sourire. Mais le saladier sur le lit rempli d'innombrables billets et pièces la faisait réellement sourire. Quoique les vêtements empilés qu'elle comptait garder étaient aussi une très bonne chose. Rien dans ce tas n'était vraiment adéquat pour rester à la maison ou pour son emploi inexistant, mais au moins cela lui fournissait des tenues à porter pour sortir, si jamais elle en avait l'occasion. Décidant qu'elle enlèverait un lot supplémentaire du placard, elle prit au moins quinze cintres cette fois. Elle pouvait presque l'entendre gémir de soulagement, et la tringle semblait se redresser, libérée de ce poids.

— Désolée, vieille maison. Tu as vraiment été malmenée, pas vrai ? Involontairement, bien sûr.

Elle posa les vêtements sur le lit, s'émerveillant de nouveau face à la diversité des tenues, des pantalons aux vestes en passant par les pulls, les robes et les jupes. Il y avait de tout, clairement. Au milieu de la pile, apparurent également deux peignoirs. Elle les tint pour les contempler, d'un œil critique. Il n'y avait pas d'argent, dans aucun des deux, mais elle ne possédait pas de peignoir décent, ayant oublié le sien, en soie, dans l'un des endroits qu'elle avait visités. Ceux-ci étaient plutôt sympas, on aurait dit ceux des hôtels cinq étoiles. Elle les mit de côté et continua son tri avec le reste des habits.

Arrivée devant quatre pantalons, elle les sortit un à un, en vérifia les poches, trouva de l'argent dans chacune d'elles ainsi que plusieurs morceaux de papier. Elle vida tout leur contenu, les contrôla minutieusement et vérifia ce qu'ils pourraient donner sur elle, se disant qu'ils étaient tous trop courts. Quand elle y réfléchit et pensa aux pantacourts d'aujourd'hui, elle ne put les rejeter. Ils étaient de bonne qualité, et elle pourrait en avoir besoin. Elle les intégra à la pile de vêtements à garder et découvrit que les deux tas mesuraient une taille équivalente.

Pendant un moment, elle culpabilisa, car si elle pouvait vendre quelque chose, elle avait plus besoin d'argent que de fringues. Puis elle comprit que ça n'avait pas d'importance puisqu'il ne s'agissait là que du premier round. Elle finirait par en essayer vingt ou trente, n'en gardant qu'un sur dix, avec de la chance. Elle devait juste continuer son tri.

Le truc, c'était qu'elle commençait à fatiguer et qu'il faisait noir dehors. Demain serait un tout nouveau jour. Elle s'assit sur le lit. Quand son téléphone sonna, elle le sortit et vit indiqué « Appel anonyme ». Elle poussa un grognement et répondit.

— Qu'est-ce que vous voulez ?

Elle entendit un petit cri de surprise à l'autre bout du fil. La colère arrivant, elle ajouta :

— Arrêtez de me harceler !

— Moi ? demanda la personne. À qui parlez-vous ?

— Eh bien, c'est vous qui m'avez appelée, dit-elle. Qu'est-ce que vous voulez ?

— J'ai discuté avec Wendy du dépôt-vente, cria presque l'homme.

Immédiatement, elle comprit ce qu'elle venait de faire.

— Bonté divine… Vous êtes Fen Gunderson ?

— Oui, acquiesça-t-il. Qui croyiez-vous que j'étais ?

— Quelqu'un m'a passé trois coups de fil désagréables la nuit dernière, se hâta-t-elle de préciser, sous le choc. Je suis tellement désolée. J'ai cru que c'était lui quand j'ai vu que c'était un appel anonyme.

Il parut s'adoucir en entendant ça.

— Wendy a dit que vous aviez besoin d'aide concernant des antiquités.

Elle bondit hors du lit.

— Oui ! La maison de Nan en est pleine, mais je ne sais pas ce qui pourrait valoir le coup ni ce qui conviendrait plutôt à un vide-grenier.

— Je pourrais passer et y jeter un œil, si vous voulez… Mais apparemment, vous avez à gérer des choses déplaisantes. Peut-être ne souhaitez-vous pas que je m'en mêle.

— J'aimerais beaucoup que vous m'aidiez, déclara-t-elle. Honnêtement… si ça ne vous dérange pas, j'apprécierais sincèrement votre assistance.

— Quand ? interrogea-t-il. Je n'ai pas beaucoup de temps libre.

— Je comprends. Quand cela vous arrange, ça me conviendra parfaitement.

— Demain, peut-être ? On sera vendredi, demain.

— Demain, c'est parfait. À quelle heure ?

— Je commence à la boutique solidaire à midi. Et si je venais… disons, à dix heures ?

— Parfait ! accepta-t-elle. Et une fois encore, je suis sincèrement désolée.

— Si vous avez un harceleur téléphonique, je peux comprendre votre réaction. Soyez prudente maintenant.

Et il raccrocha.

— Oh ! bonté divine. Je me sens tellement mal. Je n'ai même pas donné à ce pauvre homme la chance de s'exprimer, confia-t-elle aux animaux.

Goliath semblait complètement indifférent, comme s'il n'attendait rien d'autre venant d'elle.

Mugs s'étirait sur le lit, les yeux fermés. Elle le recouvrit avec la moitié des vêtements, comme il l'était avant.

Elle ne pourrait jamais aller dormir si elle ne triait pas au moins le bazar qu'elle avait empilé ici. Alors elle prit l'un des grands sacs qu'elle avait trouvés dans le bas du placard de Nan, vérifia d'abord qu'il était vide et passa ensuite une nouvelle fois en revue chaque vêtement avant de les donner au dépôt-vente. Elle découvrit un autre billet de dix, mais ce fut tout.

Avec toutes les affaires mises en sac, elle fit un tas sur la chaise, pas loin de tous les vêtements qu'elle envisageait de garder. Puis elle se dévêtit rapidement, se prépara au coucher et se blottit sous les couvertures.

Heureusement, aucun autre appel menaçant ne vint cette nuit.

Chapitre 10

ELLE SE LEVA le matin suivant, dynamique et pleine d'énergie. Elle obtiendrait enfin des réponses concernant toutes les antiquités de la propriété. Et ensuite, elle en parlerait à Nan, car Doreen n'irait sûrement pas revendre des objets de valeur spécifiques sans sa permission. Quel que soit le tarif, Nan avait peut-être un attachement émotionnel ou sentimental pour certains d'entre eux.

D'abord, le petit-déjeuner. Ensuite, un peu de jardinage dans son propre terrain, puis elle se surprit à attendre impatiemment l'arrivée de Fen Gunderson. Quand elle vit finalement un véhicule remonter et se garer dans son allée, elle se précipita à la porte d'entrée. Le vieil homme qui approchait avait une canne et paraissait n'être qu'à un pas de la mort. Mais alors, il lui sourit et elle en conclut qu'il devait avoir à peu près soixante-quinze ans.

Elle descendit les marches du porche pour aller à sa rencontre.

— Un grand merci d'être venu, dit-elle en affichant un sourire lumineux. Laissez-moi m'excuser encore pour l'accueil médiocre que je vous ai réservé au téléphone hier soir.

Il balaya ses paroles d'un geste.

— Les excuses ne sont pas nécessaires. Surtout que vous vivez seule. On n'est jamais trop prudent.

Elle partageait son avis. Pour l'instant, elle ne s'était pas préoccupée d'elle ou de la maison, mais si des antiquités de valeur se trouvaient ici… Elle ouvrit la marche jusqu'en haut des escaliers, puis se tourna vers lui.

— Vous connaissiez ma grand-mère ?

Il s'arrêta et fronça les sourcils.

— Est-elle décédée ?

— Oh, bonté divine, non ! Elle vivait ici, c'est tout. D'où l'utilisation du temps passé. Elle se trouve au manoir Rosemoor.

Le soulagement se lut sur son visage.

— Oh ! c'est bien, affirma-t-il. Je connais Nan depuis longtemps. C'est un sacré personnage !

Au vu du ton employé, Doreen ne savait pas s'il avait dit ça en bien ou en mal. Elle imaginait que Nan avait aussi bien des ennemis que des amis.

Doreen le mena à l'intérieur du salon.

— Elle m'a légué l'intégralité de ce qui se trouve dans la maison. Comme vous pouvez le voir, c'est incroyablement plein à craquer. Et je voudrais faire le tri en fonction de ce qui a de la valeur et ce qui n'en a pas.

Il s'arrêta dans son élan et son regard fit le tour de la pièce.

— Ouah… Elle l'a bien remplie, n'est-ce pas ?

Doreen gloussa. Mugs, qui l'avait suivie sur le porche, continuait de renifler autour du pantalon du vieil homme. Elle se baissa et le tira vers l'arrière.

— Maintenant, reste hors du chemin, Mugs.

Au même moment, Thaddeus, qui piquait un roupillon au sommet de son perchoir, ouvrit les yeux et poussa un cri pour avoir été dérangé. Doreen s'approcha de lui et s'esclaffa.

— Désolée, Thaddeus. On ne voulait pas perturber ton sommeil.

Fen sourit.

— N'était-ce pas une menace ? J'ai rencontré ce petit gars une ou deux fois.

« Une ou deux fois. Une ou deux fois », causa Thaddeus.

Fen et Doreen rirent tous deux.

Elle désigna le salon dans son ensemble.

— Peut-être qu'on devrait commencer ici.

Il était d'accord. Il posa sa canne contre l'une des chaises et se dirigea vers le meuble le plus proche, un large buffet en acajou poussé contre l'escalier. Elle jugea qu'il mesurait environ deux mètres de hauteur et occupait bien un espace d'un mètre vingt de large. Un bel objet, mais elle ferait tout pour en être débarrassée. Il ralentissait vraiment la progression quand on descendait le hall d'entrée. En plus, il obstruait le chemin, et il rendait la pièce tellement plus petite.

Fen hocha la tête, puis le regarda de nouveau.

— Vous pouvez le tirer légèrement ?

Elle se joignit à lui aux côtés du buffet, se baissa et poussa quelque peu en avant, reconnaissante qu'il se soit déplacé relativement aisément sur le sol en bois dur. Elle ne voulait pas érafler ce dernier ni endommager le meuble.

Fen marmonna en inspectant l'arrière du meuble, puis s'intéressa de nouveau à l'avant et continua de murmurer.

Elle ne savait pas bien si ce qu'il bredouillait était positif ou négatif ou s'il n'était pas simplement perdu dans ses pensées. Elle marcha jusqu'à la cuisine, saisit un bloc-notes, prit un cliché du buffet dont ils parlaient et indiqua le chiffre 1 en haut de la page.

Quand il se tourna enfin vers elle, il annonça :

— C'est une belle pièce, pas très rare, mais d'un bon fabricant. Hannover a toujours été reconnu pour la fierté de ses produits. Mais ceux conçus avant 1960 étaient mieux. Celui-ci date de 1960, précisa-t-il. Je ne peux pas trouver de preuve de ce que j'avance bien entendu, mais je parierais qu'il fait partie de ses travaux les moins réputés en matière de qualité.

Cette nouvelle lui fit froncer les sourcils.

— Alors, il s'agit d'un meuble ayant moins de valeur à cause de ça ?

Il acquiesça sagement.

— Oui, ma chère. Vous en obtiendrez quand même un bon prix. Vous savez, peut-être onze ou douze cents dollars.

Elle le fixa.

— Combien ?

— Onze à douze cents dollars. Maintenant, si on arrive à prouver que cet objet possède un semblant d'histoire, on serait en mesure d'en obtenir davantage, et sa provenance aiderait à le dater comme il faut. S'il a été fabriqué avant 1960, il pourrait valoir le double.

Elle prit des notes aussi vite que possible pendant qu'il continuait à propos de la couleur, de la peinture et des angles. Quelque chose concernant la façon dont ils avaient été faits était très spécial. Cela le fit s'interroger à nouveau sur la date de création. Il recommença à marmonner en ouvrant chaque tiroir, chaque porte, vérifiant les joints à l'intérieur et à l'extérieur.

Il finit par se retourner et dire :

— Demandez à votre grand-mère si vous pourriez trouver le moindre reçu.

— Je le ferai.

Avec l'aide de Fen, elle replaça le meuble contre le mur.

— Eh bien, de toute évidence, ça représente un montant plus élevé que ce à quoi je m'attendais, admit-elle.

Il se tourna et désigna la petite table d'angle du fond.

— Maintenant, ça, ça vaut une petite fortune. (Il l'observa.) Cela vous dérange si je regarde de plus près ?

— Faites, je vous en prie, répondit-elle en secouant la tête.

Elle prit en photo l'objet à propos duquel il grommelait. Ce n'était qu'une petite table d'angle. Mais il l'examina de haut en bas, tapant sur la base.

— Prenez une photo de ça, intima-t-il, car il s'agit de la marque du fabricant. Et c'est ce qui lui fait valoir au moins sept, peut-être huit mille dollars.

Elle se pétrifia, laissant presque tomber son bloc-notes ainsi que son crayon.

— Pour *ça* ?

Sa voix devint un cri. Il acquiesça.

— Absolument. (Il considéra de nouveau le meuble.) C'est une belle pièce.

Admiratif, il caressa le haut, presque comme s'il s'agissait d'une bien-aimée ou d'un animal adoré. Il soupira gaiement.

— Ça valait la peine de venir.

— Je suis tellement contente que vous soyez là, confirma-t-elle.

Elle ne voulait pas lui avouer qu'elle avait été prête à mettre ce meuble de côté, dehors, au bord du trottoir, et à y planter un panneau « gratuit », pour voir si quelqu'un allait approcher et l'embarquer pour lui.

— Quand vous serez prête à vendre quelques-unes de ces

pièces, reprit-il, faites-le-moi savoir, et je vous mettrai en relation avec une salle des ventes.

— Est-ce une bonne idée ? interrogea-t-elle avec anxiété. Un antiquaire ne conviendrait-il pas mieux ?

— Vous pouvez, mais alors vous perdrez de l'argent à cause de sa commission, qui tourne généralement aux alentours de trente pour cent. Les enchères destinées aux antiquités sont maintenues quand vous atteignez la meilleure offre. Vous avez toujours à payer une commission, mais les enchères offrent généralement un bien meilleur prix de vente.

— Ouah ! marmonna-t-elle en continuant d'écrire.

Ensuite, il étudia pièce après pièce. Et l'une d'elles, qu'elle appréciait particulièrement, était constituée de pin noueux. Il la regarda, secoua la tête et déclara :

— Ceci fait partie de ces meubles assemblés de type suédois. Il me semble qu'ils appellent ça « prebox ».

Il ne vérifia pas si le meuble possédait une marque de fabricant. Elle resta à le contempler.

— J'aime beaucoup !

Il lui lança un regard dégoûté.

— Vous êtes entourée de beaux meubles, et vous choisissez le moins cher de tous.

Il secoua la tête et se déplaça jusqu'à l'objet suivant.

Elle grommela.

— Je crois que c'est la couleur du bois que j'aime bien, admit-elle.

Elle ne voulait pas qu'il tienne compte de son manque de goût et le retienne contre elle pour son travail.

— C'est à ça que ressemblent tous les bois, enseigna-t-il, avant qu'ils soient traités. La plupart de ces pièces ont une lasure. Celle-ci a été bâclée au niveau des finitions. (Il caressa le côté du meuble et interpella Doreen :) Vous sentez sa rugosité ?

Elle tendit le bras et confirma d'un signe de tête.

— C'est parce qu'ils n'ont pas réalisé un ponçage complet, une seconde couche, puis un autre ponçage, suivi d'une autre couche. Tout ce qu'ils ont entrepris, c'est un enduit basique. Bon marché. Gardez-le si vous le voulez, si vous l'aimez. Mais puisque vous souhaitez vendre certains de ces meubles, alors revendez ceux dont vous vous fichez, car une grosse somme d'argent se trouve dans ce salon.

Avant même qu'ils en aient fini avec cette première salle, elle était assommée. Ces meubles étaient tous de vraies antiquités. Son futur ex-mari serait aux anges. Nan n'avait jamais, d'une quelconque façon, émis de commentaire à propos de la valeur des objets qu'elle laissait derrière elle. C'était simplement trop pour Doreen.

Elle s'assit sur le canapé aux côtés de Fen.

— Puis-je vous proposer une tasse de thé ?

Il la regarda avec gratitude.

— Si cela ne vous dérange pas, un verre d'eau serait plus apprécié.

Elle hocha la tête et se dépêcha de se rendre en cuisine où elle lui versa un verre d'eau et enclencha la bouilloire pour elle.

Quand elle revint, il était en train d'étudier le canapé sous la fenêtre. Ce dernier était terni et ne dissimulait pas son âge. Mais il avait de gros accoudoirs en bois dépassant des oreillers bouffants. Et à l'arrière, il y avait du bois tout du long. Des volutes ornées recouvraient le tout. Il était confortable, mais très vieillot. Elle n'en était pas fan.

Goliath, d'un autre côté, allongé sur le dossier du canapé, semblait l'apprécier. Il dévisageait l'étranger de la maison et ce dernier l'observait en retour.

Elle était sur le point de tendre à Fen son verre d'eau quand il dit :

— Vous vous rendez compte que votre chat est couché sur un meuble valant dix mille dollars ?

Elle faillit laisser tomber le verre d'eau.

— Combien ? demanda-t-elle d'une petite voix.

Il lui sourit.

— Vous n'en aviez aucune idée, hein ?

Elle remua la tête de gauche à droite.

— Non. Mais c'est sans aucun doute de la musique à mes oreilles.

— Si vous n'êtes pas une amatrice d'antiquités, vous êtes assise sur une mine d'or.

Elle pointa du doigt le canapé et demanda :

— Littéralement ?

Il tapota le côté du meuble.

— Il faut qu'on voie le dessous. Bien que je devine déjà ce que je vais y trouver. C'est un canapé Queen Anne. Circa 1818. On peut le déduire des formes sur les pieds, ici.

Elle était sérieusement estomaquée. Elle se laissa tomber sur une chaise.

— Je l'ignorais complètement.

Elle détestait considérer que tous ses problèmes d'argent étaient terminés, car pour le moment, ces estimations de valeur n'étaient que des chiffres. Ni facture en main ni argent dans sa paume.

Il désigna le siège sur lequel elle était assise.

— Vous vous trouvez sur une chaise assortie.

Elle bondit.

— Ça vaut quelque chose aussi ?

— Puisque vous possédez un ensemble partiel, ces deux pièces, cela ajoutera facilement cinq mille dollars, possiblement dix mille dollars au prix total. Elles faisaient partie d'un ensemble pour une grande chambre à l'origine. Je doute que vous ayez le reste, mais je suis content de constater qu'il y a plus d'un élément.

Elle souhaitait libérer sa joie en chantant et en dansant, mais, en même temps, elle pouvait ressentir des frissons la secouer.

— Il faut que je parle à Nan, indiqua-t-elle. Je me demande si elle était au courant.

— Oh ! elle le sait, répondit-il. J'ai discuté avec elle de ce canapé il y a longtemps. (Il regarda les alentours et plissa le front.) Vous savez où se trouve l'autre chaise ?

Elle le dévisagea d'un air ahuri. Il pointa la chaise.

— Nan possédait les deux.

— Donnez-moi une minute.

Elle courut dans les escaliers. Sans surprise, dans la chambre parentale, sous l'amas de vêtements qu'elle avait retirés du lit la veille au soir, se trouvait la pièce correspondante. Avec douceur, elle changea les affaires de place et la prit, l'apportant dans le salon.

Le visage de Fen s'illumina quand il la vit.

— Faites-la basculer pour moi, voulez-vous ? (Elle la retourna et il croassa de plaisir.) Vous voyez, là ? C'est la marque de fabricant qu'on voulait, et elle confirme qu'elle fait partie du même ensemble. (Il soupira de joie.) S'il vous plaît, dites-moi que vous allez les vendre.

— Oh oui, je vais les vendre ! Je ne peux pas me permettre de m'en affranchir.

— Vous voyez ? C'est là où vous vous distinguez de Nan. Elle pouvait s'en abstenir. Elle les adorait et elle s'en est bien servi. Dans votre cas, si vous ne les aimez pas et que vous pourriez tirer profit de cet argent, ce serait probablement mieux pour vous de les vendre. (Il lança un nouveau regard au chat qui s'étirait maintenant sur le coussin du canapé.) Plus il sera abîmé, plus il perdra de la valeur.

Elle voulait prendre Goliath, mais il avait plutôt envie de camper sur ses positions toutes griffes dehors.

Fen regarda la table basse.

— Elle pourrait faire partie de l'ensemble d'origine également, si vous trouvez une marque de fabricant en dessous. Je vous laisserai vérifier. De plus, nous avons vraiment besoin des papiers justifiant de leur provenance.

Elle hocha la tête.

— Comment cet ensemble ne pourrait-il pas se vendre ?

— Les animaux pourraient en détériorer la valeur vraiment rapidement. (Il rit.) Une fois rentré, je passerai quelques coups de fil. Je pourrais avoir un expert avec qui vous mettre en relation. C'est mieux d'en connaître un qui peut marchander avec les acheteurs aussi.

— Oui, s'il vous plaît. Vendre ces meubles aiderait beaucoup à libérer ce salon.

Il acquiesça.

— Et pendant que vous y êtes, si vous voulez sacrifier le tapis turc sur lequel vous vous tenez…

Elle sauta sur le sol en bois dur.

— Il est très vieux. J'ai dit plusieurs fois à Nan de le vendre.

— Il est à vendre, affirma Doreen, détestant ses motifs chargés qui attirent tellement l'œil que cela rend difficile de remarquer autre chose dans la pièce. Mais il a besoin d'un grand nettoyage.

— Ne le touchez pas, vous allez le détériorer.

— Pourquoi cela ?

— Parce que c'est de la laine avec des fils de soie. Il doit être lavé de façon professionnelle, par un spécialiste.

Elle déglutit avec difficulté et hocha la tête. Elle n'osait pas se souvenir du nombre de fois où elle avait renversé du thé dessus.

— Je sais que je vais paraître affreusement obsédée par l'argent, mais ça rapporterait combien un truc comme ça ?

Il haussa les épaules.

— L'expert saura mieux faire une estimation de sa valeur actuelle. Mais je dirais six, peut-être sept mille dollars. Ça pourrait facilement doubler, selon l'état du tapis après un nettoyage en règle.

Il se pencha et sépara les fils. Elle pouvait distinguer le dessous de sa riche et profonde teinte crème.

— Il est censé être de cette couleur ?

Il sourit.

— Les dégâts ne sont pas présents sur la totalité du tapis. Il n'est sale qu'en surface, alors ça devrait bien se nettoyer.

Elle voulut s'asseoir, mais n'avait aucune idée d'où elle pouvait le faire. Puis elle posa les yeux sur le foyer de cheminée qu'elle n'avait pas encore allumé et s'assit sur l'ardoise.

— Plus tôt vous pourrez me mettre en relation avec quelqu'un, mieux ce sera, dit-elle calmement.

— Et Nan ?

Elle hocha la tête et montra son bloc-notes.

— Je lui rendrai une petite visite cet après-midi.

— Bien. (Il se redressa.) Je pourrai peut-être revenir dans quelques jours, après que vous aurez parlé à l'expert. (Il jeta un coup d'œil circulaire à la pièce.) Franchement, occupez-vous le plus vite possible de ces meubles. Vous pourrez découvrir ce qu'il y a d'autre ici. Ça prend du temps de passer en revue tant de choses.

— Absolument, répondit-elle en acquiesçant. Merci pour la proposition. D'abord, l'expert. Vous m'enverrez ses coordonnées, n'est-ce pas ?

— Je ne prévois pas de trépasser sur le chemin du retour, alors soyez assurée que vous les recevrez quand je serai rentré.

Elle rougit.

— Je suis sincèrement désolée. (Elle balbutia, tant bien que mal, des excuses.) Je ne sais pas ce qui m'a pris.

— Vous découvrez soudainement une source de revenus ici, et j'imagine que vous avez traversé des moments pénibles dernièrement, l'apaisa-t-il. Mais je suis ravi que ces antiquités reviennent à la vie pour un quelconque collectionneur qui va les adorer. Nan les a aimées, mais son temps ici est révolu. Et elles ne sont pas à votre goût, n'est-ce pas ?

— Pas vraiment, grimaça-t-elle.

Il regarda le buffet en pin clair avec dédain.

— Quiconque affectionne ces trucs devrait se séparer des antiquités.

Il trouva son chemin jusqu'à la sortie.

— Ça ne veut pas dire que je ne veux pas voir ces objets partir chez quelqu'un qui les appréciera, précisa-t-elle rapidement.

— Je vous appelle en rentrant chez moi, l'informa-t-il en faisant un signe.

Et elle dut se contenter de ça.

Chapitre 11

Vendredi, tôt dans l'après-midi…

E LLE SE RENDIT à l'intérieur, se prépara une tasse de thé et s'assit à la table de la cuisine, hébétée. Les chiffres sur sa page s'additionnaient jusqu'à atteindre un montant déjà incroyable. Tellement qu'elle dut s'arrêter de regarder ce nombre, car, comme Fen l'avait précisé, il n'était pas aguerri dans ce domaine. Cela avait été son commerce, mais il ne le pratiquait plus. Elle avait besoin d'un expert et de quelqu'un qui lui achèterait ses meubles. Leur valeur estimée était absolument incroyable.

Il était presque 13 heures. Maintenant, elle se sentait encore plus mal par rapport à son manque de savoir-vivre. Elle aurait dû lui proposer du thé plus tôt, ainsi que quelque chose à grignoter. Mais quoi ? Elle n'avait rien à manger pour elle-même. Cependant, son manque de manières, quelque chose qui ne serait jamais arrivé du temps où elle vivait encore avec son mari, l'horrifiait.

Elle s'assit, buvant son thé et mastiquant des crackers. Elle vérifia l'heure, se demandant si c'était un moment opportun pour rendre visite à Nan. Il fallait trouver un compromis entre les repas de sa grand-mère, sa vie sociale et les siestes.

Finalement, elle n'en pouvait plus d'attendre. Elle prit son téléphone et l'appela.

— Hé, Nan ! Tu es prête pour recevoir une visite ? demanda-t-elle. Je viens de parler à Fen.

— Absolument ! répondit Nan, viens donc ! Je mets la bouilloire en route.

Doreen raccrocha, puis finit le restant de sa tasse de thé et proposa aux animaux de venir. Elle enfila la laisse à Mugs et regarda Goliath.

— Tu veux venir aussi ?

Sa queue se balança comme s'il demandait « Est-ce que les chats miaulent ? »

Thaddeus remonta le bras de Doreen et se percha de lui-même sur son épaule. Il était étrangement calme. Elle ne savait pas si elle voyait là un bâillement ou simplement un regard endormi posé sur elle. Mais il garda le bec ouvert, comme pour prendre des bouffées d'air.

Elle franchit la porte de la cuisine et fit demi-tour en courant pour verrouiller la porte. Elle s'était toujours montrée insouciante quant à la fermeture des serrures de la maison. Mais maintenant qu'elle savait qu'elle obtiendrait autant d'argent de la vente des meubles, elle était presque étourdie d'excitation, mais aussi pétrifiée d'inquiétude. Et si quelqu'un venait voler ces choses maintenant qu'elle avait reçu un estimateur chez elle ? Et comment pourrait-elle empêcher quiconque de le découvrir ? C'est ce qui poserait un problème en le dévoilant à Nan.

Doreen fronça les sourcils en envisageant cette question, se dirigeant à pied vers l'appartement de Nan. Une fois sur place, elle regarda autour d'elle. Dennis, le jardinier de Rosemoor, était à l'autre bout et plutôt occupé. Tenant

Mugs en laisse, elle courut dans le gazon. Elle arriva à peine sur le patio que Dennis, comme s'il était au courant de sa présence, se tourna et leva sa pelle, en la secouant à son intention. Elle se contenta de sourire et fit signe à Nan, assise à sa table de bistro. Nan gloussa.

— Vous deux prenez plaisir à vous chamailler, n'est-ce pas ?

Doreen tira à elle une chaise.

— Pas vraiment. (Elle jeta un coup d'œil à sa grand-mère pour capter le scintillement dans ses yeux.) On dirait que tu t'es bien amusée ce matin.

Nan partit en petite crise de rire.

— On a organisé pas mal de paris, expliqua-t-elle, du gros boulot. (Elle s'approcha et tapota la main de Doreen.) Je crois que tu as accompli beaucoup pour cette ville.

— Merci, Nan, lança-t-elle sèchement. Tu sais que je compte faire bonne impression, ajouta-t-elle. Pas passer pour une dingue et devenir tristement célèbre.

Nan balaya d'un geste les objections de sa petite-fille.

— Pff ! Je suis trop vieille pour m'en préoccuper, et tu es trop jeune pour te soucier de ça. Oublie les autres.

C'était facile à dire pour Nan. Car, en un sens, elle *était* trop vieille pour se faire de la bile. Nan avait trouvé sa voie depuis longtemps. Dans le cas de Doreen, elle essayait de trouver une occupation bien à elle. Elle attendit que le thé soit versé et demanda alors :

— Nan, tu as dit que je pouvais tout avoir de la maison. C'est juste ?

Sa grand-mère acquiesça.

— As-tu trouvé d'autres poches pleines d'argent ? s'intéressa-t-elle avec une lueur d'espoir. J'avais l'habitude d'attacher mes billets à l'intérieur de mes robes. Nous avions les petites épingles à nourrice les plus mignonnes, et l'argent pouvait glisser dans les vêtements où que tu sois, tu ne le savais jamais. Alors, je n'avais pas à prendre un porte-monnaie. Ce n'était qu'un boulet à traîner, surtout pour danser. Chaque fois que j'en prenais un, je l'oubliais, le perdais, le faisais tomber au moins une dizaine de fois. Ce n'était pas rigolo d'essayer de le retrouver ensuite.

Doreen acquiesça.

— Mais à cette époque, il y avait des vestiaires, non ?

— Bien sûr ! Mais le porte-monnaie était un accessoire. Ce n'est pas comme si tu pouvais le céder à quelqu'un d'autre, si ?

— Je suppose que non.

— Certainement pas. Comme tu n'abandonnerais pas un collier ou un bracelet, ajouta Nan.

Tandis que Doreen réfléchissait au fait que les porte-monnaie étaient des accessoires pour une femme, elle se rendit compte à quel point les propos de Nan étaient justes.

— C'est vrai.

— Exactement. Et oui, j'ai dit que tout ce qui était dans la maison était à toi.

Doreen se demandait toujours si les porte-monnaie allaient dans les vestiaires et dut rediriger son attention sur le vrai sujet de leur discussion. Elle sourit.

— Apparemment, tu as pas mal d'antiquités de valeur dans ta maison.

— *Ta* maison, rectifia Nan, à l'aise. J'adore ces antiquités. Mais après tout ce temps, on n'en peut plus de les voir.

— Pardon ? s'étonna Doreen, confuse. (Parfois, elle se demandait si Nan changeait délibérément de conversation pour l'embrouiller.) Quoi qu'il en soit, je comprends que tu les as depuis longtemps. (Elle parla prudemment :) Alors, je m'interrogeais, serait-ce problématique si je me débarrassais de certaines d'entre elles ?

— Ne t'inquiète pas pour ça. J'ai supposé que tu voudrais redécorer. La vieille maison bourrée de vieux meubles d'une vieille dame est difficilement appropriée pour une jeune femme pleine de vie, comme toi.

— Mais elles valent pas mal d'argent, affirma Doreen. (Elle ne voulait pas qu'il y ait un quelconque malentendu.) Et c'est le tien. Ce sont tes antiquités, et je ne veux pas te voler cette fortune.

Nan la regarda.

— Elles ne valent pas tant que ça.

Elle se réinstalla confortablement.

— Elles valent *beaucoup* d'argent, corrigea Doreen. Pourquoi ne les as-tu pas vendues ?

— Oh, car elles me laissaient de bons souvenirs. Quand tu auras mon âge et que tu n'auras pas besoin d'argent, les rappels du passé qui te donneront le sourire vaudront tout l'or du monde.

Doreen pouvait comprendre ça, mais, pour elle, il s'agissait d'une somme astronomique. Elle s'inquiétait encore que Nan ne se rende pas compte de quel montant était en jeu.

— Est-ce que Fen t'a déjà indiqué à combien tous ces meubles étaient estimés ?

— Eh bien, j'ai payé un bon penny pour certains d'entre eux, admit Nan. Et ils ont probablement pris de la valeur, avec le temps.

— Il voulait savoir si tu possédais une sorte d'historique et des reçus des objets. Il a expliqué que ça pourrait augmenter leur prix de vente.

Les doigts de Nan tambourinèrent la table de bistro.

— J'ai un grand classeur avec ce genre d'informations. Peut-être même plusieurs. (Elle se pinça les lèvres.) Je n'arrive pas à me rappeler où ils ont été rangés. Laisse-moi le temps d'y réfléchir et je devrais me souvenir.

— Et… continua Doreen, je suis vraiment inquiète que, si je vends certains de ces meubles, tu sois en colère après coup.

Nan la regarda et se mit à rire.

— J'ai compris que tu étais très inquiète pour moi, ma chérie, et j'apprécie. Il n'y a rien de plus valorisant à mon grand âge que de savoir que tu te soucies de ce qui peut m'arriver.

— Mais Nan, certains de ces meubles valent *beaucoup* d'argent.

Nan se pencha en avant et demanda :

— Combien ?

— Dix, vingt, trente, quarante *mille* dollars, chuchota Doreen. Ça pourrait s'élever à une vraie fortune.

Nan l'observa pendant un long moment, puis finit par dire :

— Alors, si tu déposais cette somme à la banque, tu pourrais en tirer des intérêts, assez pour pouvoir en vivre, non ?

Doreen fixa Nan du regard, des larmes emplissant lentement ses yeux.

Nan s'approcha, recouvrit sa main et déclara :

— Nous poursuivons un but commun, ma chérie. Et c'est pour s'assurer que tu sois à l'abri du besoin. Si ces vieux meubles qui étaient les miens peuvent t'apporter le moindre sou, fais ton possible pour en tirer le maximum. Tu m'entends ? (Elle désigna sa petite cuillère.) Ne laisse personne te voler ces choses.

— Fen Gunderson a examiné les meubles du salon ce matin, lui apprit Doreen. Il est censé me mettre en contact avec un expert.

— Attends qu'il voie le sous-sol alors ! rit Nan.

Le cœur de Doreen s'arrêta presque. Elle se pencha en avant et murmura d'une voix rauque :

— Es-tu en train d'insinuer qu'il y a encore plus d'antiquités en bas ?

Nan la regarda, puis se mit à rire.

— Oh, ma chérie, tu n'es pas encore descendue, n'est-ce pas ?

Doreen la fixa.

— Honnêtement, je ne me souvenais plus qu'il y avait un sous-sol.

— Oui, la porte se trouve derrière tous ces meubles du salon. C'est pourquoi tu ne l'as pas trouvée, gloussa-t-elle. Tu sais quoi ? Tu devrais tirer assez d'argent de ma vieille maison pour obtenir une rente confortable, et tu n'auras pas besoin d'un travail à temps plein. Tu pourras effectuer tout ce que tu voudras. Créer ton entreprise de paysagisme. Ou t'asseoir dans le jardin et boire une tasse de thé en ne faisant rien d'autre.

— Plutôt être détective en amateur, espéra Doreen avec un sourire espiègle.

Nan réagit en partant dans un éclat de rire. Quand elle finit par se calmer, elle se pencha en avant :

— Quel corps as-tu trouvé cette fois ?

Sachant qu'elle devait lui fournir quelque chose en échange de la discussion qu'elles venaient d'avoir, Doreen dit :

— Tu ne dois le répéter à personne. Et pas de pari ! Promis ?

Nan fronça les sourcils, luttant pour faire un choix. Finalement, elle hocha la tête.

— Mais seulement parce que tu insistes. Je le promets.

Doreen lui raconta l'histoire de la femme qu'elle avait découverte devant le centre du planning familial.

— Selon Mack, son nom est Celeste Bingham. Je l'avais rencontrée plus tôt ce jour-là, ce qui a rendu ces retrouvailles pires encore.

Nan lâcha un cri de surprise, sa main se rapprochant de sa poitrine.

— Sérieusement ?

Doreen acquiesça.

— J'étais en train de regarder les parterres d'œillets, pensant à l'appel d'offres de la ville, et j'en avais remarqué trois sur lesquels jeter un œil. Ce centre était le dernier sur la liste. (Elle plissa le front en y repensant de nouveau.) Il me semble que je devais envoyer ça hier soir… (Elle leva le bras et se frotta la lèvre.) Mince, j'ai loupé la *deadline*. (Elle regarda Nan.) Je n'étais pas suffisamment sûre de moi pour postuler… Je ne le fais pas exprès, tu sais ?

Cette fois, Nan sourit, et la compassion pouvait être entendue dans sa voix :

— Je suis désolée, ma chérie. La trouver a dû être très douloureux, surtout si tu l'avais croisée plus tôt. Sans compter que ça t'a sans doute troublée le reste de la journée.

Doreen hocha la tête, distraite. Nan se pencha en avant.

— Où l'as-tu rencontrée exactement ?

Et Doreen se rendit compte qu'elle n'avait rien révélé à Nan au sujet de Celeste à la jardinerie.

— Je ne l'ai jamais vraiment côtoyée, rectifia-t-elle rapidement. Désolée, je n'avais pas compris ce que tu demandais. (Elle jeta un coup d'œil à sa montre.) Je dois rentrer maintenant.

Nan se mit debout.

— Juste une minute. (Elle entra dans la cuisine et revint avec une autre moitié de sandwich et un morceau de gâteau à la carotte.) J'ai mis ça de côté hier soir au dîner, mais j'étais plus fatiguée qu'affamée. Tu as de quoi manger pour ce soir. Je me sentirais mal si ça finissait à la poubelle.

Comme c'était triste que la seule vue de ce sandwich fasse gargouiller son estomac. Elle sourit à Nan et s'inclina pour lui embrasser tendrement la joue.

— Prends soin de toi ce soir.

— Toi, prends soin de toi chaque soir, enchérit Nan. Trouve un expert, et alors nous discuterons. Je connais probablement quelques astuces pour obtenir les meilleurs prix.

Reconnaissante de tout cela, Doreen afficha un rictus et effectua un signe du doigt. Nan fit un gros câlin à Mugs, puis à Goliath qui était vautré par terre. Thaddeus avait été étonnamment silencieux pendant tout ce temps. Nan s'en approcha.

— Quel est le problème avec Thaddeus ?

— Je ne suis pas certaine, répondit Doreen. Il a trouvé quelque chose au ruisseau. En fait, ils étaient tous curieux à propos d'un truc dans le jardin. Alors je l'ai déterré, car il ne pouvait en sortir tout seul. C'était une plaque d'immatriculation. Et depuis ce moment, il est comme ça. Juste vraiment fatigué et sans appétit. Bien qu'il ait mangé plus tôt, mais pas beaucoup. (Elle l'étudia.) Il a l'air d'aller mieux maintenant, cependant.

— Il est comme ça quand il déprime, expliqua Nan. Une plaque d'immatriculation ? (Elle fronça les sourcils en secouant la tête.) Ce ruisseau attrape et ramène les objets les plus incroyables.

— J'ai pensé la même chose. Je l'ai donnée à Mack quand il est passé.

— C'était quand ?

— Hier. Il est temps de partir.

Elle souleva Thaddeus. Elle s'arrêta ensuite à l'entrée du patio et observa les alentours pour voir si le jardinier était dans le coin, puis après avoir demandé à Goliath, qui errait à une allure suffisamment lente pour rendre dingue n'importe qui, de venir à elle, elle traversa le jardin en courant jusqu'à être en sécurité de l'autre côté, avec Mugs.

Goliath, situé à l'opposé, fit quelques pas, puis se coucha en plein milieu de la pelouse.

Dennis arriva vers le chat en courant.

Nan l'observa et l'encouragea :

— Allez Goliath ! Allez !

Mais le félin demeura sur l'herbe, regardant le jardinier s'approcher de lui, la queue remuant tellement doucement que c'était comme s'il était soit énervé, soit en attente de quelqu'un à attaquer.

— Goliath ! Goliath ! cria Doreen, tapie au sol.

Même Mugs commença à aboyer.

Dennis leva sa pelle comme une batte de baseball, comme s'il allait faire un swing avec le chat, mais la voix de Nan retentit :

— Si tu touches un poil de cet animal, rugit-elle, je m'assurerai que tu ne retrouves plus jamais un boulot dans cette ville !

Il stoppa net et lui jeta un coup d'œil.

— On ne marche pas sur la pelouse.

— C'est un chat ! s'exclama Nan, les mains sur les hanches, le premier geste d'indignation que Doreen ait pu distinguer chez elle.

Évidemment, cette facette de sa grand-mère n'apparaissait que lorsqu'elle défendait un animal ou un enfant. C'était du Nan pur jus.

Dennis recula.

Goliath le fixait avec dédain. Lorsque le jardinier fut suffisamment éloigné, le félin se leva et marcha paresseusement encore plus lentement, comme pour signifier « ha ha ha ! » en traversant le jardin pour rejoindre Doreen et Mugs. Quand il arriva près du basset, il lui donna un coup de griffes sur le visage, puis courut aussi vite qu'il put en direction de la maison.

— Oh bonté divine ! rit Nan. Toi et Mugs apportez tellement d'animation ! ajouta-t-elle en faisant signe. Merci d'être venus me rendre visite !

Doreen hocha la tête, lança un regard explosif au jardinier, lui tourna le dos et partit d'un pas raide. À sa manière, elle était d'une arrogance exaspérante, à l'instar du chat. Du moins, elle l'espérait. Mais pour être honnête, Goliath s'en tirait dix fois mieux qu'elle.

Ils longèrent le ruisseau pour rentrer à la maison. Doreen portait le sandwich et le gâteau de carotte. Elle s'inquiétait de tout ce qui pourrait arriver, entre aujourd'hui et le moment où ces antiquités seraient vendues. Pour l'instant, elle voulait que partent tous ces meubles de la maison qui valaient cher. Et c'était assez ridicule, en considérant le fait qu'elle avait vécu dans une maison pleine de mobilier incroyablement coûteux. À l'époque, elle ne s'était pas rendu compte : a) de combien ça valait ; ni b) de comment cet argent aurait pu être mieux dépensé pour d'autres choses.

Mais savoir que cette fortune se trouvait dans la maison de Nan terrifiait désormais Doreen. Que se passerait-il si le mobilier disparaissait ou était sérieusement endommagé par une inondation ou la pluie gouttant du toit ?

Dès qu'elle fut à son domicile, elle fit des photos de chaque meuble, documentant les contenus. Elle n'avait même pas assuré la maison ni ce qu'elle abritait. Peut-être que Nan s'en était déjà occupée. Elle devait vérifier ça maintenant. Avec de la chance, une police d'assurance était déjà en place. Autrement… comment Doreen était censée la payer ?

Elle prit des clichés d'un bout à l'autre de la maison, couvrant chaque objet antique dont elle avait entendu l'histoire au matin.

En dehors des onze pièces du salon, sept étaient hautement précieuses, deux autres davantage encore. Et elle était totalement d'accord pour que le buffet en pin clair soit son unique meuble. En particulier si tout le reste allait s'ajouter jusqu'à obtenir un montant qui lui donnerait un salaire mensuel.

Elle ne pouvait rêver mieux pour elle maintenant. L'indemnisation n'avait pas à être très importante, juste assez pour couvrir ses factures du mois et obtenir de l'argent pour s'acheter de la nourriture. Le cas échéant, elle serait folle de joie.

Finalement, elle finit sa séance photo du rez-de-chaussée, puis se dit qu'elle allait immortaliser l'étage également. Elle pénétra dans la chambre d'amis, réalisa des clichés du lit et de la commode. Puis elle prit la direction de la chambre parentale.

Elle avait dormi dans un énorme lit à baldaquin sans y réfléchir. Il était du même style que le canapé. Plissant le front, elle le prit plusieurs fois en photo ainsi que les petites tables de nuit assorties. Il y avait un miroir pour se maquiller et un placard bas avec des tiroirs en haut et en bas des deux côtés. C'était plutôt mignon, mais pas à son goût.

Ces clichés réalisés, elle ne put oublier ce qu'avait indiqué Nan à propos du sous-sol. Mais si elle ne pouvait y accéder, personne d'autre ne le pourrait.

Dans la cuisine, elle fit plus de photos, mais ne pensait pas que quelque chose dans cette pièce puisse avoir de la valeur. En revanche, la salle à manger, c'était une autre histoire, avec sa large table et ses huit grandes chaises assorties. C'était un bel ensemble, et elle soupçonnait fortement que ça valait pas mal d'argent. Tout comme les doubles buffets.

Elle transféra toutes ces images de son téléphone vers son ordinateur portable. Pendant qu'elle s'y attelait, elle pensa à Fen Guderson, et, se servant de Google, chercha son nom. Selon les articles qu'elle parcourut rapidement, il était bien connu dans le monde des brocanteurs, alors il bénéficiait apparemment d'un bon réseau. Il s'était occupé de plusieurs magasins d'antiquités jusqu'à ce qu'une terrible tragédie s'abatte sur sa famille.

En avançant dans sa lecture, son cœur commença à battre plus fort.

— Peut-être est-ce l'affaire classée que Mack ne veut pas évoquer…

L'un des petits-enfants de Fen a disparu, il y a des décennies. Le petit garçon revenait à la maison après l'école, mais n'est jamais arrivé à destination.

Elle s'appuya contre le dossier de sa chaise et s'interrogea. Puis décida qu'il n'y avait qu'un moyen d'être fixée. Elle attrapa le téléphone et appela Mack. Quand sa puissante voix répondit, elle questionna :

— Est-ce que l'affaire classée à laquelle vous faites allusion concerne le petit-fils de Fen Gunderson ?

Le choc teinté de surprise pouvait être entendu à l'autre bout du fil.

— Qui vous a parlé de ça ?

— Il était ici, aujourd'hui. Je lui ai demandé des renseignements à propos du mobilier de la maison de Nan.

— Il était temps que vous vous débarrassiez de ce bric-à-brac, dit-il joyeusement. C'est plein à craquer là-dedans.

— Oui, et maintenant je me demande si je ne vais pas embaucher un agent de sécurité. Apparemment, certains meubles valent de l'or. Genre, une fortune.

— Vraiment ? s'étonna-t-il d'une voix qui se haussa à la fin de la question. Oh, merde ! Personne n'a intérêt à le découvrir. Vous n'avez même pas un verrou décent sur la porte.

— Je sais. Fen est supposé m'appeler cet après-midi, enfin, en vérité, il était censé le faire plus tôt. Mais je suis allée chez Nan pour lui parler, à propos de la vente des antiquités.

— Bien sûr que vous y êtes allée, répéta-t-il affectueusement. Et je suis sûr qu'elle en était plus que ravie.

— Comment saviez-vous qu'elle ne voulait pas garder l'argent pour elle ?

— Je n'étais pas au courant de ce détail en particulier. Mais si elle vous offre la maison, qu'elle inclut son contenu, et qu'en plus elle vous laisse prendre soin de Thaddeus et Goliath, je présume qu'elle est plus qu'enchantée d'apprendre que vous alliez tirer de l'argent du mobilier.

— De plus, les meubles sont assez moches, ajouta Doreen.

— Ravi de vous l'entendre dire. Les antiquités ne sont définitivement pas mon genre.

— Bref ! Fen Gunderson est censé me mettre en relation

avec un expert et potentiellement une salle des ventes qui pourrait se charger de les écouler.

— Ouah ! C'est super !

— Je sais ! J'avoue me sentir un peu anxieuse quant à tout ça.

— Je peux comprendre pourquoi. Si vous avez peur que quelqu'un entre par effraction, vous pouvez toujours poser une chaise contre les portes de devant et de derrière.

— Elle a indiqué quelque chose qui m'a un peu scotchée.

— Quoi ?

— Beaucoup plus d'antiquités au sous-sol.

Après un autre moment de silence, il se mit à rire.

— C'est une futée, cette Nan, s'écria-t-il. Vous feriez mieux de faire venir cet expert, et vite.

— Pas seulement un expert, je dois aussi trouver un moyen de bouger ces meubles d'ici jusqu'à une salle des ventes, si c'est ce que je finis par décider.

— C'est juste, reconnut-il. C'est juste.

— Et donc, vous n'avez pas répondu à ma question. Est-ce que l'affaire classée que vous avez mentionnée concerne le petit-fils de Fen Gunderson ?

— Peut-être.

— Il n'y a pas de « peut-être » qui tienne. Pourquoi ne me le dites-vous pas ?

— Vous allez probablement le dénicher dans les archives de toute manière… Donc, oui, le petit-fils de Fen Gunderson a disparu sur le chemin de retour de l'école. Il était le troisième jeune garçon à disparaître durant une période de huit mois, mais son profil ne correspondait pas à celui des deux autres. Ils venaient d'une famille d'accueil et étaient tous deux un peu plus âgés.

— Et personne ne l'a jamais revu ?

— Il a été soi-disant aperçu en train de monter dans le fourgon d'un homme à tout faire du coin, Henry Huberts.

Elle se souvint d'une autre affaire avec un homme à tout faire assassiné et grommela.

— Et personne ne l'a localisé ? Personne n'a pu le trouver ?

— On a obtenu la plaque d'immatriculation, mais on n'a jamais remis la main ni sur l'un ni sur l'autre.

Juste à la fin de cette phrase, sa voix s'est approfondie, puis un long silence s'étira entre eux… Mais avec un sentiment d'attente de son côté.

Le cœur de Doreen se nouait tandis que son esprit assemblait les pièces du puzzle.

— Ah…

— Ouaip. « Ah » est une bonne réponse. Alors, vous savez que j'ai une autre question pour vous.

— Vous voulez dire que j'en ai une pour vous, le coupa-t-elle. C'est la même plaque d'immatriculation que celle que j'ai tirée du ruisseau, c'est ça ?

— En effet. Maintenant, répondez à la mienne. Bon sang, comment avez-vous su pour cette affaire ?

Chapitre 12

APRES AVOIR DONNE à Mack quelques réponses, n'ayant pas grand-chose d'autre à lui offrir, elle raccrocha. Elle l'avait finalement convaincu qu'elle ne savait absolument rien à propos de l'affaire, mais qu'elle enquêterait.

— Laissez tomber, l'avertit-il. Vous avez assez à faire dans votre vie. Concentrez-vous sur ces antiquités.

— J'aimerais, mais ce ne sera probablement pas plié rapidement.

— Peut-être que si. Si Fen Gunderson ne vous a pas encore contactée et qu'il a dit qu'il le ferait, alors vous devriez prendre les devants.

— Il faut que je vérifie. Il m'a peut-être laissé un message.

— Renseignez-vous. Et à ce propos, mon planning a changé. Je ne travaille pas dimanche ni lundi la semaine prochaine. Nous sommes en sous-effectif cette semaine, alors j'ai proposé de venir demain. Donc je ne pourrai pas vous aider.

— OK. Quand voulez-vous que j'aille jardiner à la maison de votre mère ?

Elle n'arrivait pas à comprendre où avait bien pu filer cette semaine.

— Si dimanche vous convient, dit-il, je pourrai alors vous régler le lundi, quand je passerai pour votre première leçon de cuisine.

— Oh ! ça me semble même nettement mieux, s'exclama-t-elle jovialement. Je m'assurerai de passer dimanche.

Il raccrocha.

Restée assise un long moment, elle ne put plus résister. Elle saisit son ordinateur portable pour effectuer une recherche sur l'affaire du petit-fils disparu de Fen Gunderson. L'information se faisait rare, même si beaucoup de journaux essayaient de la faire éclater, transformant une bribe de renseignements en quelque chose de plus médiatique.

Elle passa en revue autant d'articles qu'elle put trouver, se demandant si elle devait de nouveau tenter les archives de la bibliothèque. C'était quasiment la seule façon de retourner si loin en arrière, pour voir si quelque chose d'utile pouvait être déniché dans de vieilles coupures. Mack ne lui donnerait pas de copie du dossier de l'affaire, et c'était sacrément nul. Elle ne voulait pas interroger Fen ni causer du tort au vieil homme en évoquant de mauvais souvenirs. Ça faisait peut-être très longtemps, mais certaines douleurs ne s'en allaient jamais.

Elle vérifia l'heure et se rendit compte qu'il était huit heures.

— Il semble qu'il est tout juste huit heures du matin, maugréa-t-elle.

Elle disposait d'une heure avant que la bibliothèque ne ferme, selon le site Internet. Chaque jour de la semaine semblait proposer un horaire de fermeture différent. Pourquoi ne pas avoir le même quotidiennement ? Elle empoigna ses clés et partit en voiture, remarquant que les journalistes avaient finalement quitté son jardin. Elle rit à gorge déployée.

— Ils ne savent même pas que c'est moi qui ai trouvé le corps de Celeste !

Rigolant toujours dans sa barbe, elle emprunta quelques virages pour atteindre la bibliothèque. Elle se gara et y pénétra.

Linda Linket, la bibliothécaire, leva la tête et plissa le front.

— Pourquoi êtes-vous ici ?

Le cœur de Doreen se serra.

— Hé, je n'ai même pas un sourire ni un bonjour ? s'étonna-t-elle avec un léger trait d'humour.

Linda baissa ses lunettes sur son nez, ainsi elle pouvait regarder par-dessus.

— Ça dépend pourquoi vous êtes ici.

— Pour les livres ? dit Doreen, sèchement.

Ella passa à côté de Linda et se dirigea vers la section de la littérature populaire. Juste pour le spectacle, elle en prit deux qui paraissaient intéressants, lut leur résumé à l'arrière de la couverture et en remit un, pour ne garder que l'autre. Ensuite, elle se dirigea vers le lecteur de microfiche.

Elle fit un bond en arrière de vingt ans. Elle aurait dû demander une date exacte à Mack, mais il avait été mécontent de lui révéler certaines choses. Elle parcourut autant d'articles qu'elle put, mais se trouva frustrée, car elle ne put rien trouver avec le nom de Gunderson. Mais alors, peut-être que le nom de famille du petit-fils n'était pas Gunderson.

— Que cherchez-vous ? questionna Linda derrière elle.

— Des informations concernant le petit-fils disparu de

Fen Gunderson, répondit-elle.

Les sourcils de Linda remontèrent lentement vers la naissance de ses cheveux, puis elle haussa les épaules.

— Fen me rend service. Je me demandais juste si je pouvais faire quelque chose pour atténuer la douleur de sa perte.

Linda parut encore plus surprise, puis elle leva de nouveau les épaules.

Ayant le sentiment qu'elle devait encore s'expliquer, Doreen précisa :

— J'essaie de trouver ce que je peux faire. Je sais que c'est une énorme perte dans sa vie, et peut-être que je peux contribuer à commémorer la vie de son petit-fils ou l'aider à faire son deuil. Ça pourrait le rendre plus heureux ou lui apporter la paix, affirma-t-elle sans conviction.

C'était une bonne idée. Elle ignorait si d'autres gens l'avaient eue ou pas. Elle s'imaginait que les amis et la famille de Fen s'en étaient chargés, il y a longtemps, quand c'était arrivé. Mais, bien sûr, elle ne faisait pas partie de sa vie à cette époque. Il ne saurait même pas qu'elle était au courant de cette affaire.

— Vous n'êtes pas remontée assez loin, l'informa Linda, effectuant un geste vers le lecteur. C'était il y a pas loin de trente ans maintenant. Vous êtes aussi en train de vérifier pour le nom de famille de Gunderson. Mais sa fille s'est mariée avec Martin Shore. Son petit garçon s'appelait Paul Shore.

— Ah.

Doreen écrivit sur son bloc-notes et remercia la femme. Elle retourna à sa microfiche, espérant que Linda allait partir. Mais elle resta là, regardant Doreen chercher parmi vingt-neuf ans de journaux. Finalement, elle tomba sur un article intitulé « Garçon disparu de Kelowna. » Elle le parcourut.

— C'est trop triste, murmura-t-elle.

— Cela a été dévastateur pour nous tous, à l'époque. Il était le second ou le troisième à disparaître cette année-là, raconta Linda. Je connaissais Paul également. J'étais sa professeure de piano.

Doreen pivota pour faire face à Linda, voyant la personne qu'elle était vraiment, pour une fois, et pas juste la gardienne de l'information que Doreen traquait.

— Je suis désolée, exprima-t-elle avec sincérité. Je ne peux imaginer.

Linda hocha la tête avec raideur.

— Quoi que vous envisagiez, faites-le avec tact. C'est un point sensible pour beaucoup d'entre nous.

Elle tourna les talons et s'éloigna.

Soulagée que la femme ne soit plus là pour regarder par-dessus son épaule, Doreen lut rapidement l'article une fois de plus, notant quelques bribes de précisions, mais peu de détails étaient révélés.

Les gens avaient rapporté avoir vu le garçon monter dans un gros et vieux fourgon blanc appartenant au bricoleur Henry Huberts qui s'était volatilisé en même temps. L'acte criminel était suspecté. Le gamin ne s'était plus jamais montré.

Elle ne pouvait simplement pas imaginer la peine que les parents et la famille entière avaient connue. Savoir que ton fils rentrait à la maison à une heure spécifique tous les jours, regarder dehors en s'attendant à le voir arriver et s'inquiéter.

Elle effectua encore un peu de recherches, s'informant autant qu'elle put, mais il semblait qu'il n'y aurait simplement rien de plus. Ça avait été comme une journée normale, excepté que le petit garçon avait quitté l'école pour retrouver sa maison et qu'il n'y était jamais parvenu. Il avait juste disparu de la surface de la Terre. Fin.

Elle secoua la tête.

— Impossible de faire son deuil avec ça, marmonna-t-elle.

Bloc-notes en main, elle se leva, jeta un œil sur le livre de fiction populaire qu'elle avait pris, marcha vers l'accueil et procéda à son emprunt.

Linda le rendit à Doreen en disant :

— Avec tout ce que vous semblez avoir comme loisirs, je ne sais pas comment vous trouvez le temps de lire ces romans policiers également.

— Ils m'intriguent, répondit-elle honnêtement. J'aime leur côté puzzle.

Là-dessus, elle se dirigea vers sa voiture.

De retour chez elle, elle décida qu'il était l'heure d'aller se coucher. Tant de choses arrivaient, et son esprit bourdonnait. Elle se dit que, peut-être, le livre dans sa main serait le moyen de passer une bonne nuit de sommeil. Mais dès qu'elle fut allongée, son esprit bouillonna davantage. Elle émit une plainte, sortit du lit et descendit lentement les escaliers sans savoir exactement pourquoi, puisqu'elle était dans sa propre maison. Juste pour se sentir mieux, elle parcourut le chemin en sens inverse en marchant d'un pas lourd.

Arrivée en haut, elle jura avoir entendu une porte se fermer. Elle se pétrifia. Mugs sauta du matelas et vint aboyer comme un fou, à ses pieds. Il courut au rez-de-chaussée.

Horrifiée, elle le suivit.

— Quel est le problème, Mugs ?

Elle marcha jusqu'à la cheminée et saisit le tisonnier. Elle rit presque. C'était tellement un cliché de mauvais film que c'était dur de résister.

Mugs aboya en faisant des cercles dans le salon, allant dans la cuisine et la salle à manger. Puis il revint vers la porte d'entrée.

— Est-ce que tu sens quelque chose ? lui demanda-t-elle. Ou es-tu sérieusement juste en train d'aboyer pour le plaisir d'aboyer ?

Il se dirigea jusqu'au large buffet et continua d'aboyer.

Le meuble comportait deux grandes portes. Elle ne voulait pas les ouvrir et trouver un intrus. Mais elle n'avait pas vraiment le choix. Tisonnier en main, elle ouvrit un des côtés du buffet. Mugs y monta et renifla.

Il n'y avait que des étagères à l'intérieur.

— Tu vois ? C'est rien. Absolument rien.

Mais, juste pour être sûre, elle vérifia que les issues de devant et de derrière étaient verrouillées. Suivant le conseil de Mack, elle saisit une chaise et la plaça sous la porte d'entrée, puis répéta le procédé avec une autre chaise à la porte arrière. Elle ignorait si ça ferait une différence, mais elle se sentait mieux.

Elle progressa jusqu'à l'étage, déterminée à ne pas laisser la vieille maison l'effrayer. Bien sûr, maintenant qu'elle était au courant pour les antiquités, ne serait-ce que quitter son domicile était devenu assez difficile. Et penser au fait que quelqu'un puisse y entrer en s'y connaissant sur les vieux meubles la terrifiait. Elle se demanda si elle devait contacter une compagnie de surveillance. Mais ce serait des frais en plus. Pourtant, il serait imprudent de ne pas dépenser quelques dollars par mois pour un service qui protégerait les milliers de dollars que valaient les onéreuses pièces. Elle étudierait la question plus tard.

En attendant, Fen Gunderson en avait-il parlé à quelqu'un ? Il avait semblé être un sympathique vieil homme, mais les personnes âgées aimaient discuter. Peut-être avait-il révélé quelque chose à quelqu'un qui l'avait répété à un autre, et tout à coup, sa maison était devenue une cible.

Chapitre 13

AYANT DORMI PAR à-coups, elle se leva le matin suivant à 6 h 30 et grommela. Il était l'heure de sortir du lit, qu'elle ait suffisamment dormi ou pas. Qui se levait si tôt ? Surtout un samedi ? Son esprit était embrumé, et tout paraissait flou. Malgré cela, elle se mit debout, s'habilla et descendit les escaliers pour mettre en route le café. Elle regarda le jardin par la fenêtre. Tant de plantes et de buissons poussaient là dehors qu'elle ne savait pas quoi faire, même s'ils avaient été négligés par le passé. Parce que là, maintenant, tout paraissait un peu trop pour elle.

Elle ignorait où son amour naturel pour la vie et l'excitation s'en étaient allés. Elle supposa qu'ils étaient partis avec les heures de sommeil qu'elle était censée avoir récupérées, mais qu'elle n'avait pas obtenues.

Elle ouvrit la porte de derrière et avança sur le porche. Elle stoppa. Elle revint à l'intérieur, prit son téléphone et appela Mack.

— Quoi encore ? maugréa-t-il. Est-ce qu'on peut espérer dormir ?

Elle grimaça en se souvenant de l'heure.

— Je suis désolée, s'empressa-t-elle de répondre. J'ai placé des chaises de cuisine aux deux portes, comme vous me l'aviez dit.

Elle retint un sanglot.

— Hé, du calme, du calme. Que se passe-t-il ? s'enquit-il, soucieux.

— Eh bien… je viens d'ouvrir la porte à l'arrière de la maison, et je suis sortie…

— Et… ? s'impatienta-t-il sèchement quand elle hésita.

— La chaise que j'y avais placée a disparu. Elle a été déplacée. Quelqu'un était dans ma maison quand j'ai mis ces saletés de chaises contre les portes, et ensuite, ils ont bougé celle de la porte de la cuisine pour pouvoir sortir.

— Restez où vous êtes. Je serai là dans dix minutes.

Elle se tenait debout, les mains tremblantes, serrant le téléphone contre sa poitrine. Le chien se baladait aux alentours, totalement impassible, en tout cas en apparence. Bon sang, elle n'était même pas certaine de ce qu'elle était supposée faire maintenant. Le café se trouvait à environ six mètres, et ça lui paraissait carrément trop loin. Mais elle avait sacrément besoin d'une tasse.

Sa tête se mit à tourner. Elle avait touché la poignée de porte, ce qui avait sûrement été la chose stupide à ne pas faire. Son souffle se fit difficile et rapide, et son niveau de panique montait et descendait pendant qu'elle attendait Mack. Elle savait que ça prendrait au moins dix minutes, car il n'avait pas eu l'air d'être déjà sorti du lit.

Mais fidèle à sa parole, dix minutes plus tard, il s'amenait dans son allée. Il bondit hors de sa voiture et passa la porte d'entrée. Enfin, il l'aurait fait, sauf qu'elle ne l'avait pas déverrouillée. Il frappa.

— J'arrive, j'arrive ! cria-t-elle. Un moment !

Elle déplaça la chaise de dessous la poignée et le laissa entrer.

Il soupira.

— Venez là, dit-il en lui ouvrant les bras.

Elle s'y jeta et s'y blottit profondément tandis que ceux de Mack se fermaient autour d'elle. Elle savait qu'il pouvait percevoir le tremblement courant le long de son dos, mais elle n'avait aucun moyen de le cacher. Cela avait été un moment véritablement effrayant de se rendre compte que quelqu'un s'était trouvé dans sa maison. Et elle n'avait aucune idée de qui ni pendant combien de temps ou encore ce qu'il avait pu fabriquer pendant le temps passé ici.

— Bon, commençons par le commencement. (Il l'amena à la cuisine où il pouvait voir la porte arrière sur sa droite et celle de devant sur sa gauche.) Ainsi, vous avez placé une chaise, retraça-t-il en pointant du doigt celle de la porte d'entrée, et vous avez fait la même chose avec la porte de derrière, correct ?

Elle désigna la chaise la plus proche de la table.

— J'ai mis celle-ci sous cette porte. Puis je suis allée au lit.

— Qu'est-ce qui vous a incitée à faire ça ?

— J'étais couchée, et j'ai pensé à récupérer mon ordinateur portable. Je me suis faufilée en bas, même si je ne savais pas trop pourquoi j'étais discrète. Ensuite, j'ai remonté les escaliers en tapant du pied. Mais, arrivée en haut, j'ai cru entendre un bruit, comme une porte qui se refermait, ici, en bas. Et Mugs l'a distingué aussi. Il s'est redressé, s'est mis à grogner. Alors, je suis redescendue, j'ai pris le tisonnier, et j'ai fouillé la maison. On n'a rien trouvé, mais… dit-elle les sourcils froncés, s'approchant du grand buffet, Mugs se tenait devant ce buffet et a aboyé jusqu'à ce que j'ouvre une de ses portes pour lui montrer que c'était vide.

— Celui-là ? demanda Mack.

Il marcha vers le meuble et ouvrit grand les deux portes. À l'intérieur, juste une étagère d'un côté et un espace penderie de l'autre.

— Exactement, confirma-t-elle. C'est ce que j'ai vu cette nuit. Bien sûr, je ne l'ai ouvert que de moitié. (Elle regarda fixement l'autre partie consacrée aux cintres.) Je suppose qu'il aurait pu être caché là, mais Mugs n'aboyait pas, donc…

— Qu'a fait Mugs ensuite ?

— Il m'a regardée placer les chaises sous les poignées de porte, ensuite je suis remontée. Je n'ai pas bien dormi, car je n'arrêtais pas de me réveiller. Et de faire d'horribles cauchemars. Je suis finalement descendue, j'ai mis en route le café. J'ai ouvert la porte de derrière, et j'ai reculé. C'est là que j'ai compris que déplacer la chaise était la première chose que j'étais censée faire.

Il hocha la tête.

— D'accord, alors vous avez reçu une visite nocturne. Vous ne savez pas à quelle heure. Vous étiez chez vous toute la soirée d'hier ?

Elle lui lança un regard honteux et secoua la tête.

— Vous savez quoi ? Dès que je suis partie, je l'ai regretté. Et si Fen Gunderson avait raconté quelque chose à propos des antiquités de la maison ? Et si ce gars était venu pour vérifier par lui-même ?

— Vu la taille du mobilier, acquiesça-t-il en regardant le salon, il y a de grandes chances pour qu'il soit tout à fait venu pour ça. Ce qui signifie que votre maison pose désormais un problème majeur.

— Mais il n'aurait rien pu prendre avec lui sans aucune aide et sans me réveiller. J'ai vraiment mal dormi.

— Sauf si c'était petit, contredit-il.

Elle s'exclama et courut dans le salon. Elle s'arrêta au milieu, la main sur sa poitrine.

— Oh, merci Seigneur !

— Quoi ?

Elle désigna la table ancienne dans le coin.

— Ce truc est censé être extrêmement cher. Je ne me souviens plus combien il vaut. Tant de chiffres tournent dans ma tête, mais je crois que Fen a parlé de sept ou huit mille dollars.

— Quoi ?!

Elle hocha la tête.

— J'ai peur rien qu'à l'idée de le toucher. De ce que je sais, la trace d'un doigt diminue la valeur de deux mille dollars.

Mack gloussa à cette information.

— À peine. Nan s'est très bien servie de cette table pendant des années. Autant d'empreintes peuvent être poncées.

— Je sais, mais maintenant, j'ai vraiment peur.

— Vous avez pris des photos hier, non ?

Soulagée, elle acquiesça et sortit son téléphone.

— J'ai photographié un tas de choses, certains petits meubles et toutes les plus grosses pièces également.

— Alors, faisons le tour, et assurons-nous que les clichés correspondent toujours.

Cela leur prit une heure pour vérifier que tout était encore en place.

Quand Mack fut satisfait, elle rangea son téléphone.

— J'aurais dû penser par moi-même à faire ça.

— Deux têtes valent mieux qu'une dans un cas pareil, répondit-il. De plus, au moins vous savez maintenant qu'il est parti sans rien. Sûrement parce que vous l'avez entendu.

Ce qui veut dire que, désormais, nous devons nous assurer que tout est sécurisé.

— Je dois faire estimer tout ça.

— Vous n'y parviendrez pas aussi rapidement. Ça prendra sans doute deux jours. Ça m'étonnerait que ce type de personnes vienne du coin.

— Fen a mentionné une salle des ventes, une grande. Mais je ne m'en souviens pas pour l'instant. Ça ressemblait à un nom de femme, précisa-t-elle en fronçant les sourcils. Mais ça ne doit pas être ça.

— C'est Christie's. C'est énorme. Et si tout ça les intéresse, vous devriez bien vous en tirer avec eux.

— C'est ce que j'espère. Mais je ne sais pas quelle commission ils prennent.

— Ce que vous allez en tirer sera toujours plus que ce que vous possédez actuellement avec tout ça ici. Au moins, ils attireront les bons acheteurs.

— D'accord, ça a du sens. Mais comment on s'y prend pour les faire venir ici ?

Juste à cet instant, son téléphone se mit à sonner.

— C'est Fen Gunderson, chuchota-t-elle. (Elle répondit.) Bonjour !

— Bonjour, salua Fen. J'ai contacté l'expert, il veut vous appeler ce matin.

— D'accord, merci. À ce propos, avez-vous dit à quelqu'un que je possédais ces antiquités ?

— Non. Vous ne faites pas affaire longtemps avec moi quand vous ouvrez la bouche. Je ne l'ai mentionné à personne, sauf à l'expert.

— Pas même en passant, pour indiquer que vous veniez voir les antiquités de Nan ?

— Non, pourquoi ? demanda-t-il d'une voix forte.

— Il y a eu un intrus cette nuit. Et je me suis demandé si ça avait un lien avec les antiquités.

— Oh, ma chère, vous allez bien ? s'enquit-il, hors d'haleine.

— Je vais bien, le rassura-t-elle en hochant la tête. Mais maintenant, je suis très inquiète au sujet des meubles. Si la rumeur se répand que beaucoup d'argent se cache derrière ces objets, alors j'ai un problème.

— Oui, oui, en effet. Vous devriez missionner une agence de sécurité.

— J'y ai déjà pensé plus tôt. D'accord. Je verrai ça en attendant l'appel de l'expert. Quel est le nom de la salle des ventes que vous m'avez conseillée ?

— Christie's. L'expert vous aidera à vous mettre en relation. Ils auront besoin de photographies. Ensuite, ils enverront certainement quelqu'un pour venir vérifier ces clichés. Également pour savoir si la provenance de ce mobilier peut être déterminée.

— La provenance, d'accord. C'est ce que vous avez mentionné hier. En somme, si je peux prouver l'histoire d'un meuble, il peut valoir beaucoup plus.

— Exactement, ma chère. Alors, parlez-en à Nan.

Après avoir raccroché, elle se tourna vers Mack.

— Il a affirmé ne l'avoir évoqué avec personne. L'expert est censé m'appeler ce matin.

— D'accord. Je ne sais pas trop comment vous mettre en sécurité cependant. Si Fen a raison et qu'il y a autant d'argent rassemblé ici… (Il secoua la tête en jetant un œil dans la pièce.) Cet endroit est vraiment plein à craquer.

— Je sais, mais le truc, c'est qu'on n'a pas été très attentifs à tout ce mobilier du temps où Nan vivait ici. C'étaient des trucs de vieille dame. Mais maintenant que je suis ici, que je regarde tout ça et que ça ne me correspond pas, ça ressemble juste à de *vieux* meubles.

— Et vous débarrassez déjà. Vous vous êtes occupée d'une chambre jusqu'à présent, non ?

Elle acquiesça.

— Et je m'occupe de la seconde actuellement.

— Je dois connaître deux ou trois gars qui seraient disposés à faire des rondes par ici. Je ne crois pas pouvoir débloquer le budget pour avoir des flics.

— Le problème, c'est que plus il y aura de gens au courant, plus vite la rumeur va se répandre. Selon Nan, tout le monde sait tout avant les médias.

— Ça, c'est bien vrai, confirma-t-il en hochant la tête. On verra ce qu'on peut faire alors. En attendant, j'ai un meurtre à résoudre.

— Oui, en effet. Avez-vous déjà trouvé le petit ami, Josh Huberts ?

Il lui jeta un regard en coin.

Elle hocha la tête.

— Évidemment que vous l'avez trouvé.

— Mais pas dans le sens où vous l'entendez, nargua-t-il gentiment.

— Comment ça ? demanda-t-elle, le front plissé.

— Il était le grand C de la scène de crime.

Cela prit un moment à Doreen pour comprendre que « le grand C » signifiait le cadavre.

— Oh, mon Dieu ! Vous voulez dire qu'il est mort ?

Il confirma d'un signe de tête.

— Ça ressemble à un suicide.

— Alors, il tue sa petite amie, la jette devant le centre du planning familial, rentre chez lui et se tue ?

Ça avait *presque* du sens.

Alors que Mack roulait des épaules afin de les hausser, elle comprit que c'était un cas qu'il avait probablement rencontré des tas de fois.

— Je ne sais pas, réfléchit-elle. Ça paraît représenter beaucoup d'efforts pour ensuite faire demi-tour et s'ôter la vie.

— Ça dépend, rétorqua-t-il. Vous savez, les gens en colère font souvent des choses qu'ils regrettent. Ces deux-là étaient connus pour avoir une relation très explosive.

— Mais… c'est un acte vraiment froid et calculateur d'abandonner son corps au pied du centre de planning familial… et ensuite, de retourner là où il l'a tuée, juste pour se tirer dessus. On passe de la rage passionnée à la pensée très lucide. Cela ne l'aurait-il pas découragé de se suicider à ce moment-là ? En plus, ça ne correspond pas aux coups de feu que j'ai entendus. Deux, puis deux, tous d'affilée. Alors… à moins que vous ayez trouvé davantage de balles… Je ne crois pas que cette théorie tienne la route.

— La police technique et scientifique se penche dessus. Mais c'est ce à quoi ça ressemble. Nous devons attendre le retour du médecin légiste, avec sa conclusion bien évidemment.

Elle serait contente pour lui si cette enquête se résolvait si vite.

— Ce serait bien s'il s'agissait d'une affaire simple. Et concernant les véhicules, vous les avez retrouvés ?

— Ils étaient garés à l'arrière. Ce serait bien d'avoir un dénouement rapide à cette histoire, alors n'allez pas faire de grabuge là où il n'y en a pas, l'avertit-il.

Elle le regarda d'un air innocent.

— Je ne vois pas de quoi vous parlez.

— L'autre solution que vous pourriez potentiellement

mettre en œuvre, ajouta-t-il, c'est de louer un garde-meubles et de stocker tout ce bazar dedans.

— Bien sûr. Et comment je vais payer les unités de stockage ? Et qui veillera sur le box ? rétorqua-t-elle.

— Bonnes questions, concéda-t-il en riant. Mais au moins, ces pièces seraient derrière un portail d'entrée verrouillé et vous auriez une serrure sur le box lui-même.

Elle plissa le front, incertaine de son ressenti à propos de tout ça.

— Peut-être. J'y penserai.

— Faites-le. Pendant ce temps, j'enverrai quelqu'un pour voir si on peut relever quelques empreintes digitales.

Son visage s'illumina à cette proposition.

— C'est une bonne idée ! Vérifiez la chaise et la poignée de porte, ainsi que le buffet. Je ne vois pas quoi d'autre… De toute évidence, les miennes ainsi que celles de Fen Gunderson se trouvent un peu partout.

Il hocha la tête.

— D'accord. Je vous reverrai sous peu, dans ce cas.

Sur ces mots, il se retira, sans qu'elle ait eu le temps de lui demander pourquoi elle devrait le recroiser.

En attendant, elle allait quérir de la nourriture ainsi que le café qu'elle avait oublié. Car, dès que l'expert local l'appellerait, elle aurait besoin de toutes sortes d'informations de sa part.

Chapitre 14

Samedi, en milieu de matinée…

E LLE REGARDA L'EXPERT, sous le choc.

— Ces nombres… Ils sont juste… époustouflants, se réjouit-elle.

Il rit.

— En effet, ils le sont. C'est une aubaine. J'ai parlé à Nan, il y a des années de ça, de la revente de ce lot de mobilier de salon. (Il regarda le canapé et les chaises.) Que vous possédiez les deux chaises, c'est incroyable !

— Vous voulez dire, les deux chaises d'appoint et le canapé ?

Il confirma.

— À l'origine, ils font partie d'un grand ensemble pour chambre à coucher. Mais retrouver trois, quatre pièces en comptant la table basse, c'est assez rare. Il devrait y avoir une petite table d'appoint, un grand lit avec tables de nuit, et davantage. Si vous détenez le tout, je pense que vous pourriez envisager jusqu'à cinquante mille dollars. Peut-être un peu plus.

Elle s'affala sur le siège le plus proche. Il sourit.

— Seulement si la collection est complète.

Elle déglutit avec peine.

— Vous voulez venir et jeter un œil au lit dans lequel je dors ?

— Vous êtes sérieuse ?

Elle haussa les épaules.

— Il est décoré, sur les colonnes, du même genre de rinceau que sur le canapé.

Le visage de l'expert s'illumina d'excitation.

— Où est-il ?

Elle se leva et laissa Mugs les précéder en courant, ainsi il ne les fit pas trébucher pendant qu'ils montaient les escaliers. Une fois en haut, elle vit Thaddeus dormir au coin de l'une des colonnes du lit et Goliath s'étirer sur le matelas.

L'expert entra dans la chambre et s'exclama :

— Oh, mon Dieu ! Oh, mon Dieu ! C'est… Oh, bonté divine !

Il resta simplement debout, les mains sur la bouche, absolument ravi.

— Alors, je présume que je vais devoir me trouver un nouveau lit ?

— Voulez-vous le vendre ? (Il se tourna vers elle.) J'ai des acheteurs privés, et je peux vous mettre en relation avec la salle des ventes.

Elle hocha la tête et désigna les tables de nuit.

— Je crois qu'elles sont pareilles, non ?

Il enleva la lampe de l'une d'elles et la souleva avec précaution, la tournant pour vérifier l'arrière. Il soupira de joie.

— Elle est non seulement pareille, mais comporte également exactement la même marque que le canapé et les chaises du bas. Nous devons procéder à un examen plus poussé pour nous assurer qu'ils font tous partie de l'exacte même collection de meubles. Mais il semble que vous ayez presque l'ensemble dans sa totalité.

— J'aimerais le vendre, répéta-t-elle. Je désirerais en vendre le plus possible. Je ne dormirai pas paisiblement tant que j'aurai conscience que toutes ces choses de valeur sont dans une maison qui ne dispose pas de système de sécurité.

Il parut stupéfait par ce propos.

— Donnez-moi une demi-heure pour entamer les démarches. Vous auriez une table à laquelle je puisse m'asseoir et travailler ?

Elle le précéda de nouveau pour rejoindre le rez-de-chaussée, jusqu'à la table de la cuisine, où il passa des coups de fil en ouvrant son ordinateur portable.

— Vous avez des photos ?

— Je dispose de celles que j'ai prises hier.

Elle amena son ordinateur et les lui montra.

— D'accord, photographier les inscriptions de la marque du fabricant me prendra quelques heures, et nous devons voir si vous possédez la moindre source de provenance de ces pièces. Mais dans la mesure où le mobilier est marqué, cela lui donnera une certaine cote. S'il a été légalement obtenu ou si vous disposez d'une histoire brillante et colorée à raconter, preuves à l'appui, cela ajoutera encore plus de valeur.

L'excitation n'avait jamais quitté la contenance de l'expert. Elle hocha la tête.

— À quelle vitesse pouvons-nous parvenir à régler tout ça ?

— Pas aussi rapidement que vous l'espérez. Je comprends que vous soyez inquiète et souhaitiez avancer. Mais ça prendra au moins une semaine.

Elle soupira.

— D'accord, alors je dois m'assurer que cet endroit reste sécurisé.

— En effet. (Il se concentra sur elle.) Et je sais que ce lit est celui dans lequel vous dormez, mais…

Il laissa ses mots en suspension. Elle acquiesça.

— Peut-être que je ne devrais plus m'en servir ?

— Je ne veux même pas vous dire ça, à vous, car de toute évidence, il a été utilisé à bon escient toutes ces années et c'est ce pour quoi il a été fabriqué, déclara-t-il d'un air confus.

— Pourtant, je ne suis pas sûre d'avoir besoin de continuer de dormir dans ce lit en particulier.

— Mais nous brûlons les étapes, là. Occupons-nous des photos. Ensuite, vous pourrez revenir vers moi après avoir reçu des nouvelles de Christie's. *Peut-être.* Je ne sais pas laquelle est le mieux. Je crois que pour cet ensemble-ci, ce sera probablement Christie's, mais je les contacterai. Et ils voudront voir les photos, alors ce sera la première étape. J'ai un appareil avec moi. Je suis plutôt habitué à prendre des photos si c'est bon pour vous.

— Oui et… hésita-t-elle.

Il leva les yeux vers elle.

— Qu'y a-t-il, ma chère ?

— J'ai déjà eu affaire à un intrus cette nuit. Après le départ de Fen Gunderson. Je suis juste un peu inquiète à l'idée que, une fois que vous aurez pris les clichés et que vous partirez, il y aura, vous savez, d'autres gens au courant de tout ceci.

— Ce ne sera certainement pas de mon fait, se défendit-il, car j'aurai une commission. Alors, c'est dans mon propre intérêt de vous aider à organiser cette enchère avec Christie's. Si quelqu'un vole quoi que ce soit, ce ne sera pas à cause de moi.

— Bien sûr. Je ne voulais pas insinuer que vous alliez

dérober quoi que ce soit. Je suis simplement très nerveuse.

— Vous avez une bonne raison de l'être, expliqua-t-il. Occupons-nous de faire les photos, et de faire ça bien.

C'était un procédé lent et méthodique. Ils ont retourné chaque chaise et pris des clichés sous chaque angle. Comme ils parcouraient tout le salon, puis la chambre principale, il lui apprit comment vérifier les marques et lesquelles en particulier étaient laissées sur chacun des ensembles.

Lorsqu'ils eurent terminé avec le lit, les deux tables de nuit et le mobilier du salon, table basse incluse, elle comprit pourquoi il était excité.

— Alors, vous dites que ces sept pièces, la table basse, les deux chaises et le canapé, les deux tables de nuit et le lit, ont toutes la même marque de fabricant, ainsi que le même petit… je ne sais pas comment vous appelez ça… mais, je veux dire, le numéro de série.

— Exactement, confirma-t-il. Vous ne possédez pas seulement la presque totalité d'un ensemble de dix pièces, mais elles font partie d'un lot fabriqué en même temps. Maintenant, quelques éléments manquent, ce qui est dommage, mais c'est compréhensible après toutes ces années.

Elle fit le tour du rez-de-chaussée.

— Je sais que la porte menant au sous-sol est quelque part ici, et Nan m'a expliqué que d'autres pièces s'y trouvaient, mais je n'en ai pas repéré l'accès, et je ne pense pas qu'on puisse s'en occuper pour le moment de toute façon.

Il confirma d'un signe de tête.

— Si nous le trouvons pendant notre progression, ça ne fera qu'ajouter de l'excitation. Pour le moment, ce que vous détenez ici est déjà assez incroyable.

Elle eut un soupir ravi et se rassit.

— Maintenant, je dois vous poser la question… reprit-il.

Avez-vous l'autorisation de vendre tout ça ?

Elle acquiesça.

— Nan m'a donné la maison ainsi que son contenu. Nous avons les documents légaux prévus à cet effet, et je lui ai parlé hier des antiquités en particulier. Elle a dit qu'il m'appartenait de les vendre comme je l'entendais.

— C'est très généreux de sa part. A-t-elle une idée de la valeur de ces pièces ?

— Je lui ai transmis tout ce que je savais au sujet du montant après l'avoir appris hier avec Fen, mais bien sûr, j'ignorais que l'ensemble cotait autant. Je peux sans doute lui demander encore une fois, mais je suis quasi sûre qu'elle me fournira la même réponse, me répétant que c'est à moi.

— Ce serait gentil. (Il se frotta presque les mains de jubilation.) J'enverrai ces photos à Christie's. J'ai un agent sur place avec qui je collabore. Je devrais avoir un retour avant demain soir, au plus tard.

— Mais vous aviez annoncé que ça prendrait au moins une semaine, rappela-t-elle en souriant.

— Oui, pour l'ensemble des ventes et leur livraison, ça pourrait être un peu plus long. Mais je devrais en discuter au téléphone avec quelqu'un de Christie's d'ici demain. Alors, gardez ça pour vous, ne l'évoquez avec personne, et vivez votre vie.

Elle sourit. Il la regarda, s'avança pour lui serrer la main et dit :

— Souvenez-vous que toutes ces pièces se trouvent ici depuis des années. Alors, ne paniquez pas, n'ayez pas peur de les abîmer, profitez de la vie simplement.

Elle le mena jusqu'à la porte d'entrée et sourit. Il se tourna et lui mit sa carte dans la paume.

Elle rentra et la glissa dans son portefeuille afin de ne pas la perdre. Elle s'assit dans le salon, repensant aux mots qu'il avait prononcés, et pourtant, elle était absolument pétrifiée à l'idée de s'asseoir sur le canapé. Cela représentait beaucoup trop d'argent. Peut-être qu'elle irait bien tout le temps qu'elle pourrait garder ces antiquités de valeur à l'abri des rumeurs. Ensuite, elle pourrait se concentrer sur l'affaire du petit-fils de Fen Gunderson.

Et quelque chose n'allait pas du tout à propos du corps de Celeste, découvert sur la propriété du centre du planning familial, ainsi que de celui de son petit ami à la maison Hawthorne. Elle savait que la police ne trouverait pas toutes les réponses, surtout s'ils avaient décidé qu'il s'agissait là d'un cas de meurtre-suicide. Elle était persuadée que les questions que se poseraient les autorités s'arrêteraient là. Ils ne chercheraient même pas d'autres explications.

Puis elle se souvint de ce qu'elle avait indiqué à l'expert. Elle prit son téléphone.

— Bonjour, Nan ! dit-elle à sa grand-mère.

— Bonjour. Tu as bien dormi cette nuit ?

— Ça a été. Je crois que nous avons eu un intrus dans la maison.

Le hoquet de stupéfaction de Nan s'entendit dans le combiné.

— Je vais bien, au passage, la rassura Doreen.

— Je suis tellement désolée, ma chérie. Nous n'avons jamais installé un quelconque système de sécurité là-bas. C'est comme si, toutes ces années pendant lesquelles j'ai vécu dans cette maison, c'était dans une ville très différente. Mais de nos jours, nous avons beaucoup de sans-abris. Peut-être quelqu'un cherchait-il simplement un lieu où se reposer.

— Nan ? hésita Doreen, sans trop savoir comment aborder le sujet.

— Oui, chérie ?

— As-tu parlé à quelqu'un des antiquités ?

— Non, bien sûr que non. Mais un tas de gens sont déjà au courant de leur existence. Je les collectionne depuis des années, des décennies même. Beaucoup de gens sont venus les estimer. Je devais y consentir, pour les assurances.

— Donc la maison et ce qu'elle contient sont actuellement assurés ? rebondit Doreen, retenant sa respiration.

— Bien sûr, ma chérie.

Doreen attendit davantage de détails, mais sa grand-mère n'ajouta rien d'autre.

— Où as-tu trouvé l'ensemble de la chambre à coucher ainsi que celui du canapé ?

— Eh bien, c'était à ma grand-mère. Je ne les ai pas achetés. Quand tu dors la nuit, ma chérie, tu dors comme une reine, gloussa-t-elle. Le lot complet provient d'elle. Mais je ne suis pas certaine de comment elle l'a acquis. Je crois qu'il est dans la famille depuis au moins plus de cent ans.

Doreen fixa le téléphone.

— De ta grand-mère ?

— Oui, ma chérie. Je suis née comme tout le monde, tu sais.

Elle l'a dit avec un tel sens de l'humour que Doreen se mit à rire.

— Évidemment que tu es née. Et tu es devenue un ange. J'imagine que tu étais un bébé absolument adorable. Et ta mère ? Elle n'a pas voulu de cet ensemble ?

— Elle détestait les antiquités, alors ma grand-mère m'a tout cédé. Et elle les avait conservées pendant ses années de mariage. Ce qui fait cinquante ans, si ce n'est soixante, se remémora Nan, pensivement. Je les possède depuis… mon Dieu, depuis qu'elle est décédée. Ça doit donc faire au moins quatre-vingts ans, si ce n'est cent ans, qu'elles sont dans notre famille. Je suis née tardivement dans la vie de ma mère qui, elle, était née tardivement dans la vie de la sienne.

— Tu n'as aucune idée de là où ta grand-mère les a trouvées ?

— Non. Ça se trouve dans les papiers, quelque part dans un dossier.

— D'accord. Je n'ai pas encore eu l'occasion de le chercher.

Elle tourna sur elle-même dans la cuisine, se demandant où ce dossier pouvait bien se trouver.

— Et concernant le corps du centre du planning familial ? demanda Nan. Tu en as appris davantage ?

— Oui. Le petit ami, Josh Huberts, a été retrouvé mort dans la maison où j'ai entendu les coups de feu, marmonna-t-elle.

Son regard s'attardait sur les placards devant elle. Elle les ouvrit, à la recherche de paperasse.

— Intéressant, répondit Nan. Parce que, une fois qu'on comprend qui c'est, il se trouve que ça a un lien avec Fen Gunderson.

Doreen se pétrifia.

— Nan, de quoi tu parles ?

— Le petit ami était le petit-fils de l'homme à tout faire accusé du kidnapping du petit-fils de Fen Gunderson.

— Tu es sérieuse ?

— Oui. C'était une époque terrible. Et je ne sais pas si cet homme avait une véritable mauvaise raison d'enlever ce garçon. Peut-être qu'il le ramenait chez lui.

— À quel moment de l'année est-ce arrivé ? questionna Doreen, essayant de confirmer les détails des articles de journaux. C'était pendant l'été, non ?

Elle pensait à mai ou juin.

— Oh ! bonté divine… Ce devait être à la fin du printemps ou au début de l'été. Nous étions en grande crue cette année-là. Et je me rappelle que ça avait ralenti les recherches. À la base, ils ont présumé qu'il s'était noyé, car beaucoup de rues étaient sous les eaux et nous avions connu des inondations subites continues. Mais cette théorie a été abandonnée dès que quelqu'un a débarqué et prétendu qu'il avait vu Paul monter dans le fourgon de Huberts.

— Oh ! répondit Doreen. (Un tas d'informations s'entassaient dans sa tête.) Nan, si tu en entends plus à ce sujet ou si tu as le moindre souvenir d'où se trouve le dossier, tu me tiens au courant ? Je resterai souvent à la maison ces prochains jours, afin de pouvoir garder un œil sur ce qui pourrait être… Pour m'assurer que personne n'essaie de voler mes antiquités.

— Pas de problème. Ça ne m'embêterait pas de passer. Peut-être aujourd'hui ou demain. Cette vieille maison a une grande histoire. Maintenant, d'après mes souvenirs, un ou deux meubles possèdent des tiroirs secrets, souffla-t-elle d'une voix qui s'estompait.

Les oreilles de Doreen sursautèrent.

— Sérieusement ?

— Oui, absolument. Mais je ne me rappelle pas lesquels. Et je ne suis plus certaine de comment pouvoir y accéder. Je me souviens d'avoir joué avec, à la maison de ma grand-mère, et que j'y trouvais toujours des petits bonbons ou des jouets cachés à l'intérieur.

— C'est absolument adorable, dit Doreen chaleureusement. Bref, Nan, je te reparle plus tard. Peu importe quand tu veux passer, préviens-moi. Je peux aussi te prendre en voiture ou venir à pied et faire le chemin du retour avec toi.

— Ah, je marche très bien ! Quand tu t'y attendras le moins, je me montrerai.

Après avoir raccroché, Doreen saisit son bloc-notes et écrivit ce que Nan lui avait révélé. Puis elle créa un dossier dans son ordinateur, qu'elle nomma « Paul Shore ».

Dès qu'elle eut un fichier d'ouvert, elle saisit les détails comme elle se les remémorait. Car tout ce à quoi elle pouvait penser, c'était à ce petit garçon perdu et comment sa grand-mère avait été d'une si grande aide pour elle. C'était le moins qu'elle puisse faire.

Dès qu'elle eut fini, elle farfouilla dans chaque placard de la cuisine, à la recherche du dossier de Nan. S'il renfermait la moindre donnée quant à la provenance de ces meubles, alors elle en avait besoin. Et elle en avait besoin rapidement. Elle n'avait aucune idée de combien d'argent tout ce mobilier allait rapporter à la fin. Ce ne serait pas suffisant pour s'installer à vie, selon elle, mais si cela lui générait une sorte de salaire mensuel jusqu'à ce qu'elle soit mieux installée, elle serait plus qu'heureuse avec ça.

Une heure plus tard, elle était plus que frustrée. Elle ne trouva aucun dossier dans le placard du couloir, ni dans celui de l'entrée, ni dans celui du salon, ni dans aucun de ceux de la cuisine. Elle grommela, se prépara une tasse de thé et se rendit dans le salon pour s'y asseoir de nouveau. Cette fois, elle se posa sur le sol. Puis elle se souvint de ce que Fen avait dit à propos du tapis. Elle bondit sur ses pieds. Elle marcha jusqu'à la cuisine, prit une chaise et l'amena jusqu'au salon pour s'y installer.

— C'est ridicule, maugréa-t-elle, se rendant compte qu'elle était idiote.

Elle avait déjà renversé du café et du thé sur le mobilier et sur le tapis. Elle posa sa tasse sur la table basse, avec un dessous de verre, saisit son ordinateur portable et s'assit sur le canapé. Elle adorait l'idée que la grand-mère de Nan ait pu cacher des friandises dans les tiroirs secrets de certains de ces vieux meubles. C'était un souvenir vraiment spécial. Et elle était reconnaissante de la relation qu'elle avait aujourd'hui avec Nan.

— La vie est trop courte, lâcha-t-elle.

En effectuant ses recherches sur le petit-fils de Fen Gunderson, elle vérifia les rapports de la météo de l'époque. Il y aurait pas mal de recherches à effectuer pour les obtenir, car ils dataient d'une période où ils commençaient tout juste à conserver les données et de bien avant que les enregistrements digitaux n'existent. Elle se demanda si la station locale pourrait lui venir en aide.

Elle prit le téléphone et l'appela, requérant le prévisionniste. N'y parvenant pas, elle obtint son adresse e-mail et lui envoya sa requête. Environ une heure plus tard, son portable sonna.

— Hé ! C'est Charlie de la station météo. C'est une question vraiment intéressante que vous posez là ! Sur quoi vous planchez ? interrogea-t-il avec curiosité.

— Je vérifiais la météo d'il y a vingt-neuf ans, entre mai et juin, répondit-elle sans dévoiler trop d'informations.

— Vous êtes sur une autre affaire palpitante ?

Elle grommela, comprenant qu'il savait déjà qui elle était.

— Pas vraiment, éluda-t-elle. Je consulte juste les archives météo pour aider à refaire le jardin de Nan.

Ce n'était qu'à moitié un mensonge parce qu'elle voulait sincèrement connaître les données météo d'ici.

— On a un bazar numérique ici, mais ce n'est pas aisément accessible. Laissez-moi revenir vingt-neuf ans en arrière, depuis 1990… (Sa voix devint moins audible tandis qu'il cliquait sur le clavier.) Oh, ouah ! Ce fut véritablement un été de folie avec des tas d'inondations. Les pires en cent ans je crois.

— Très bien. J'ai entendu un truc comme ça. Que le cours d'eau avait atteint une hauteur dingue.

— Oui, absolument ! Ça a été si fort cette année-là que des voitures se trouvaient dans la rivière.

— Ont-elles été sorties de l'eau ?

— C'est ce qu'on aimerait penser, mais à l'époque, la rivière était très profonde, et elle donnait pile dans le lac, alors c'est dur à affirmer.

— Combien de temps ont duré les inondations ?

— Nous avons connu des crues subites pendant environ trois ou quatre jours à cause de la fonte des neiges de montagne. Tout ce qui était au sommet a fondu puis coulé, et nous avons subi pas mal de grosses averses en même temps. Une sorte de grosse tempête de plusieurs éléments. Ça s'est terminé avec cette énorme inondation qui n'a jamais vraiment reculé. Est-ce que c'est ce que vous vouliez savoir ?

— Oui, vous pourriez m'envoyer ça par e-mail, que je puisse avoir un écrit auquel me référer ?

— Bien sûr ! Si ça vous apporte quelque chose d'intéressant, dites-le-moi, d'accord ?

— Je ne suis pas certaine de savoir de quoi vous parlez, mais je n'y manquerai pas, gloussa-t-elle avant de raccrocher.

Maintenant, elle avait une assez bonne idée de ce qui était arrivé. Et pourtant, elle devait croire que les autorités, et même les membres de la famille, s'étaient penchées sur les conditions météo au moment de la disparition des garçons.

Elle fit le tri dans les années de données météo, puis se rendit compte qu'elle devait poser une dernière question à

Charlie. Elle appuya sur « Rappeler ».

Quand il décrocha, il s'écria :

— Ouah, vous avez déjà trouvé quelque chose ?

— Non, je me demandais… En prenant en compte que c'était une année de forte crue, avons-nous connu une année où il a fait incroyablement sec ? Vous savez, comme le lac qui serait à son niveau minimum centennal ?

— Cette année, répondit-il. C'est l'une des années les plus sèches. Les précipitations sont basses. Les montagnes n'ont quasiment pas connu de neige l'an passé. Vous vous souvenez des soucis des stations de ski ?

Elle ne lui indiqua rien quant au fait de ne pas avoir habité dans le coin en ce temps-là, car elle ne voulait pas lui rappeler qu'elle venait seulement d'arriver et qu'elle avait déjà causé tout ce chaos.

— Alors, qu'est-ce que ça signifie en matière de niveau d'eau du lac ?

— Ça veut dire que d'ici à ce qu'on arrive à août, septembre, octobre, il sera sacrément bas.

— Oh ! intéressant… Bien sûr, vous n'avez pas de radar immergé ou un truc du genre, hein ?

— Non. Mais pas mal de choses ont été mises en place quand les gens sont venus tenter d'apercevoir Ogopogo.[1] Une compagnie de recherche voulait trouver des bestioles dans le lac, et je sais qu'ils ont entrepris un tas de démarches, mais je ne crois pas que tout ça soit publiquement accessible. Non, mais ce ne devrait pas être difficile à trouver. Ils sont restés un moment aux actualités, car, évidemment, tout le monde pariait sur le fait qu'ils allaient trouver ou pas le monstre du loch Ness du lac Okanagan.

---

[1] L'Ogopogo est une créature sous-marine, une sorte de serpent du lac, qui vivrait dans le lac Okanagan, en Colombie-Britannique.

— Intéressant. Donc vous vous attendez à ce que, cet été, nous observions le lac à son niveau le plus bas ?

— Toute cette année a été particulièrement mauvaise. Nous avons connu pas mal de grosses chutes de neige, ce qui signifiait d'importantes inondations à prévoir. Alors, la ville a ouvert les écluses et laissé sortir l'eau du lac en vue d'un trop-plein causé par une crue printanière. Ensuite, comme la grande inondation n'a pas eu lieu, le lac lui-même ne s'est pas élevé autant qu'attendu.

Il expliquait vraiment bien, mais pour elle, c'était dur d'analyser toutes ces données. Elle hocha la tête cependant, comme si elle comprenait.

— Une fois de plus, pourriez-vous m'écrire ça ? Car ça fait un paquet d'infos.

— Bien sûr, rit-il. On dirait que je donne un cours d'histoire à quelqu'un qui n'est pas de la ville.

— Eh bien, je le suis en partie. J'étais dans les parages de Nan, mais ça ne veut pas dire que je me souviens de tout ça.

— C'est juste, admit-il avec un sourire dans la voix.

Elle raccrocha de nouveau et rechercha les périodes de sécheresse en ville. Elle se rendit compte que la zone entière de Lower Mission était inondable. Elle était envahie de grandes eaux chaque fois que le niveau de la rivière et du lac montait, mais le quartier redevenait sec quand le niveau redescendait. Ça paraissait logique.

Mais un autre truc l'était.

Elle étudia les entreprises qui avaient effectué toutes sortes d'imageries du lac en eaux profondes. Mais elle n'obtenait pas de réels résultats pour ce qu'elle avait besoin de démontrer. Puis elle se souvint que Charlie avait parlé de paris, et elle appela Nan.

— As-tu déjà parié sur le fait qu'ils allaient trouver le

monstre du loch Ness dans le lac Okanagan ?

Nan rit.

— Oh ! Seigneur, s'exclama-t-elle en reprenant son souffle, j'ai gagné tellement d'argent avec cet événement.

— Pour quelle raison les gens miseraient là-dessus ?

— Parce que quelqu'un ici a suggéré qu'ils avaient aperçu le monstre du loch Ness et qu'il pourrait être repéré avec une nouvelle technologie. Alors, un tas de gens étaient déterminés à le croire, car ils désiraient vraiment le voir. Tandis que, selon moi, peu importe à quel point la technologie est bonne, il y a des choses qu'on n'est pas censé savoir.

Il se trouvait que Doreen était d'accord avec Nan sur ce point.

— D'accord, alors tu as parié contre. Comment aurais-tu pu obtenir des gains ?

— J'étais assise dans un café, raconta-t-elle d'une voix basse afin que personne autour d'elle ne puisse l'entendre, quand j'ai surpris deux personnes de l'équipe de recherches discuter de leur projet. Ils étaient à court d'argent et avaient jusqu'à minuit le lendemain. Alors, dès que j'ai appris ça, je savais exactement à quelle heure ils jetteraient l'éponge et j'ai pu parier là-dessus. À minuit, évidemment. J'avais vu juste, ce qui m'a valu un sacré bonus, s'esclaffa-t-elle. Le meilleur pari de ma vie !

— Tu te souviens du nom de la compagnie qui a réalisé l'imagerie ?

— Un genre de laboratoire scientifique de recherche… réfléchit-elle, la voix pensive. Oh, je me souviens ! Oceanic. Ils sont arrivés avec un mini sous-marin et un appareil radar sophistiqué.

— D'accord. C'est quelque chose que je devrais pouvoir dénicher.

— Attends, attends, attends ! Ne raccroche pas déjà.

— C'est tout ce que je voulais savoir. Merci, Nan.

Et elle raccrocha avant que sa grand-mère ne puisse l'interroger sur quoi que ce soit.

Elle bascula ensuite délibérément son téléphone en mode avion afin qu'elle ne puisse pas la rappeler. Elle souhaitait que personne ne lui pose des questions auxquelles elle ne serait pas prête à répondre. Puis elle se mit à chercher des articles correspondants.

Elle était fatiguée avant même d'avoir fini. Et en vérifiant son téléphone, elle vit qu'il était déjà l'heure du dîner, un samedi soir. Pourtant, elle n'avait pas encore mangé. Elle grommela.

— Si Mack savait ça, il serait sur mon dos.

Elle remit son téléphone en service et y découvrit plusieurs messages. Elle soupira, les vérifia tous et, sans surprise, deux provenaient de Nan, mais un venait de Mack. Elle le contacta.

— Hé ! J'avais coupé mon téléphone. Les choses se sont un peu emballées par ici.

— Comment ça s'est passé avec l'expert ?

— Très bien. Ensuite, j'ai parlé un peu plus avec Nan et, apparemment, le grand ensemble, à savoir le canapé, les chaises, la table basse, mon lit et les tables de nuit, font tous partie d'une collection pour chambre à coucher d'il y a bien longtemps. Alors, tous ces meubles vont à la salle des ventes, s'ils les acceptent et quand ils les voudront. Ensuite, nous avons dû prendre des photos, relever les marques du fabricant, le moindre dommage… Vous savez, ce genre de choses.

— Ouah ! Ça m'a l'air super positif !

— Oui, ça l'est ! rit-elle. Je suis super excitée ! Je sais que ça ne suffira pas à remplacer ce que j'ai perdu à la suite de la séparation, mais c'est Nan qui a suggéré que je pourrais en investir une partie, ainsi j'obtiendrais un petit salaire mensuel suffisant pour vivre.

— Je pense que vous devriez sérieusement y réfléchir, confirma-t-il avec surprise. Nan me paraît maligne dès qu'il s'agit d'argent.

— Peut-être. Et elle n'a pas acheté ces antiquités qui composent ce grand ensemble. Elles lui ont été léguées par sa grand-mère.

— Eh bien, vous en savez un peu plus sur leur provenance.

— Un peu. Elle essaie de se souvenir des années, des dates d'achat, et c'est une tout autre affaire.

— Bien sûr, mais si vous connaissez le nom de votre arrière-arrière-grand-mère, vous pourrez faire une recherche là-dessus aussi.

Elle n'y avait même pas songé, et elle croassa de plaisir.

— Ça va m'occuper quelques semaines !

— Pour sûr.

— Excepté pour une chose. Vous étiez au courant que le gars qui s'est hypothétiquement suicidé, Josh Huberts, était le petit-fils de l'homme à tout faire accusé de l'enlèvement de Paul Shore ? Que Josh Huberts était le petit-fils de Henry Huberts ?

Le silence de mort de la part de Mack sonna la fin de la conversation.

Chapitre 15

— OÙ AVEZ-VOUS pêché ça ? demanda Mack.

— Nan, répondit Doreen. Dès qu'elle a entendu le nom de Huberts… elle était à fond. Et Linda, la libraire.

— Je n'avais même pas pensé à ça, grogna-t-il.

Il marmonna au-delà du combiné, et elle put distinguer le bruit des touches de son ordinateur.

— Ça ne veut pas dire que les deux affaires aient un lien, cependant, modéra-t-elle calmement.

— Non, mais le fait que nous ayons un membre de la famille décédé, ainsi que la plaque d'immatriculation, ça me rend très suspicieux.

— Évidemment, mais ça n'est pas obligatoirement connecté. Gardez simplement ça en tête.

— N'est-ce pas ma réplique qui vous est habituellement destinée ? remarqua-t-il en riant. Vous êtes celle qui essaie toujours de faire en sorte que de grandes et mauvaises choses arrivent à partir de rien.

— Peut-être… Mais j'ai pas mal de quoi m'occuper en ce moment.

— À ce propos, deux de mes potes ont parlé du problème que vous rencontrez avec votre maison. Ils sont en patrouille ce soir, et ils feront deux rondes par heure pendant que vous dormirez. Je crois que vous allez devoir faire très attention ces prochains jours, jusqu'à ce que nous résolvions ça. Mais ils continueront de garder un œil sur votre domicile. Et il n'y aura rien à payer. Ce sont simplement des citoyens concernés qui vous donnent un coup de main.

Elle sourit.

— Merci, dit-elle avec une sincérité du fond du cœur. J'apprécie vraiment.

— Vous pouvez, s'esclaffa-t-il. Et maintenant, vous m'êtes redevable.

Il raccrocha. Dans la pièce vide, elle soliloqua :

— Ah, c'est vous qui récoltez les lauriers pour toutes les enquêtes résolues, alors *vous* m'êtes redevable. Et si ma théorie actuelle se révèle vraie, vous pourrez démêler une nouvelle affaire.

Mais il était trop tôt pour fanfaronner à ce sujet. Elle avait encore un peu de boulot à effectuer avant. De ce fait, elle s'assit et continua de lire des articles sur Oceanic. La société se trouvait en dehors de Washington. Elle fronça les sourcils, se rendant compte que les horaires d'ouverture étaient déjà dépassés et qu'elle ne pourrait les contacter ce soir. Mais elle envoya un e-mail, demandant s'ils avaient effectué une étude sur le lac Okanagan ces dernières années. Elle avait oublié d'interroger Nan à propos de l'année à laquelle elle avait été menée, et le prévisionniste ne l'avait pas mentionnée non plus.

Elle réécrivit l'e-mail sans évoquer d'année. Juste n'importe laquelle de leur recherche avec imagerie sur le lac en lui-même.

Une fois le courrier électronique envoyé, elle arrêta pour le moment. Elle avait tellement de tâches en cours que sa tête tournait.

À cet instant, Goliath sauta sur ses genoux et réclama un câlin. Elle gémit, s'installa confortablement dans le canapé avec gratitude, s'éloignant de son ordinateur, et le tint contre elle un moment. Mais il ne voulait rien savoir, il continuait de frotter sa tête contre son menton.

— Est-ce que j'ai encore oublié de te nourrir ? murmura-t-elle.

Elle pouvait distinguer les petits miaulements dans son oreille.

— Eh bien, tu n'es pas le seul que j'aie négligé. Je n'ai pas mangé non plus.

Elle se leva et alla vérifier les gamelles des animaux. Comme elle s'y attendait, elles étaient toutes vides. Dès que Mugs l'entendit prendre le sac de croquettes pour chien, il arriva en courant. Elle lui servit une portion généreuse, se rendant compte que le paquet devenait plus léger.

— Mugs, il nous faut de l'argent.

Il aboya, comme pour montrer son accord.

Elle nourrit Thaddeus et donna à Goliath une conserve de nourriture peu consistante.

— Dans le pire des cas, les gars, on sera payé en allant travailler pour Mack demain. Grâce à lui. Ça devrait bien nous aider.

Ça ne représenterait pas beaucoup, mais ce serait suffisant pour faire un peu plus de courses ou bien se procurer des aliments pour les animaux. Quant à qui serait servi en premier, cela dépendrait de sa propre réserve de nourriture.

Puis elle se souvint de l'argent qu'elle avait disposé dans le saladier, à l'étage. Quand elle avait bougé la pile de vêtements pour descendre la chaise et la montrer à Fen Gunderson, elle l'avait posée sur le saladier qui était donc caché quand l'expert était venu.

Elle souhaitait juste prendre un bain et décompresser pour la soirée. Mais elle n'était pas du tout certaine de dormir cette nuit. Elle en avait besoin, elle était réellement épuisée. Elle devait également manger. Elle farfouilla de nouveau dans ses placards et y trouva du fromage et des crackers, ce qui paraissait lamentable, car elle en avait assez de manger la même chose, ça ou un bol chaud de nouilles. C'est ce dernier qui remporta la partie.

Avec un autre bol de ramen alors que l'obscurité tombait dehors, elle installa des chaises contre les portes de devant et de derrière, laissant la lumière allumée en bas afin que l'on pense qu'elle était toujours debout. Elle ferma les rideaux pour ne projeter qu'une faible luminosité à l'extérieur et monta à l'étage. Elle laissa la lumière de sa chambre tamisée tout en regardant le grand lit, s'imaginant les usages qu'il avait connus pendant ces derniers siècles ou tout au moins ces dernières décennies.

— Nan, tu as fait du sacré boulot en prenant soin de tout ça pour ta grand-mère. Tu savais d'où ça venait. Et tu souhaitais que ça me revienne même si je le revendais. Ça veut dire beaucoup pour moi. Tellement !

Sur cette pensée, elle se demanda si le dossier mentionnant la provenance du mobilier se trouvait quelque part dans cette pièce. Elle scruta sous le lit, épargna les tables de nuit qui n'étaient pas suffisamment grandes pour contenir un classeur, puis elle ouvrit les portes du placard avant de grommeler. Dès lors, tout s'écroula. Elle devait encore trier dix pour cent de son contenu. Il y avait des piles de vêtements partout.

— C'est un énorme travail, avoua-t-elle aux animaux. Mais allez, on ne va pas le refuser ! La récompense est incroyable.

Elle se prépara pour aller au lit et sauta sur le matelas. Allongée là, rêvassant à toutes ces années où des gens avaient dormi dedans, à cet endroit précis, elle sourit. Il y avait quelque chose de vraiment vivifiant à penser à ça.

Songer qu'elle était allongée sur des milliers de dollars était déjà moins réconfortant. Elle était devenue désinvolte concernant l'argent quand elle était avec son mari. Puisqu'elle ne *gagnait* pas d'argent – c'était ce qu'il affirmait –, il s'occupait des finances. Elle avait vécu parmi tant d'opulence, mais n'avait aucune idée du coût de la vie ou de celui des marques, ni même de leur provenance. Un équipement tout neuf d'un magasin ou un objet légué par la famille ? Rien de tout ça ne lui avait vraiment traversé l'esprit.

Se rendant compte que le lit dans lequel elle se trouvait présentement valait probablement plus d'argent que son lit conjugal la stupéfia. Son mari se concentrait sur le montant qu'ils avaient dépensé dans leur ameublement, s'impressionnant davantage lui-même que Doreen. Elle l'aurait volontiers échangé contre un lit classique et utilisé les sous pour aider quelqu'un dans le besoin.

Elle n'avait pas eu conscience du nombre de gens dans le besoin avant d'en faire partie.

Chapitre 16

ELLE AVAIT TELLEMENT de pensées en tête que c'était difficile de rester calme. Elle était excitée à propos de la vente potentielle des antiquités, paniquée à l'idée que quelque chose arrive avant de pouvoir empocher l'argent et coupable au plus haut point, car ces meubles étaient dans sa famille depuis un siècle. Qu'est-ce que tout cela lui faisait ressentir ? Ils avaient tous assez d'argent pour être en capacité d'exposer ces meubles et les apprécier. Le diable sur son épaule lui chuchota : « Tu n'aimes pas ce mobilier de toute façon, alors où est le problème ? Débarrasse-t'en ! »

C'était clairement tirer sa décision à pile ou face.

Secouant la tête, elle réfléchissait également à l'affaire classée sur laquelle elle travaillait. Mais elle ne pouvait obtenir plus d'informations pour confirmer ou démentir son hypothèse. Elle savait que les gens du coin partiraient à la recherche de n'importe qui porté disparu dans les inondations. Ça serait la réaction évidente à avoir. Mais où le petit garçon et l'homme à tout faire avaient-ils pu aller ? Apparemment, il n'y avait eu aucun signe d'eux depuis.

Et ça aussi, c'était étrange. Henry Huberts avait de la famille à Kelowna, ainsi que dans les villes proches de

Vernon et Penticton. Alors, on pourrait penser que quelqu'un aurait entendu parler de lui. Mais s'il avait commis quelque chose d'absolument horrible, il aurait probablement tout quitté pour ne jamais revenir. Elle ne pouvait l'imaginer faire quelque chose comme ça.

Ensuite, elle s'arrêta et se ratatina.

— D'accord, j'ai fait un truc comme ça, mais je ne me suis pas éloignée de Nan, juste de mon ancienne vie avec mon ex. Pas que j'avais beaucoup de choix. De plus, Nan était ma pierre angulaire dans ce nouveau monde complètement fou.

Puis elle eut à considérer l'intrus de la nuit dernière. Allait-il revenir ? Elle était tentée de prendre une couverture et de dormir sur le canapé. Au moins, de cette façon, il la réveillerait. Ici, à l'étage, elle pourrait le louper.

Plus elle y pensait, plus elle se disait que c'était une bonne idée. Elle s'empara de sa couette et appela les animaux.

— Vous pourriez venir avec moi en bas, les gars. Vous seriez mon système d'alarme.

Elle se confectionna un lit sur le canapé. Ça paraissait étrange de dormir sur un truc qui valait autant d'argent. Mais elle se disait que plus d'une personne avait dû y dormir toutes ces années. Elle posa un drap dessus pour le protéger, ce qui paraissait tout aussi stupide. Mais ça n'avait pas d'importance. Elle ferait ce qu'elle avait à faire.

Elle s'étira, éteignit, laissant la lumière du haut allumée. Elle tira la couette à elle et se sentit significativement mieux. Personne n'irait se faufiler ici sans qu'elle le sache.

Mais ils pourraient essayer.

Elle fronça les sourcils à cette pensée. Puis elle délaissa ses couvertures chaudes pour s'emparer du tisonnier de la cheminée. Le laissant à ses côtés, elle se roula en boule, Goliath sur sa hanche, Mugs à ses pieds et Thaddeus perché à l'arrière du canapé. Et elle s'assoupit.

Un faible grognement d'avertissement de Mugs à ses côtés la réveilla. Lorsqu'elle bougea, Goliath enfonça ses griffes dans sa hanche et elle mit tout en œuvre pour ne pas crier. Elle leva les yeux et vit ceux de Thaddeus briller dans le noir, tandis qu'il regardait vers la cuisine. Elle était hors de vue, mais la porte qui y menait était ce qui attirait leur attention à tous. Elle écouta, entendit le bruit de la poignée. Si c'était la même personne que la nuit dernière, elle présuma qu'elle savait qu'une chaise se trouvait là. Alors, elle ne parviendrait pas à entrer de nouveau. Doreen déplaça Goliath avec précaution, s'extirpa des couvertures en douce et, Mugs à ses côtés, elle posa sa main sur sa nuque et lui murmura :

— Chuuut.

Goliath se leva et s'étira, arquant son dos au maximum dans cette étrange allure de chat de sorcière. Et Thaddeus, histoire de ne pas être mis de côté, sauta sur l'épaule de Doreen en enfonçant ses serres, paniqué à l'idée d'être laissé seul.

Elle avança discrètement et, grâce aux lumières allumées, elle put distinguer une ombre dehors, à la porte de la cuisine. Elle tenait fermement le tisonnier dans sa main à mesure qu'elle se rapprochait pour découvrir qui se trouvait là. Elle aurait dû vérifier le devant pour voir si un véhicule y était garé. Pas qu'un intrus serait assez stupide pour s'arrêter dans son allée. Mais si ça avait été le cas, Mugs l'aurait entendu.

En tout cas, l'inconnu bénéficiait d'un accès libre à son jardin, une chose à laquelle elle n'avait pas pensé lorsqu'elle avait démoli la barrière délabrée à l'arrière. Elle n'avait pas non plus imaginé que des enfoirés allaient pénétrer dans sa propriété. Elle s'était concentrée sur le nettoyage de l'enchevêtrement de clôtures, dégageant la vue sur le ruisseau. Mais cela voulait également dire qu'il était plus facile pour les gens de se faufiler dans son jardin.

Elle plissa le front, remarquant cette même ombre, se demandant comment elle pourrait ouvrir soudainement la porte et le frapper.

La poignée tourna de nouveau. Cette fois, la personne utilisait un outil de l'autre côté. *Il essaie de retirer le verrou !* Ses sourcils se froncèrent davantage. Elle se déplaça lentement dans la cuisine pour voir si, de la table, elle pouvait voir par la fenêtre, mais il se trouvait derrière le cadre de la porte alors elle ne pouvait le distinguer. Elle savait qu'il ne pourrait passer par cette porte à cause de la chaise posée contre.

Elle recula lentement jusqu'à la porte de devant, jetant un coup d'œil rapide pour tenter de déceler le moindre véhicule suspect ou inconnu. Au bout du cul-de-sac se trouvait un vieux pickup. Elle l'observa fixement, désirant sortir pour prendre une photo de sa plaque d'immatriculation, mais elle avait peur de le faire.

Elle sortit son téléphone et envoya un SMS à Mack. **Intrus à la porte arrière. Essaie de crocheter serrure.** Puis elle coupa le volume de son portable, le gardant à la main pour pouvoir le sentir vibrer à la place. Elle revint doucement vers la cuisine pour découvrir qui voulait entrer.

Il semblait avoir abandonné le verrou et piétiner lourdement dans la véranda. Elle fut surprise de constater qu'il se laissait envahir par la frustration, car, si elle s'était trouvée à l'étage, elle l'aurait entendu.

Puis il jura. Malgré une oreille collée à la porte, elle ne reconnaissait toujours pas la voix.

Une vibration dans sa main l'alerta. Elle ressortit de la cuisine, espérant que l'intrus ne l'avait pas entendue. Ce qu'elle souhaitait faire, s'il s'enfuyait par devant, c'était le suivre et voir qui c'était.

Il n'y avait qu'une seule ligne, de la part de Mack. **En chemin.**

Mais elle savait qu'il ne serait pas là avant au moins dix minutes. Les animaux pouvaient-ils attaquer l'intrus, suffisamment pour le retenir ? Et si c'était le cas, fallait-il que ce soit à la porte de devant ou à celle de l'arrière ? Si elle déverrouillait la porte et qu'il entrait… C'était la dernière chose qu'elle souhaitait : que son visiteur se trouve à l'intérieur et voie toutes ces antiquités. Nan avait ouvert sa maison à tout le monde et à n'importe qui toutes ces années où elle y avait vécu, et ces meubles anciens se trouvaient toujours là. Mais à la minute où la rumeur disant qu'ils valaient beaucoup d'argent s'était répandue, Doreen avait su que les gens percevraient les choses différemment.

Et c'était le cas, puisqu'elle pouvait témoigner de la présence de deux intrus à ce jour. Ou d'un seul gars revenant deux fois.

Elle vacillait entre ces deux options quand son visiteur indésirable donna une dernière et puissante secousse à la poignée de porte avant de descendre bruyamment les marches de la véranda. C'était un homme imposant, vêtu d'un sweat à capuche noir et portant une casquette de baseball en dessous. Elle le regarda disparaître au pas de course vers le jardin de devant.

Elle courut jusqu'à la porte d'entrée, ne se souciant pas de faire du bruit. Il essaya la porte de devant. Elle observait la poignée tourner dans sa main. Le simple petit barrage était une défaite pour lui. Il ressortit ses outils.

Elle tint son téléphone en mode caméra, prête à prendre une photo, mais les rideaux de la grande fenêtre de devant étaient clos. Il faisait trop sombre pour un flash, car cela ferait réfléchir la fenêtre. Ça ne marcherait pas pour elle non plus. Il n'y avait aucune chance pour que Mack arrive à temps. Dès qu'il serait là, le mec prendrait la fuite. Le mieux qu'elle pouvait faire, c'était sortir en douce par-derrière, aller jusqu'à l'entrée et voir si elle pouvait faire tomber l'individu.

Cette idée en tête, elle alla déplacer la chaise à la porte de la cuisine, laissa cette dernière ouverte pour les animaux et se faufila sur le côté de la maison. Elle put apercevoir des phares tourner vers le cul-de-sac tandis qu'elle approchait du porche. Mais l'intrus essayait toujours d'entrer par la porte.

L'homme vit les lumières approcher et s'accroupit sous la balustrade. La lumière s'éleva, se dirigeant au-dessus de sa tête puis descendit. C'était Mack, à coup sûr. Elle avait envie d'applaudir.

Quand l'intrus comprit que le véhicule se dirigeait dans sa direction, il dévala à toute vitesse les marches du porche et tenta de fuir. Mais il fit d'abord la rencontre de Goliath qui se faufila entre ses jambes, ce qui le fit tomber. Tandis qu'il s'écroulait à plat au sol, Mugs lui aboya dans les oreilles.

Avec le tisonnier en main, elle posa lourdement son pied sur son dos et le bout de la tige en fer contre le milieu de sa nuque.

— Ne bouge pas, dit-elle d'une voix rauque et profonde.

Il poussa un cri et cessa de remuer. À son hurlement, Thaddeus l'imita : « Meurtre dans le jardin ! Meurtre dans le jardin ! Meurtre dans le jardin ! Meurtre dans le jardin ! » Il ne voulait plus s'arrêter.

Mack courut jusqu'à eux.

— Thaddeus, est-ce que ça va ?

L'oiseau arrêta de parler et se lissa les plumes. « Thaddeus va bien. Thaddeus va bien. »

Mack tenait une lampe de poche qu'il dirigea vers l'homme sous le pied de Doreen, mais il aperçut alors le tisonnier et remonta le regard jusqu'au visage de la femme.

— Êtes-vous réellement dehors à confronter votre intrus ? lui demanda-t-il.

Elle le regarda.

— Vous savez comment je me sens quant au contenu de cette maison.

Il leva les deux mains en signe de frustration.

— Ce mec aurait pu vous tuer.

— Et j'aurais pu le tuer, répondit-elle en enfonçant un peu plus la pointe du pique-feu dans la nuque de l'intrus pour appuyer son propos.

— Oui ! critiqua le concerné. Qu'est-ce qu'il se passe ici ?!

— Vous essayiez de pénétrer dans la maison de cette personne, signifia Mack en s'accroupissant devant lui.

— Éloignez ce chien de moi.

Mugs était sur son dos, son tee-shirt dans la gueule.

— Non. Je ne vais pas faire ça. Je ne suis pas certain de la technique qu'il utilise, mais c'est un assez bon chien de garde en général.

— C'est ma maison, bluffa l'homme. J'ai oublié ma clé !

À cette parole, Doreen enfonça encore plus la pointe dans sa nuque.

— C'est ma maison ! dit-elle sèchement. Comment osez-vous ?

— Oh non, elle n'est pas à vous ! C'était celle de Nan, et elle l'a perdue contre moi au poker.

— Ah oui ? Et c'était quand ? demanda Mack d'une voix

crispée.

— Y a deux soirs.

— Eh bien, c'est cool, déclara Doreen. Ce n'est pas sa maison qui était en jeu. Elle est à mon nom. Légalement. Genre depuis deux semaines. Et je ne te crois pas. Elle n'aurait jamais mis sa maison en jeu au poker.

— Elle a affirmé que je pouvais avoir tout ce que je voulais !

— C'est bien, mais ce n'était pas à elle d'en faire le don, insista Mack.

L'homme l'observa.

— Elle a dit qu'elle était à elle.

— Eh bien ce n'est pas le cas, répondit Doreen. Elle est à moi.

Le mec essaya de se retourner pour la regarder.

— Je suis Doreen, la petite-fille de Nan, et tu n'es rien d'autre qu'un sale menteur pourri.

« Sale menteur pourri ! Sale menteur pourri ! » cria Thaddeus, ses ailes déployées tandis qu'il balançait haut et fort ses tout nouveaux mots à tout le monde.

Toujours accroupi, Mack se pencha en arrière et se mit à rire.

— Je croyais que vous appreniez à cet oiseau à prononcer de gentilles choses.

— J'ai oublié, avoua-t-elle. Qui aurait cru qu'il allait piquer cette phrase ?

« Sale menteur pourri ! Sale menteur pourri ! »

L'homme à terre grogna.

— Je ne mens pas.

— Si, tu mens, répliqua Doreen. Parce que tu essayais de crocheter les serrures pour pouvoir entrer.

— Évidemment ! Comment j'étais supposé rentrer dans

ma nouvelle maison ?

— En plein milieu de la nuit ? s'étonna Mack. Je ne crois pas.

Il s'approcha de Doreen, attrapa les bras du mec et l'attacha avec des menottes. Il se tourna vers Mugs qui ne voulait visiblement pas lâcher sa proie.

— Désolé, mon grand, mais je dois emmener ce délinquant au poste et l'arrêter pour effraction. Ainsi que pour tentative d'agression et tentative de vol.

— Je n'ai rien volé ! rugit l'homme. Et c'est vous qui m'avez agressé !

— Tu as essayé de pénétrer dans ma maison, s'écria Doreen. Je suis autorisée à défendre mon foyer.

— Je n'ai rien volé, répéta-t-il sèchement.

— Comment je peux en être sûre ? interrogea-t-elle. Tu étais dans ma maison la nuit dernière, non ? Je suis toujours en train de chercher ce que tu aurais pu dérober. Et puis tu récidives, alors de toute évidence, tu es revenu pour en prendre plus.

— Vous ne savez rien, cracha-t-il. Je jetais juste un coup d'œil à l'endroit. Je ne faisais pas de mal.

— Non, tu faisais un repérage de ma maison. (Elle le fixa du regard.) Cherchant ce que tu pouvais choper. Admets-le…

— Hé, je ne faisais rien de mal ! gémit-il, mais Mack en avait assez entendu.

Il le remit sur ses pieds, faisant tomber Mugs sans ménagement au sol.

Mais le chien ne se découragea pas. Il s'empara d'un bout du pantalon de l'homme et tira dessus. Avec Mack tirant dans une direction et Mugs dans l'autre, le gars était tiraillé des deux côtés. Doreen se dit qu'il valait mieux diriger le basset vers le véhicule de Mack, au moins il irait dans la bonne direction et aiderait au lieu d'être un frein.

À sa voiture, Mack installa le mec sur le siège arrière et se tourna pour regarder Doreen.

— Vous allez bien ?

Elle soupira, fixant l'intrus.

— Oui. Mais je ne l'aime pas beaucoup.

L'individu la fixa à son tour de l'arrière de l'automobile.

Elle leva les yeux vers Mack.

— Vous savez qui c'est ?

— Pas encore, mais je trouverai. Rentrez. Allez vous reposer. C'est tout pour ce soir.

Il monta dans sa voiture et s'en alla.

Chapitre 17

Dimanche matin…

LE MATIN SUIVANT, elle se leva, toujours après avoir dormi sur le canapé, mais se sentant nettement mieux. Elle s'étira, grogna doucement en constatant que son dos n'avait pas apprécié sa position durant le sommeil et se rendit compte que cela pouvait avoir un rapport avec le poids de Goliath qui s'était allongé dans sa région lombaire. Elle se lamenta.

— Goliath, il faut que tu fasses un régime.

Un énorme bras poilu s'étira par-dessus son épaule, sa patte venant se poser sur son avant-bras, toutes griffes dehors, en appuyant tout doucement.

— D'accord… peut-être pas un régime. Mais quand même, tu es un chat très lourd.

Il se leva et frotta son museau contre son visage. Très doucement et en conservant au maximum sa position, elle se tordit sous Goliath afin que le félin s'étende désormais sur son ventre. Elle regarda autour d'elle et vit Thaddeus, endormi, perché sur le sommet du canapé. Mugs, conscient qu'elle était réveillée, vint frotter ses bajoues contre son visage, probablement par jalousie envers Goliath. Doreen rit.

— Bonjour, les gars. Nous avons eu une nuit mouvementée, n'est-ce pas ?

Elle vérifia l'heure et constata qu'il était déjà huit heures. Une bonne chose qu'elle n'ait pas vraiment de trucs à faire aujourd'hui. Elle se rendrait au jardin de la mère de Mack, mais désormais, elle avait horreur de quitter sa maison. Elle voulait également effectuer davantage de recherches. Et ça, ça prendrait un peu de temps.

Puisqu'il était huit heures, peut-être avait-elle reçu des réponses à ses e-mails. En se levant, elle gémit.

— Café. D'abord, le café. Ensuite, on prendra une douche.

Et ce fut ce qu'elle fit.

Lorsqu'elle redescendit quarante minutes plus tard, habillée et ses cheveux ne gouttant plus, elle se sentait légèrement mieux. Quand elle vérifia sa boîte mail et découvrit un message non lu, elle alla nettement mieux encore.

Au lieu de sauter sur l'e-mail provenant d'Oceanic, elle s'empara d'abord d'une tasse de café puis s'assit à la table avec une tartine grillée. Elle lut lentement la réponse et croassa de plaisir. Ils avaient accompli un projet au lac. Ils avaient cherché le gros mammifère dont tout le monde parlait, mais n'avaient rien trouvé. Était-elle en quête de quelque chose en particulier ?

Elle écrivit un message et leur indiqua l'endroit qui lui posait un problème, les remerciant pour toute information qu'ils seraient susceptibles de lui transmettre.

Une fois l'e-mail envoyé, elle finit son toast et son café, et pensa à contacter Mack pour savoir s'il avait obtenu d'autres infos concernant son visiteur. Mais peut-être que Mack était allé se coucher très tard après avoir interrogé l'homme. Elle ne savait pas comment il fonctionnait. Elle lui envoya un court texto : **C'est le matin ! Avez-vous obtenu d'autres renseignements sur mon intrus de la nuit dernière ?**

Au lieu de lui répondre par SMS, il l'appela.

— Il continue de prétendre que c'est sa maison et qu'il n'essayait pas d'entrer par effraction.

— Eh bien, ce n'est pas sa maison, s'écria-t-elle vivement.

— Non, mais il pense qu'en disant ça, il va s'en tirer sans charge contre lui.

— Que fait-il dans la vie ? demanda-t-elle suspicieusement. Et quel est son nom ?

— Qu'allez-vous faire de ces informations ?

— Chercher s'il a un lien avec Nan. J'ai peur que quelqu'un ait surpris une conversation concernant les antiquités présentes ici.

— Ça serait possible. Son nom est Brandon Byers. Je crois qu'il est concierge à l'école élémentaire.

— Ah… Je me demande s'il n'est pas aussi employé à temps partiel à la maison de retraite de Nan aussi.

— Je peux trouver cette information. Bref, reposez-vous, profitez de votre matinée, et si vous avez l'occasion de passer au jardin de ma mère, allez-y.

— C'est juste que je suis très hésitante à l'idée de laisser cet endroit vide.

— Vous avez une bonne raison, répondit-il avec entrain. Mais vous ne pouvez rester prisonnière. Vous devez réaliser d'autres choses.

— Je le sais. Même quand je suis chez moi, j'attire apparemment les ennuis.

— Exactement. Alors, ne vous inquiétez pas.

Et il raccrocha.

Elle y réfléchit et sut qu'il avait raison. Elle possédait une clé, alors elle pouvait verrouiller les portes. Elle pouvait laisser la chaise contre celle de devant. Le garage était rempli de bazar et ses accès, inutilisables. Si elle était en mesure de le nettoyer, elle pourrait y garer sa Honda et verrouiller cette porte-là également. C'était juste un tel chantier ici !

Nan ne s'était débarrassée de rien dans cette maison pendant ces quarante dernières années, si ce n'était plus. En tout cas, d'après ce qu'on pouvait en voir. Comme Doreen pourrait en récolter les fruits, elle pouvait difficilement se plaindre. Elle allait d'abord chercher qui était cet enfoiré qui avait cru qu'il pouvait rentrer dans sa maison.

Elle appela Nan, sa source pour n'importe quelle info.

— Tu connais un Brandon Byers ?

— Oh, le nouveau gardien ? Oui, absolument. Il travaille ici à temps partiel. Pourquoi ?

— Il a essayé de pénétrer chez moi, hier soir. Je pense que ta maison de retraite va devoir engager quelqu'un d'autre. Je le suspecte d'avoir entendu notre conversation à propos des antiquités et décidé de venir vérifier par lui-même.

Nan fut horrifiée.

— Oh, ma chérie, c'est terrible ! Tu crois que c'est lui qui est venu aussi la nuit précédente ?

— Oui, c'était lui les deux fois, dit Doreen, ne souhaitant pas penser à une autre possibilité. Si deux hommes étaient impliqués, ce serait affreux. Je ne veux pas penser à cette éventualité.

— Ce serait une trop grosse coïncidence, répliqua Nan, se voulant réconfortante. Je vais m'assurer d'en parler à la direction, ici.

— Oui, car s'il écoute ce genre de discussions, il pourrait se rendre dans les appartements et voler des choses à Rose-moor. Tu ne peux pas lui faire confiance.

— Maintenant que tu le mentionnes, il y a eu quelques plaintes ici, pour des objets disparus. Vernon a raconté que quelqu'un avait pris vingt dollars dans sa commode. Je me demande si Brandon était dans les parages à ce moment-là.

— Quelqu'un doit enquêter là-dessus, dit vivement Doreen, car Brandon était assurément ici, la nuit dernière. Mack l'a emmené au poste de police pour l'interroger. Je ne sais pas si des charges seront retenues contre lui, mais je ne veux absolument pas le laisser circuler librement dans la rue.

— C'était vraiment idiot de la part de Brandon. Il va perdre ses deux boulots à cause de ça.

— C'est plutôt qu'il *devrait* perdre ses deux boulots. Penses-y. Ce mec est un voleur. Oh ! à ce propos, il a aussi prétendu qu'il avait gagné la maison en jouant au poker avec toi.

À ces paroles, l'indignation de Nan se transforma en pure colère.

— Je n'aurais jamais mis la maison en jeu ! Dans aucun de nos paris ! Pas même quand c'était ma maison, et certainement pas maintenant que c'est la tienne !

— Je sais ça. Je lui ai balancé aussi.

— Je suis contente que tu l'aies fait. Comment ose-t-il répandre d'aussi horribles rumeurs sur moi ! Et pourquoi ? cria-t-elle. Comment espérait-il s'en sortir ?

— Il cherchait un accès aux antiquités.

— Oh... As-tu déjà trouvé de qui provenait ton appel anonyme ?

— Intéressant... Je me demande si c'était de lui aussi. Je le transmettrai à Mack. J'aimerais bien clore cette affaire également.

— Je pense que ça a plus à voir avec les récents meurtres, vu que le gars qui t'a menacée a été le suivant à mourir.

— Ça pourrait, acquiesça Doreen, évasive. Je n'en suis pas certaine, cependant.

Là-dessus, elle mit fin à la conversation avec sa grand-mère. Mais elle se sentait mieux maintenant. La maison de retraite pourrait agir à propos de Brandon.

Doreen ne parvenait pas à se défaire de ce sentiment qu'il avait peut-être piqué quelque chose dans sa propriété la première nuit. Après tout, il s'était vraiment trouvé à l'intérieur cette fois-là. Le problème, c'était qu'il y avait tellement de bibelots ici qu'elle ne saurait pas par où commencer pour localiser ce qu'il aurait pu dérober. Et son expertise sur les antiquités n'avait été basée que sur les plus grosses pièces. Elle avait pris de multiples photos elle-même, mais il y avait tellement de choses qu'elle ne pouvait être sûre de rien.

Afin de pouvoir conclure la vente de ces chères antiquités – et de les voir sortir de sa maison –, elle avait besoin du classeur de Nan qui prouvait leur provenance. Au fond d'elle, Doreen pensait le trouver soit dans le placard de la chambre principale à l'étage, soit au sous-sol. Elle se souvenait désormais du sous-sol dans son enfance, où Nan préservait son stock de conserves. Elle se rappelait l'odeur de renfermé des meubles à cette époque. Et à quel point elle détestait y descendre à cause de la faible luminosité et de la population d'arachnides.

Aujourd'hui, n'importe quelle antiquité située en bas pouvait être ruinée si Nan ne l'avait pas correctement protégée de l'humidité environnante.

Mais ce n'était pas la priorité du jour. Elle devait se

rendre au jardin de Millicent. C'était sûrement mieux qu'elle s'en occupe maintenant. Cette pensée en tête, elle prépara ses affaires, s'empara d'une paire de gants, d'une bouteille d'eau, d'une pomme et, avec les animaux dans son sillage, elle contourna le ruisseau jusqu'au jardin.

Elle marcha jusqu'au-devant du pâté de maisons. Se dirigeant vers le perron, elle ne vit aucun signe de Millicent à la fenêtre. Doreen continua son chemin à l'arrière, espérant que Mack avait au moins prévenu sa mère qu'elle viendrait aujourd'hui. En s'arrêtant au jardin de derrière, elle sourit en constatant tout le travail accompli. Les bégonias avaient été replantés, tout comme les marguerites. Le système d'irrigation avait été installé, le bêchage était inachevé par endroits. Pas mal de désherbage était encore nécessaire également et les arbustes avaient besoin d'être taillés.

Elle devait s'atteler à la tâche. Elle s'en tenait à deux heures chaque semaine, et il était absolument nécessaire de continuer ainsi. Et ensuite, si nécessaire, Mack lui donnerait un coup de main pour l'aider dans les corvées les plus physiques. Ce n'était pas qu'elle s'en préoccupait. Elle était plus que ravie d'avoir le temps et de faire ce boulot. Mais une partie était trop lourde pour elle toute seule.

Elle se perdit dans sa besogne, ne soufflant que lorsque sa montre lui indiqua que les deux heures qu'elle s'était fixées étaient écoulées. Elle était satisfaite de la quantité de mauvaises herbes qu'elle avait accumulée, mais il restait encore beaucoup à faire. Elle aurait besoin de travailler quatre heures par semaine ici. Mais elle savait que c'était financièrement tendu pour eux de rémunérer une personne de plus.

Elle rassembla ses animaux qui n'avaient rien fait d'autre que de renifler et errer dans le jardin en prenant du bon temps, puis elle rebroussa chemin. Elle longea de nouveau le ruisseau, appréciant grandement le sentier, et se concentra dessus, ignorant facilement les objets qui descendaient le courant. C'était une bonne chose, car le dernier truc qu'elle souhaitait était de faire d'autres vilaines découvertes dans l'eau. Ça lui gâcherait simplement l'envie de venir à cet endroit.

Découvrir un bras démembré avait constitué un énorme choc. Mais elle était plutôt contente qu'elle et Mack aient mis la main sur le reste du corps également, la pauvre femme pouvant ainsi reposer en paix, tous ses morceaux au même endroit.

Délaissant le ruisseau pour le chemin menant vers le cul-de-sac, Doreen revint tranquillement chez elle, en passant devant la maison vide d'Ella, la voisine qui l'avait accusée d'interférer dans toutes sortes d'histoires. Avec Ella désormais jugée pour le meurtre de son frère, Doreen se dit que cette propriété serait en vente prochainement.

Tandis qu'elle se rapprochait de chez elle, le vieux voisin de l'autre côté sortit pour récupérer son journal. Il la dévisagea et fronça les sourcils. Elle le regarda et lui sourit.

— Bonjour !

— En quoi c'est un bon jour ? maugréa-t-il.

— Eh bien… le cul-de-sac n'est pas obstrué par des reporters ! répondit-elle gaiement. C'est quelque chose de plaisant !

Il l'observa.

— Ils ne seraient pas venus en premier lieu si vous n'aviez pas emménagé ici.

Il se tourna pour rentrer chez lui.

— Passez une bonne journée ! cria-t-elle quand il claqua sa porte.

Elle se mit à glousser.

— La vie est trop courte pour se prendre la tête sur un truc pareil, déclara-t-elle aux animaux.

Elle se tourna pour s'assurer que Goliath, le constant retardataire, était toujours avec elle. Mais il était en train de se balader sur les plates-bandes. Elle se demanda si elle devait le harnacher lui aussi, mais se dit que ça ne mènerait à rien, excepté à un énorme combat.

— Mais ça pourrait être divertissant. Viens, Goliath ! Si tu ne te ramènes pas maintenant, j'entamerai les recherches pour des harnais pour chat ! Et alors, toi et Mugs pourrez marcher ensemble.

Comme s'il avait saisi, Goliath miaula fortement en passant à côté d'elle et traversa la pelouse en courant jusqu'au porche, où il sauta sur le garde-corps et la regarda fixement avec dédain. Elle se contenta d'esquisser un sourire.

— Timing et endroit parfaits pour rentrer, annonça-t-elle tandis qu'ils montaient. C'est l'heure de manger. Et maintenant, est-ce qu'il nous reste de quoi nous nourrir dans cette maison ? (Elle répondit ensuite à sa propre question.) Bien sûr que non. Ce n'était pas le cas les autres jours, pourquoi ça le serait aujourd'hui ?

Elle entra dans la maison et se dirigea directement vers la cuisine. Et se pétrifia. Elle recula lentement de cinq pas pour pouvoir jeter un coup d'œil dans le salon et vérifier qu'elle avait bien aperçu une chaise à l'envers.

Elle poussa un cri et s'exclama :

— Quelqu'un se trouvait encore ici !

Elle parcourut rapidement la pièce et le rez-de-chaussée, vérifiant que rien ne manquait. Elle retourna vers la chaise renversée qui allait avec le canapé et l'ensemble de la chambre à coucher.

La marque du fabricant avait été exposée à la vue de tous.

Chapitre 18

ELLE TELEPHONA A Mack.

— J'étais seulement partie deux heures pour travailler dans le jardin de votre mère, cria-t-elle. Et maintenant, je suis censée faire quoi ?

— Je crois que la réponse à cette question est : restez chez vous, répliqua-t-il calmement. Mais je ne suis pas certain que ce soit une chouette réponse…

— Vous avez toujours mon intrus sous les verrous ?

— Non, dit-il pesamment. Il a été libéré sous caution ce matin.

Elle se pétrifia.

— Pourquoi ne m'avez-vous pas prévenue ?

— Je l'ignorais jusqu'à il y a quelques minutes.

— Donc vous, vous relâchez le mec qu'on a chopé en train de s'introduire dans ma maison ? hurla-t-elle. Pourquoi ?

— Ce n'est pas moi qui l'ai fait, mais oui, le procureur a dit de le laisser filer. Bien sûr, si on peut prouver qu'il était chez vous ce matin et les deux nuits auparavant… aucune chance qu'il ressorte de prison cette fois.

— Le système judiciaire est tellement défectueux… (Elle

s'assit sur le canapé.) C'est vraiment triste.

— Ça l'est. Vous devez vous assurer que rien ne manque.

Une fois de plus, elle lâcha un rire à moitié hystérique.

— Vous vous souvenez à quoi ressemble cet endroit ?

— Je sais. Écoutez, je vais voir si on peut vous dégoter un système de sécurité basique, à installer temporairement. Je sais que vous n'avez pas les moyens d'acheter un système convenable, mais ça devient sérieux, là. Laissez-moi en parler à mon boss, et je reviendrai vers vous.

Elle tremblait, encore sous le choc, non pas de peur, ce qui était difficile à croire selon elle, mais elle ressentait une grande angoisse à l'idée que quelqu'un essaie de lui prendre ce qui serait une bouée de sauvetage pour elle.

Elle alla dans la cuisine et alluma la cafetière. Elle n'avait sûrement pas besoin d'une montée de caféine, mais ce serait une boisson réconfortante. Comme elle avait travaillé dur toute la matinée, elle avait également faim.

Le café finit son goutte-à-goutte et elle s'en servit une tasse. Accompagnée d'un sandwich au beurre de cacahuètes, elle s'assit à la table de la cuisine et essaya de manger lentement. Mais elle mourait de faim. Lorsque le sandwich fut englouti en quelques bouchées, elle se leva et s'en prépara un deuxième. Elle pouvait comprendre pourquoi les gens en étaient accros. Même si, puisque c'était tout ce qu'elle allait manger, elle finirait par s'en lasser.

Quand le téléphona sonna, elle fut contente de voir qu'il s'agissait de Mack.

— Je viendrai plus tard dans l'après-midi, avec un équipement de sécurité. On l'installera aux portes de devant et de derrière et on s'assurera que chaque caméra est dirigée vers les antiquités. J'amènerai une équipe pour interroger vos voisins, puisque votre dernier intrus se trouvait là en pleine journée, mais aussi pour recueillir et contrôler les empreintes digitales trouvées sur la chaise, les poignées de porte, le buffet.

— Merci ! Et remerciez votre patron pour moi.

Il rit.

— Je vous expliquerai comment vous servir du système de sécurité quand je serai là.

Avec ça, elle devrait être satisfaite. À ce stade, elle était bien décidée à décrire tout ce que comportait cet étage. Elle présuma que la porte du sous-sol se trouvait derrière l'énorme buffet, dans le salon. Mais c'était un projet pour plus tard. Elle avait plus qu'assez de choses à gérer pour s'occuper pendant un long moment. Après avoir pris davantage de photos de tout ce qui pouvait se trouver dans le salon, elle sentit qu'il était l'heure d'une tasse de thé. Mais alors, Mack arriva en voiture. Elle ouvrit la porte d'entrée et lui adressa un grand sourire.

— Merci beaucoup d'apporter votre aide.

— Je crois que le patron s'est dit qu'on pouvait peut-être le faire puisque vous nous avez beaucoup aidés.

Cette réponse la ravit, et elle fit entrer les hommes.

Apparemment, Mack, avec son large rictus, pensait comme son patron. Il désigna un grand mec maigre à ses côtés.

— Voici David. Il va m'aider à installer ça. (Mack désigna les deux autres types qui se dispersaient dans son salon.) Eux, ce sont mes gars de la scientifique, qui vont rassembler les empreintes digitales.

— Parfait, répondit-elle, s'avançant pour serrer la main à David. Merci infiniment à tous, lança-t-elle en incluant les mecs aux empreintes qui étaient déjà au boulot.

David lui répondit simplement d'un sourire en coin.

— Pas de problème, m'dame.

Elle s'écarta.

— Je vais vous préparer du café.

Elle se rendit dans la cuisine, en sautillant presque.

La cafetière enclenchée, elle se tint à la porte séparant la cuisine du salon et observa deux hommes époussetant à la recherche d'empreintes, pendant que Mack et David installaient les caméras et le système d'alarme temporaire.

— C'est quelque chose qui sera sous mon contrôle ou sous le vôtre, messieurs ?

Ils ne répondirent pas.

Quand ils commencèrent à jurer, elle se dit que quelque chose ne fonctionnait pas. Elle recula vers la cuisine sur la pointe des pieds, murmurant à Mugs :

— On devrait leur ficher la paix.

Thaddeus n'était pas de cet avis. Il continua de faire les cent pas autour des hommes, généralement sur leur chemin.

Exaspéré, Mack se tourna vers Doreen.

— Sortez Thaddeus d'ici, voulez-vous ?

— Thaddeus, viens. Viens ici et laisse ces messieurs tranquilles.

Mais Thaddeus ne fit que pencher sa tête et lancer un regard perçant dans sa direction.

Elle soupira et avança dans le salon.

— Ces gens ont des soucis. Laisse-les.

Elle s'accroupit pour le prendre, pile au moment où David jura.

— Nom de Dieu !

Instantanément, Thaddeus répéta : « Nom de Dieu ! Nom de Dieu ! Nom de Dieu ! » Et il se lissa les plumes comme s'il était parfaitement ravi de connaître une nouvelle phrase.

Elle marmonna.

— David, si ça ne vous dérange pas de…

Il leva les yeux, étonné de voir l'oiseau attendant qu'il ouvre la bouche pour enrichir potentiellement son vocabulaire.

— Je ne me doutais pas qu'il ferait un truc de ce genre, se désola David.

— Personne ne peut se l'imaginer, répliqua Mack. C'est l'oiseau le plus improbable.

« L'oiseau le plus improbable. L'oiseau le plus improbable. », répéta Thaddeus. Et puis, comme s'il comprenait à quel point il était agaçant, il caqueta d'un rire rugissant.

Tout le monde s'arrêta pour l'observer. Doreen secoua la tête.

— Il est fou. Il n'y a rien que je puisse faire.

— Sauf l'emmener loin d'ici, dit Mack d'un ton sec.

Ça ressemblait à un ordre. Avec Thaddeus sur le bras, elle retourna à la cuisine et s'assit devant son ordinateur. Comme David et deux autres policiers se trouvaient ici avec Mack, elle ne pouvait le harceler avec ses questions à propos des autres affaires. Mais elle avait un tas de notes et d'interrogations sur lesquelles elle devait elle-même bosser. Et la plus grande des énigmes portait sur Josh Huberts, le petit-fils d'Henry Huberts, l'homme à tout faire : qui était-il ?

Lui et Celeste s'étaient disputés à la jardinerie, mais ça ne voulait pas dire qu'il était un assassin. Maintenant qu'il était mort, Doreen voulait découvrir qui l'avait tué ou bien s'il s'était vraiment suicidé ? Elle se demandait pourquoi quelqu'un voudrait s'ôter la vie. Si vous veniez de tuer la femme que vous aimiez – dans un accès de colère ou de folie momentanée –, et qu'immédiatement après, vous vous rendiez compte que vous alliez passer le reste de votre vie en prison à cause de cette seconde d'action fatale, alors ça avait peut-être du sens. Mais seulement si son suicide n'avait été motivé que par le meurtre de Celeste et avait été exécuté immédiatement après.

Non que Doreen puisse commettre un tel crime un jour, elle avait néanmoins pensé que tuer certaines personnes, à différentes périodes de sa vie, aurait pu être une solution facile et permanente à certains de ses problèmes. Elle n'était pas du genre à aller jusqu'au bout, voilà tout.

Elle effectua des recherches sur le passé du grand-père, espérant que, peut-être, quelque chose en ressortirait. Mais il n'y avait pas beaucoup d'éléments sur lui. Il avait été plutôt discret. Elle s'interrogea et s'inquiéta, puis pensa au centre du planning familial. Peut-être que le choix du lieu où entreposer le corps de Celeste n'avait pas été directement dirigé contre le centre lui-même. Peut-être était-il plus en rapport avec les gens qui le géraient.

En axant ses investigations sous cet angle, elle découvrit que la propriétaire du centre, Cecily Bingham, était la sœur de la femme décédée, Celeste Bingham. Doreen adorait les petites villes. Tout le monde était lié à quelqu'un.

À coup sûr, Mack était déjà au courant de ce lien familial, non ? Il n'aurait pas manqué cette connexion si facilement, sauf si sa hiérarchie lui liait les mains. Elle secoua la tête en pensant au système judiciaire qui pourrait tirer la conclusion hâtive du meurtre-suicide juste pour soi-disant pouvoir résoudre un crime.

Ravie de ce scoop, elle progressa dans ses notes et ajouta celle-ci à sa récolte. Peut-être que Huberts avait un problème avec Cecily. Ensuite, Doreen chercha en ligne des infos sur Josh et Celeste. Mais rien n'en sortit, juste des indices et des allusions sur les réseaux sociaux quant à leurs problèmes de couple et un article concernant l'avortement. Il semblerait que Josh fût contre, tandis que les deux sœurs le défendaient. L'aînée, Celeste, était mentionnée dans plusieurs articles alors qu'elle gagnait en notoriété en tant que femme d'affaires. Cecily était souvent citée en tant qu'activiste.

— Et maintenant, vous bossez sur quoi ? demanda Mack en marchant vers elle, un amas d'électronique dans les mains. (Il pointa la porte de la cuisine.) On va en installer un autre ici.

Elle lança un grand sourire ravi.

— Je suppose que je devrais mentionner la porte du garage… Elle n'est pas verrouillée, mais elle ne s'ouvre pas non plus. La porte est bloquée, probablement depuis des années.

Il la regarda.

— Je vais faire comme si je ne l'avais jamais su.

Elle hocha la tête.

— Moi aussi. D'une part, on ne peut même pas y accéder, c'est tellement plein à craquer ; d'autre part, la porte de la maison menant au garage se trouve derrière des boîtes pleines de conneries, alors je ne pense pas que qui que ce soit puisse rentrer ou sortir par là.

Il s'approcha de l'autre côté de la salle à manger, qui menait à l'espace rangement de la cuisine, où se trouvaient la machine à laver et le sèche-linge. En se tortillant parmi les tas de boîtes là-bas, il essaya d'ouvrir cette porte. Elle ne céderait pas. Il haussa les épaules.

— Eh bien, je présume qu'ils ne passent pas par là.

— Je ne peux ouvrir aucune des portes du garage, enchérit-elle. J'ai posé la question à Nan, mais elle l'a ignorée, je n'ai jamais eu de réponse.

Il la fixa du regard. Elle hocha la tête d'un air grave.

— Je sais. Ne vous êtes-vous jamais dit qu'un lourd et sombre secret pouvait se cacher là ?

David gloussa.

— Nan collectionne le bordel depuis toujours. Je ne suis pas sûr que ça fasse d'elle une entasseuse compulsive. En observant cette pièce, il y a plein d'endroits où s'asseoir. C'est propre, même si c'est bondé.

— Oui, vous n'avez pas encore vu l'intérieur du garage, déclara Mack. Il y a une porte de l'autre côté. J'ai regardé par la fenêtre une fois, mais c'était empilé tellement haut que j'ai eu du mal à voir quelque chose.

— On devrait peut-être vérifier qu'il en est toujours ainsi, proposa-t-elle.

Il la regarda d'un air surpris.

— Sérieusement, vous n'y êtes jamais allée ?

Elle fit non de la tête.

— Non, parce que, comme vous, je n'ai pas pu m'y rendre et observer à l'intérieur. J'ai déjà suffisamment à faire avec ce qui se trouve dans la maison. Je suis toujours en train de vider ses placards, pour l'amour du ciel ! J'ai encore beaucoup de tri à faire.

— Au moins, elle a bien vécu, affirma David.

— Au moins, elle vit *encore* bien, corrigea Doreen. Ma grand-mère est heureuse et en bonne santé, elle est au manoir Rosemoor.

Il acquiesça.

— Je l'ai vue, là-bas. Ma grand-mère s'y trouve aussi. Elle raconte que Nan est pleine de fougue.

— Oh, je peux l'imaginer ! Elle est une source constante de divertissement pour tout le monde.

Elle ne voulait pas parler du garage pour le moment. Elle fit un geste vers la porte de la cuisine.

— Vous allez procéder à l'installation maintenant ou vous préférez d'abord un café ?

Elle voulait les distraire, car elle avait scruté derrière cette porte sur le côté. Ça ressemblait à du bazar empilé sur du bazar empilé sur un autre bazar, amassé dans le garage. Nettoyer tout ça demanderait plus d'énergie que ce qu'elle avait en stock en ce moment. Que ce fût possiblement plein à craquer d'antiquités également la remplissait d'excitation, mais elle avait plus qu'assez de soucis à traiter avec celles qu'elle avait déjà fait expertiser.

Elle versa du café pour les deux hommes – les autres étaient déjà partis – et leur tendit leurs tasses pendant qu'ils discutaient de la façon de poser le deuxième système d'alarme.

Tandis qu'elle les écoutait, son téléphone sonna. C'était l'expert.

— J'ai envoyé les photos à Christie's, lui annonça-t-il. Ils devraient me contacter d'ici un jour ou deux. Je voulais juste vous transmettre cette nouvelle.

Elle afficha un large sourire lorsqu'elle raccrocha. Mack pencha la tête en guise d'interrogation. Elle haussa les épaules.

— L'expert m'a donné une mise à jour, c'est tout, dit-elle simplement.

Elle jeta un bref coup d'œil à David.

— David bosse avec moi au poste, précisa Mack. Nous ne sommes pas là pour voler vos affaires.

— Vous pourriez sûrement me dérober une tonne de trucs, ce qui me mettrait en joie. Ça m'éviterait de payer des gens pour emporter tout ça à la décharge.

David hocha la tête.

— On avait pas mal de bric-à-brac dans la maison de ma grand-mère aussi. Mais rien n'avait de valeur dans tout son bordel. Elle fait partie de ceux qui aiment collectionner des choses. Des poupées, des nains de jardin, des petites cuillères de voyage. Je crois qu'une fois le tri terminé, on avait trouvé plus de quatre-vingt-quatorze nains de jardin.

— Oh, ils auraient été adorables dans le terrain ! s'exclama Doreen. Qu'est-ce que vous en avez fait ?

Mack soupira.

— Ce qu'il a fait, c'est qu'il nous a demandé à tous si on en voulait un ou deux, et chacun est allé à la maison de sa grand-mère avec l'autorisation d'en prendre deux.

— J'adore ! Répandre la joie autour de soi !

— Je pensais plutôt à répandre la camelote autour de moi et ne pas avoir à m'en débarrasser moi-même, la corrigea David en riant. Mais je crois que les gens ont apprécié leurs nains.

— Absolument, dit-elle. Quel est le nom de votre grand-mère ?

— Sheila. Sheila Monterey.

— J'ai vu des trucs traîner dans les coins ici et là. Je suppose que Nan les destinait aux jardins, une fois qu'ils auraient été nettoyés. Je tâcherai de me souvenir de demander à Nan si l'un des nains qu'elle a ici vient de Sheila.

— J'en doute. À l'époque, je crois que Nan en faisait un peu plus la collection, et ma grand-mère devait vraiment penser que Nan en détenait déjà suffisamment.

— C'est presque comme si les gens pensaient qu'elle souffrait vraiment d'accumulation compulsive, supposa Doreen. Quand je suis arrivée dans cette maison, ça ne m'a pas traversé l'esprit. Et honnêtement, ça ne me paraît toujours pas ressembler à la maison d'une personne qui entasse. Bien que le sous-sol et le garage soient probablement remplis de bazar…

— Ça m'en a tout l'air, jugea Mack. Occupons-nous de

l'intérieur de la maison. Ensuite, nous verrons le reste.

— Bon plan. (Doreen jeta un regard circulaire à la cuisine.) Vous pensez en avoir pour combien de temps ?

— Pourquoi ? Vous essayez déjà de vous débarrasser de moi ? taquina Mack.

Le *dring* annonçant l'arrivée d'un e-mail retentissant, elle gloussa et marcha jusqu'à son ordinateur pour consulter sa messagerie. Cela provenait d'Oceanic : les sondages du lac Okanagan. Elle haussa les sourcils tout en lisant.

— Oh, bien !

— *Oh, bien,* quoi ? interrogea Mack, suspicieux.

Elle haussa les épaules.

— Rien. Juste une petite occupation.

— Vos occupations ont tendance à me causer des problèmes, répondit-il.

— En réalité, elles ont tendance à vous apporter les honneurs.

Elle cliqua sur l'e-mail et regarda toutes les pièces jointes. Elle avait précisément repéré la zone qui l'intéressait le plus.

— Nous sommes dans une saison sèche là, non ? Et le niveau de l'eau a tendance à baisser davantage quand nous arrivons en été, correct ?

— Je ne suis pas sûr de savoir de quelle eau vous parlez, intervint David, mais si c'est celle du lac Okanagan, alors oui. Il semble que ça ait chuté d'environ soixante centimètres, si ce n'est plus. Malheureusement, la ville a commis une erreur plus tôt cette année et a laissé passer trop d'eau des digues. Le niveau du lac sera trop bas et il faudra bientôt faire attention.

— C'est déjà en train d'arriver, dit Mack. Les gens ne sont autorisés à arroser leur jardin que deux jours par semaine, et, ça aussi, ce sera terminé si l'approvisionnement en eau chute encore. On n'a eu aucune pluie depuis trente jours, alors on se dirige tout droit vers une sécheresse.

— Je suppose qu'un tas de choses doit émerger du lac lorsque son niveau est bas.

— À un certain niveau, oui. (Mack se tourna pour étudier Doreen avec curiosité.) Vous allez où, avec cette idée ?

Elle haussa les épaules.

— Nulle part, peut-être. De nouvelles pistes quant à la pauvre femme dans les œillets ?

Il souleva les épaules à son tour.

— Lisez les journaux. Ils vous l'apprendront.

— Ah, répondit-elle. Les journalistes essaient toujours de me devancer.

— Ils vous ennuient encore ? lui demanda Mack en se tournant vers elle.

— Non, réfuta-t-elle en secouant la tête. Ils ignorent que je suis celle qui l'a découverte, alors c'est tout bon.

— Vous avez probablement la chance avec vous pour tomber sur les cadavres, vous savez ? commenta David avec un sourire.

Les hommes retournèrent à leur ouvrage.

Cela ne prit pas longtemps pour la porte de derrière. Elle fut surprise par leur grande efficacité.

Mack lui montra comment se servir de la télécommande pour l'activer. Il ouvrit ensuite la porte arrière et un horrible bruit perçant se déclencha. Il l'éteignit immédiatement, mais Thaddeus continua de crier de douleur. Goliath n'était plus dans les parages. Mugs aboyait comme un fou.

Elle s'accroupit pour enlacer Mugs.

— Hé, mon pote, je suis désolée pour ça.

— Oui, ça réveillera tout le monde, indiqua David.

— C'est un système un peu grossier, ce n'est pas pour du

long terme, précisa Mack. Ce serait mieux d'avoir quelque chose de correct et de renforcer vos fenêtres aussi.

Elle n'avait même pas pensé aux fenêtres. Elle regarda la grande baie du salon, puis Mack. Il secoua la tête.

— Je doute fortement qu'ils passent par là. Il n'y a aucun moyen de le faire sans bruit.

Elle hocha la tête.

— Ceci devrait faire l'affaire pour les prochains jours de toute façon.

Il se tourna pour regarder sa montre.

— Sur ce, on doit partir.

Les deux hommes rangèrent leurs outils, et, avant qu'elle n'ait eu l'occasion de leur dire merci, ils étaient partis. Elle se tint sur le perron de devant et les regarda s'en aller. Ils avaient vraisemblablement d'autres tâches policières à effectuer, et ceci avait juste été une pause dans leur journée. Puisqu'ils étaient restés ici pendant plus d'une heure, ils étaient probablement bien en retard pour un autre boulot.

Elle n'avait pas eu le temps de poser de questions à Mack concernant les affaires. Elle grommela et retourna à son ordinateur.

Elle étudia la carte de Mission Creek que la compagnie lui avait envoyée, puis toutes les autres images qui y étaient annexées. Elle ne possédait pas le programme qui lui permettrait de les consulter plus attentivement, ce qui l'amena à se demander si quelqu'un l'avait.

C'était fascinant à analyser. Elle se concentrait sur l'endroit où l'embouchure de la crique devenait une rivière, là où ça devenait plus large et l'eau changeait de couleur, assombrie par la profondeur. Elle n'était descendue là-bas qu'une, peut-être deux fois. Le chemin longeant la crique allait jusqu'au bout de la plage. Peut-être devrait-elle entreprendre une grande balade et régler ça.

À quel point était-ce loin ? Elle se rendit alors compte que c'était à moins de deux kilomètres. Déterminée, elle prit sa tasse, la remplit de café et appela Mugs. Goliath la regarda.

— Tu veux venir aussi ?

Elle observa le système d'alarme à deux reprises et se parla à elle-même en le mettant en route. Après tout, ils partaient seulement à deux kilomètres de là. Deux kilomètres à l'aller. Deux kilomètres au retour. Combien de temps ça pouvait prendre ? En plus, avec la nouvelle présence de Mack ici, l'intrus n'allait sûrement pas revenir aujourd'hui en plein jour.

Si ?

Avec Thaddeus sur son épaule, elle se dirigea vers le jardin à l'arrière de la maison, Goliath marchant à leurs côtés. Il flânait avec une nonchalance qui la faisait sourire. Mugs, d'un autre côté, reniflait tout, fou de joie d'être dehors. Même Thaddeus semblait apprécier la sortie, vu sa façon d'ébouriffer ses plumes et de gazouiller sur son épaule.

— Maintenant, tu te comportes comme un oiseau normal, dit-elle en gloussant.

Il se pencha et frotta son bec sur sa joue. Elle adorait quand il faisait ça. Elle n'aurait pas cru que les oiseaux puissent être affectueux, mais celui-là l'était, de toute évidence.

C'était une belle promenade. Ils dépassèrent le cul-de-sac qu'ils prennent d'habitude pour se rendre chez Nan. Goliath et Mugs crurent tous deux qu'ils iraient dans cette direction, mais Doreen continua. La crique s'élargit et devint un flot déferlant paresseusement. C'était beau.

L'eau de source s'était presque tarie. Désormais, le niveau de la rivière était bien plus bas. Elle comprit que ça allait encore baisser. Mais elle ne savait pas à quel point, considérant que le lac était déjà bas par rapport à son niveau normal.

Elle poursuivit sa marche, appréciant d'être à l'extérieur, les oiseaux et les arbres se balançant doucement dans le vent. Elle avait devant elle un chemin de presque deux mètres de large pour la guider. À ce stade, c'était un sentier public. Les maisons qui le jouxtaient côté étaient clôturées pour la vie privée de leurs occupants.

Ensuite, elle atteignit un carrefour avec un pont. La piste passait en dessous. Elle resta sur le sentier, et il y avait la propriété privée d'un côté, bien sûr, mais de l'autre, elle longeait l'eau.

Finalement, elle se rendit là où la rivière se déversait dans le lac. Elle sourit. Mugs vivait le plus beau jour de sa vie. Goliath, quant à lui, continuait de marcher comme si c'était une corvée.

Doreen s'arrêta, se rendant compte qu'il n'y avait personne dans ces lieux. De nouveau, elle appréciait vraiment d'être dans une petite ville. Kelowna était un peu hors du temps. Elle savait que de gros développements étaient prévus sur les deux berges de la rivière, mais ils avaient prévu de laisser un chemin de promenade.

Elle poursuivit sa route puis remarqua qu'elle s'engageait dans une propriété privée. Elle fronça les sourcils et entra dans le lit de la rivière. Elle n'aimait pas que les gens pénètrent chez elle, alors elle n'allait pas le faire ici. C'était juste difficile de distinguer où commençait et où se terminait un domaine. Le coin était assurément une place de choix, mais un énorme banc de sable se trouvait là également. Elle s'y tint debout, ébahie. Quelle taille pouvait-il atteindre en temps de grande sécheresse ? Un vieil homme au coin la regardait. Elle s'approcha de lui et déclara :

— Désolée. C'est une propriété privée ici aussi ?

Il fit non de la tête.

— Mon terrain s'arrête le long du cours d'eau. Ce banc de sable est là depuis longtemps, mais avec le niveau bas de l'eau, il est énorme cette année, admit-il.

— Il existe depuis longtemps ? Genre, depuis trente ans ? On dirait qu'il pourrait empêcher n'importe quoi venant de la rivière de passer ici, supposa-t-elle. Je ne peux imaginer un tas de débris s'accumuler dans l'eau, à côté de lui.

— Oh ! c'est parce que la rivière s'est énormément remplie, expliqua-t-il. Il y a trente ans, il y avait des voiliers et des bateaux à moteur tout le long du cours d'eau, tout le temps. Mais des rochers tombaient des sommets de la montagne et ont lentement comblé le lit. C'était une énorme et large cuvette ici. On n'avait pas pied. On faisait du bateau toute l'année. Maintenant que tout est plein de cailloux, on ne peut plus naviguer ici.

— Oh, réagit-elle d'une voix déçue. Eh bien, ça bousille ma théorie.

— Pourquoi ? De quoi parlez-vous ?

— Je me demandais juste si un véhicule avait pu être balayé dans le trop-plein d'eau ou bien pendant une crue subite, il y a vingt-neuf ans, dit-elle. S'il était arrivé ici, est-ce qu'il serait maintenant enterré ?

— Durant cette sale crue qu'on a connue il y a vingt-neuf ans, un fourgon ou une voiture auraient pu être emportés ici, avec de fortes chances pour qu'on n'ait rien remarqué. Ils auraient coulé à environ deux cents mètres d'ici. Quand le courant rapide heurte le mur du lac immobile, ça le ralentit d'un coup, laissant couler n'importe quel débris qu'il transportait juste vers le large où le fond du lac descend. Le sable suit le même chemin, informa-t-il.

— Est-ce que quelqu'un est déjà venu ici pour des véhicules disparus ? questionna-t-elle.

Il fronça les sourcils en la regardant.

— Vous savez quoi ? Je suis pas sûr. Pas durant les trente ans que j'ai passés ici. Mais s'ils n'ont pas vérifié sur-le-champ, j'imagine que ça a coulé suffisamment profond et rapidement pour que personne n'en sache rien.

— Et comment pourrait-on faire pour descendre et vérifier ?

Il plissa de nouveau les yeux devant elle.

— Vous avez une raison en particulier de demander ça ?

Elle eut un sourire en coin.

— J'étudie la théorie selon laquelle un homme et un garçon dans un fourgon, portés disparus depuis vingt-neuf ans, auraient bien pu être attrapés par l'inondation et reposeraient au fond du lac, ici.

Ses sourcils se haussèrent.

— Vous parlez du petit-fils de Gunderson… Paul, c'est ça ?

Elle souleva les épaules.

— L'histoire m'intrigue. C'est très inhabituel qu'un garçon et un homme, tout comme un fourgon, ne réapparaisse jamais.

— Des garages clandestins ont pu aisément changer la couleur du fourgon, le désosser et en revendre les pièces au marché noir. Et on peut disparaître en roulant de l'autre côté du pays ou même en franchissant la frontière.

— Mais c'était aussi pendant l'année de la grande inondation. Et si cet homme à tout faire n'était pas un tueur ou un pédophile ? Il n'avait pas de passé criminel, alors… Et s'il avait juste aidé le garçon à rentrer chez lui ? S'ils avaient traversé le pont au moment où il s'est écroulé et que les flots les avaient submergés ? S'ils avaient été engloutis ici ?

L'homme s'arrêta un moment puis déclara :

— Vous savez quoi ? Je n'y avais jamais pensé. Ça a été assez difficile ici pendant un temps. L'inondation a duré des jours.

— C'est exactement ce que je veux souligner. J'en déduis que la rivière a atteint son plus haut niveau à environ deux heures du matin, mais il est peu probable que le petit garçon ait pu être dehors à cette heure-ci.

— C'est sûr. Mais les embâcles sont courants sur une rivière. On a retiré beaucoup de débris cette année, mais on ne peut pas tout extraire, et les rondins peuvent s'accumuler puis se libérer à n'importe quel moment et descendre en un torrent massif de détritus, expliqua-t-il. Si ce fourgon a été emporté dans un truc comme ça, il devrait se trouver là-bas. (Il pointa au-delà du lac.) Alors, comment être fixé ?

Elle hocha la tête, regardant l'endroit qu'il désignait du doigt.

— Eh bien, maintenant que vous m'y faites penser, continua l'homme, je suis moi-même un plongeur, mais mes poumons se portent mal désormais. Je fais toutefois partie d'un club. Je pourrais en parler aux autres membres et voir si quelqu'un est intéressé pour descendre, pour s'entraîner ou même juste pour s'amuser pendant une excursion de plongée.

— Il n'y aurait pas de quoi s'amuser, cela dit, dit-elle avec un sourire triste.

— Non, mais c'est un mystère et j'adore ça. (Il lui fit un large sourire.) Et je suppose que cela signifie que vous êtes Doreen.

Elle leva son visage plissé vers lui.

— Comment vous savez ça ?

Il rit.

— Vous avez déjà trouvé suffisamment de gens morts pour mériter une renommée. (Il fit un signe vers la grande étendue du lac devant eux.) Si vous pensez que le fourgon peut être quelque part ici, alors je crois qu'on devrait sérieusement le chercher. (Il s'arrêta et la regarda.) Vous en avez parlé à la police ?

— Pas vraiment, répondit-elle en secouant la tête. Je sais que c'est une affaire classée, car Mack me l'a précisé. Mais honnêtement, la raison pour laquelle j'y ai pensé, c'est parce que la plaque d'immatriculation de ce fourgon, dans lequel devait se trouver le petit garçon lorsqu'il a disparu, a été déterrée de mon jardin, ou de celui de Nan, et qu'il borde la rivière. Alors, si la plaque minéralogique a fini arrachée avec une telle force, j'imagine que ce véhicule est parti loin devant et n'avait aucune chance d'être arrêté.

— Ouah… Ça aurait tellement de sens parce que nous avons eu cet énorme embâcle… Pendant toutes ces années, tout le monde a cru qu'il avait emmené le petit garçon, et maintenant… (Il secoua la tête et regarda de nouveau le lac.) Pas une seule fois j'ai songé qu'il avait pu être pris dans cet amoncellement de débris. Mais c'est pertinent.

— Quel genre de personne était Henry ?

— C'était un bon gars, déclara le voisin. Je lui aurais fait confiance aveuglément à cette époque, mais tout le monde en disait tellement de mal, une fois qu'on a su que le petit garçon avait été embarqué dans son fourgon. Je suppose que j'ai été influencé par l'opinion publique et que je n'ai jamais su quoi en penser.

— Je crois que c'est le pire, regretta-t-elle tristement. Les gens se forgent un avis quand les choses vont mal, mais on ignore souvent la vérité.

— C'est vrai, mais une fois que tout le monde a appris qu'il avait emmené l'enfant, toutes les méchantes rumeurs ont démarré.

— Exactement, et le tout sans preuve. Si c'est pas triste, ça ! C'est juste ma théorie du moment. J'ai contacté la société qui a pris des clichés de la zone, pour voir s'ils en avaient qui montreraient un fourgon ou quelque chose du genre, là en bas. Mais je ne peux zoomer suffisamment sur mon écran.

Il la regarda avec respect.

— Ouah… c'est vraiment très malin. Ce qu'il vous faut, c'est une société de technologie qui aurait cette capacité.

— Je ne connais personne dans cette branche. Je suis nouvelle en ville, alors je ne connais vraiment pas les sociétés du coin.

Il claqua des doigts plusieurs fois et annonça :

— Vous savez quoi ? Moi, oui. Mon fils travaille dans une entreprise informatique. Et mon neveu est dans l'industrie du jeu vidéo et les graphismes. C'est clairement quelque chose qu'ils maîtrisent.

— Mais ici, ça implique de regarder des photos, peut-être de se baser sur des images satellites, ou même d'avoir recours à un procédé plus poussé. Je comprends que c'est très profond et, comme vous l'avez dit, rempli de roches. Je ne connais rien qui puisse nous montrer exactement ce qu'il y a là-dessous.

— Non, vous avez probablement raison. La meilleure chose à faire serait de chercher nous-mêmes. Et si ce fourgon est là, comment être sûrs qu'il n'y en a pas une petite douzaine supplémentaire dans le lac ?

— J'ai pensé… comme le niveau de l'eau était très bas cette année et ne cessait de diminuer, que peut-être, en ce moment, ce serait la meilleure période pour explorer ce qu'il y a exactement au fond.

— Ça me plaît, annonça-t-il. Et vous me plaisez aussi. Vous réfléchissez de façon originale. Et c'est une bonne chose.

Elle s'esclaffa.

— La seule raison pour laquelle j'ai pensé à ça, c'est parce que Thaddeus, ici (elle désigna l'oiseau sur son épaule), a trouvé la plaque d'immatriculation dans mon jardin.

L'homme regarda avec intérêt le perroquet, qui s'était montré calme jusqu'à présent. Il se redressa sur ses pattes, battit des ailes et causa : « Thaddeus est là. Bonjour. »

Le vieil homme se mit à rire, s'approcha et caressa gentiment de son doigt la poitrine de l'oiseau.

— Nathan est là. Ravi de te rencontrer, Thaddeus. (Il baissa les yeux vers la ménagerie aux pieds de Doreen.) Je dois comprendre que ce petit monde vous suit partout.

— Ils sont devenus ma famille, confirma-t-elle en souriant. Voici Mugs.

Elle secoua la laisse et Mugs s'assit avant de lever la patte.

Enchanté, le voisin s'accroupit et saisit la patte tendue.

— Ravi de te rencontrer, monsieur Mugs.

Doreen ne le corrigea pas sur le nom. Pour ne pas être mis à l'écart, Goliath arriva d'un pas nonchalant entre Mugs et Nathan, pour avoir une caresse à son tour.

Quand l'homme se redressa finalement, il sembla fasciné par les bestioles.

— Je crois que vous êtes un sacré plus pour cette ville.

— Je suis contente que vous pensiez ça, car je ne suis pas sûre que ce soit le cas de tout le monde. Ça a été un vrai défi de s'habituer à vivre en ville, avec en prime tant de problèmes qui ont surgi dans la foulée…

— Non, c'est une bonne chose. Ces pauvres gens avaient besoin d'être retrouvés. Et s'il faut que ce soit quelqu'un venant de la campagne qui s'en charge, comme vous, alors qu'il en soit ainsi. (Il se tourna pour faire face au lac.) Maintenant, je suis vraiment intrigué. Puis-je avoir vos coordonnées ? Je vais passer quelques coups de fil et voir ce que je peux dénicher.

Il sortit une paire de lunettes de la poche de sa chemise et un petit bout de papier.

Dans son sac, Doreen trouva un crayon. Elle écrivit son nom et son numéro de téléphone, puis le tendit à l'homme.

— Je m'appelle Nathan Trusswell, dit-il en souriant.

Elle hocha la tête.

— Si vous trouvez quoi que ce soit, faites-le-moi savoir. (Elle fit demi-tour pour retourner chez elle, mais pivota et dit :) Ravie de vous avoir rencontré.

Il était déjà en train de marcher avec détermination vers sa maison. Il leva une main et lui adressa un signe en guise d'au revoir.

Elle se dirigea tranquillement vers chez elle, avec la sensation d'une lueur chaleureuse autour de son cœur. Cela avait été un agréable tête-à-tête, même si un seul voisin appréciait le fait qu'elle ait apporté une nouvelle perspective à la ville. Car plus elle y pensait, plus elle se confortait dans l'idée que ce pauvre Henry Huberts n'avait pas du tout kidnappé le petit garçon.

Il avait réalisé un acte amical pour aider Paul, et, finalement, ils étaient morts tous les deux dans un terrible accident. Puis, comme Nathan l'avait mentionné, il y avait eu une énorme accumulation de rondins dans la rivière au-dessus de chez elle, et un pont s'était rompu durant la saison des inondations. Si le fourgon avait été pris dans l'une des deux situations, le résultat aurait été horrible. À l'époque, les ponts étaient de petites constructions en bois. Ils avaient dû être remplacés avec les années. Même celui près de chez elle était neuf, il avait environ trois ans. Et celui d'avant, en bois, était déjà une amélioration par rapport à celui qui l'avait précédé, il y avait trente ans. Dès lors, sa théorie avait du sens. Un sens triste et sérieux.

Chapitre 19

Lundi matin…

POUR LA PREMIERE nuit depuis longtemps, elle dormit merveilleusement bien. Lorsqu'elle se leva, elle suivit attentivement les instructions de Mack quant à la désactivation du système d'alarme. Ça fonctionnait. Elle fit quelques pas dehors pour sourire au soleil qui tachetait son jardin. C'était une bonne journée. Elle laissa la porte arrière ouverte puis rentra pour mettre le café en route. Le téléphone sonna pendant qu'elle appuyait sur le bouton pour moudre les grains. Mack… appelant pour savoir si tout allait bien.

— Je vous aurais contacté, dit-elle, mais j'ai réussi à éteindre le système d'alarme toute seule.

— Êtes-vous toujours partante pour une omelette ? demanda-t-il.

— Je n'en peux plus de vous attendre. J'ai faim !

Il rit.

— Je charge tous les ingrédients dans un panier. Je serai là dans environ vingt minutes. On peut préparer un petit-déjeuner au lieu d'attendre l'heure du déjeuner.

Souriant de joie et enchantée d'avoir la chance de manger un vrai repas et d'apprendre quelque chose de nouveau, elle fit le tour de son jardin en attendant que le café passe. En y repensant, elle alla jusqu'à la fenêtre de la porte d'entrée située à l'arrière et essaya d'apercevoir l'intérieur du garage, mais le verre était si sale et poussiéreux qu'il était difficile de distinguer au travers. Elle essaya la poignée, constata qu'elle était on ne peut plus sécurisée, et on aurait dit que les boiseries, tout comme la porte, étaient bloquées de l'intérieur. Doreen se demanda si c'était un signe de mauvais augure ou si c'était juste un truc de Nan.

Elle se rendit dans le jardin de devant, essaya de lever le rideau roulant du garage, mais il ne daigna pas bouger non plus. Tant que c'était sécurisé, c'était bon pour elle.

Alors qu'elle s'éloignait, Mack arriva et se gara dans son allée.

— Vous étiez en train de faire quoi ?

Elle désigna la porte du garage.

— Je me disais juste que si je ne réussissais pas à entrer à l'intérieur, il y avait de fortes chances que personne d'autre n'y parvienne.

Il hocha la tête.

— Bien vu. Venez. Allons manger.

Elle laissa la porte d'entrée ouverte pour lui, puisqu'il arrivait avec un panier. Il le posa sur la table de la cuisine et en sortit du bacon, des oignons, de l'ail, des épinards frais, du fromage et des œufs. Plus les champignons qu'elle avait particulièrement réclamés. Elle regardait tout cela avec régal, prenait sagement des notes, puis captura une vidéo pendant qu'il s'affairait.

— Pourquoi une vidéo ? grogna-t-il.

— Parce que je vais oublier tout ce que j'observe, répondit-elle. Et je suis déterminée à ne pas échouer.

Il lui jeta un regard, un petit sourire sur le visage.

— Vous savez, c'est bien d'échouer.

Elle le considéra avec surprise, puis haussa les épaules.

— Je n'ai jamais aimé me planter avant, et je me suis vautrée des tas de fois. J'aimerais juste éviter ça autant que possible cette fois.

Elle l'observa couper le bacon en petits morceaux et le faire sauter avec des oignons émincés et de l'ail. Elle renifla avec joie.

— Oh, ça sent divinement bon !

À ses talons, Mugs aboya, courant en rond.

Elle s'abaissa et le caressa.

— Je sais, mon grand. C'est de la nourriture. Nous n'avons pas senti un tel arôme depuis des mois.

Mack rit et lui détailla ce qu'il était en train de faire, comment il procédait. Il préparait l'omelette lentement, ajoutant les champignons et les feuilles d'épinard dans la poêle. Ensuite, il cassa les œufs dans un bol, les battit jusqu'à ce qu'ils prennent une consistance onctueuse. Après avoir placé les légumes cuisinés dans un autre bol, il versa les œufs dans la poêle chaude. Une fois les légumes pratiquement cuits, il les disposa sur les œufs et recouvrit le tout de fromage râpé. Alors qu'elle l'observait, il replia une moitié sur l'autre, recouvrant le fromage récemment disposé, puis il posa un couvercle sur la poêle.

— Je fais ça uniquement pour que le fromage fonde plus rapidement.

Lorsqu'il retira le couvercle, l'omelette paraissait absolument divine. D'une simple manœuvre, il la déposa sur une planche à découper et la coupa en deux.

Elle était toujours en train de filmer quand il servit chacune des moitiés et les apporta à table. Elle arrêta la vidéo, prit le pain grillé mis à disposition, attrapa le beurre et les déposa à côté des assiettes.

— Ça a l'air fabuleux.

— Maintenant, vous savez comment faire, dit-il.

Elle acquiesça et regarda la cuisinière.

— Je dois juste avoir le courage d'essayer.

— Non. Demain, vous vous y mettez. Aucun courage n'est requis. Il suffit de commencer et vous obtiendrez quelque chose d'exactement comme ça.

— Ça ressemble à un rêve lointain, admit-elle.

Elle coupa sa première bouchée, l'amena à sa bouche et vacilla de joie.

— C'est merveilleux !

— Et facile à faire. Vous comprendrez rapidement comment concocter toutes sortes de plats formidables.

— Je l'espère. Je mangeais toutes sortes de plats formidables avant.

— En parlant de ça, avez-vous eu récemment le moindre contact avec votre mari ?

Elle secoua la tête.

— Pourquoi aurais-je dû ?

— Quand le divorce est-il supposé être conclu ?

— Je ne crois pas qu'on puisse lancer la procédure moins d'un an après la séparation.

Elle ne voulait pas discuter de son presque ex-mari. Il était la dernière personne à qui elle voulait penser.

— J'ai reparlé à mon frère.

Elle stoppa ses gestes et le dévisagea, confuse pendant un moment quant à l'identité de son frère et ce qu'il faisait.

— Oh ? Pourquoi ?

— Vous vous souvenez qu'il est avocat… Il a expliqué que vous pouviez cesser le processus d'octroi des biens, même si vous n'avez pas signé de papiers. Et il a également indiqué quelque chose d'autre, mais je ne suis pas sûr que vous en soyez ravie. Il veut déposer une plainte contre votre avocate.

La mâchoire de Doreen en tomba.

— Il peut faire ça ?

Mack rit.

— Absolument. Surtout si, en tant qu'avocat, vous déposez plainte contre une consœur. Ce qu'elle a fait était une vilaine faute professionnelle. Ça ne devrait pas être permis, et elle ne devrait pas être autorisée à garder son boulot.

— Mais je suis celle qui a signé tous les documents. N'est-ce pas ma responsabilité ?

— Pas si vous avez suivi les conseils de votre avocate. Ce qui était le cas.

Elle y réfléchit un moment.

— Nous voilà de retour dans le fameux refrain « je-n'ai-pas-de-quoi-le-payer-cependant. »

— Nick est disposé à voir ce qu'il peut mettre en œuvre gratuitement, précisa Mack. Si ça devient plus compliqué, alors nous considérerons des options payantes. Il est possible que cela ne donne rien.

Elle scruta Mack, tentant de cacher sa suspicion innée envers les avocats.

— J'ai confiance en vous, vous savez. Mais je ne connais pas votre frère. Et c'est un *avocat*, ajouta-t-elle calmement. Je ne prétends pas que ce ne sont que des mauvaises personnes, mais…

— Mais c'est votre expérience qui parle. (Il hocha la tête.) Je comprends ça, mais je fais confiance à mon frère. C'est un bon gars. S'il affirme que c'est possible, alors je suggère de le laisser tenter tout ce qui est sûr son pouvoir, sans le rémunérer. Si ça se trouve, peut-être que votre avocate va changer d'avis quand elle se rendra compte qu'il porte officiellement plainte et qu'elle pourrait possiblement se retrouver radiée.

— Il peut faire ça ?

— S'il peut prouver qu'elle est malhonnête, menteuse et tricheuse, ce qui est le cas, alors qui sait ce qui peut arriver ?

— Quand en avez-vous parlé ?

— La nuit dernière. Nick m'a contacté pour me dire que votre situation le tracassait et qu'il voulait aider. S'il pouvait entreprendre quelque chose qui ne lui prendrait pas trop de temps, il était plus que prêt à apporter son soutien. Et surtout, il voulait voir les documents que vous aviez signés et souhaitait les coordonnées de l'avocate qui vous représentait.

Elle ricana.

— Vous savez quoi ? Je suis plutôt d'accord pour qu'il lui cause des ennuis, mais je n'ai vraiment pas envie que ça remonte aux oreilles de mon ex-mari, car dans ce cas, il risque de se retourner contre moi et faire de ma vie un enfer. Quand il n'obtient pas ce qu'il veut, il peut vraiment mal se comporter.

— Et il la veut, elle ?

Elle haussa les épaules.

— Je suis quasi sûre qu'il l'a déjà eue plusieurs fois, corrigea-t-elle d'un ton sec. Le truc, c'est qu'il ne veut pas partager son fric.

— Mais vous avez droit à une large part de cet argent.

— Pas selon mon avocate.

— C'est pourtant ce que prétend mon frère. Votre mari a bâti ce business pendant que vous étiez là. Nick a besoin de quelques détails afin de pouvoir mieux étudier la question. Mais, même si vous êtes disposée à en refuser une partie que vous seriez en droit d'obtenir, vous ne devriez pas vous retrouver sans rien. Et c'est ça, le problème. Regardez-vous.

Vous vivez grâce à l'argent trouvé dans les poches de votre grand-mère, nom de Dieu !

Elle lui lança un regard noir.

— Vous êtes en train de ruiner une belle omelette.

Il stoppa et hocha la tête.

— Très juste. (Il rit et prit une autre bouchée.) Alors, vous referez la même chose pour moi, demain ?

— Eh bien, je cuisinerai un truc, répondit-elle en haussant les épaules. De toute évidence, ça n'aura pas vraiment le même goût.

— Vous pourriez être surprise. Il y a des tas de menus que vous pouvez préparer sans gros effort.

— Peut-être...

La conversation était difficile à reprendre. Même s'il voulait vraiment l'aider, elle se sentait abattue. Toute allusion à son ex-mari ou à leur séparation douloureuse faisait chuter sa bonne humeur.

— Pourquoi ne pas parler d'un meilleur sujet ?

— Comme ?

— Le gars qui a fait intrusion chez moi, dit-elle. C'est un concierge qui travaille également à la maison de retraite de Nan. Et ils sont victimes d'un paquet de vols. Je me demande si quelqu'un va enquêter de ce côté-là.

Elle lui lança un regard sans équivoque. Surpris, il fronça les sourcils.

— Personne n'a fait allusion à des vols.

— Je suppose que c'est un problème commun. Ils ne veulent pas de mauvaise publicité. Mais, selon Nan, ils sont vraiment confrontés à des larcins.

— Et vous pensez que c'est lui ?

— Il a un souci, c'est assez évident. Et il bosse là-bas ainsi qu'à l'école élémentaire. Alors, qui sait ? Je suis quasi certaine que c'est lui qui m'a menacée par téléphone aussi. Je ne sais pas pourquoi, peut-être pour me tenir éloignée de la ville quelques jours, histoire que je laisse la maison vide…

— C'est possible. Et pour ce qui est des propos de Nan, on ne peut rien entreprendre de façon officielle sans plainte écrite…

— En fait, si vous aviez pu interroger le suspect… insista-t-elle sèchement, il aurait pu le confesser. Il aurait pu tout avouer, avec de la chance.

— Et pourtant, il a été relâché, répondit-il avec un sourcil levé. Et il me faut une plainte en bonne et due forme pour m'occuper des vols de Rosemoor. En attendant, je ne peux rien.

— Je sais. Ça ne veut pas dire qu'il ne reviendra pas commettre une autre infraction, lâcha-t-elle en ricanant. Les gens de ce genre ont tendance à rester fidèles à eux-mêmes.

— Oui, en effet. Je pourrais lui parler de la plainte.

Il sortit son bloc-notes et y griffonna deux, trois choses.

— Vous connaissez un tas de gens à Rosemoor. Pourquoi ne pas leur en parler ? Pas besoin d'une enquête policière. Mais sans doute que la maison de retraite aimerait voir ce genre de soucis disparaître. Peut-être que ça arrive à l'école également. Les vols commis par des employés sont un gros problème, peu importe la société pour laquelle vous travaillez, signifia-t-elle avec une certaine autorité. Mon ex s'en plaignait tout le temps.

— C'est sûrement parce qu'il faisait pareil de son côté, tança Mack en gloussant.

— Je ne peux pas contredire ça. J'aurais dû le voir arriver, vous savez… souffla-t-elle.

Il s'enfonça dans la chaise et posa sa fourchette sur son assiette vide.

— Vous auriez dû le voir arriver… ?

Elle supposait qu'il existait probablement une règle à propos du fait de ne pas parler de son ex avec des hommes célibataires, mais il avait lui-même soulevé la question.

— J'aurais dû me rendre compte qu'il fréquentait quelqu'un d'autre.

— Je pense que l'épouse est souvent la dernière personne au courant. Et alors, ce sont de petits détails qui la rendent suspicieuse. Mais s'ils sont doués, les hommes infidèles ne se laissent pas prendre facilement.

— J'avais des soupçons, mais j'étais loin de me douter qu'il s'agissait de mon avocate.

— C'était une amie de la famille ?

Doreen fit non de la tête.

— Non. Elle travaillait avec lui sur d'autres projets. Je ne sais pas pourquoi j'ai pensé que c'était une bonne idée d'engager une avocate qu'il connaissait déjà.

— Qui l'a suggéré ?

Doreen regarda Mack avec surprise.

— C'est elle. Je suppose que c'était là un deuxième indice. Mais elle privilégiait les conversations entre filles, prétendant que tout ça était trop pénible, qu'elle était tellement désolée pour moi, qu'elle ferait de son mieux pour m'aider et… (Doreen secoua la tête.) La vérité, c'est que je suis naïve et stupide. Je n'ai simplement pas vu toute cette trahison juste sous mon nez.

— La plupart des gens ne remarquent rien, car ils sont honnêtes et s'attendent à ce que les autres le soient également, dit-il avec douceur. C'est pour cette raison que ça arrive si souvent et que les menteurs s'en sortent impunément.

Elle acquiesça et baissa les yeux sur ce qu'il restait de son omelette. Elle la coupa, en prit une bouchée et soupira de joie.

— Vous êtes probablement le meilleur faiseur d'omelette que j'aie jamais rencontré.

— Et vous en avez connu beaucoup ? demanda-t-il d'un ton pince-sans-rire.

— Des *chefs*, lâcha-t-elle avec un sourire malfaisant. J'ai rencontré beaucoup de chefs.

— Vous en aviez un chez vous ?

— Évidemment ! Hors de question que mon mari n'ait pas le meilleur pour ses dîners, déclara-t-elle d'un ton moqueur. Et il continuait de se plaindre tout le temps.

— De quelle façon ? interrogea Mack.

— Pas assez assaisonné, trop sucré, trop salé, trop chaud, trop froid, une présentation pas à la hauteur… (Elle haussa les épaules.) Il aurait fallu qu'il s'active lui-même derrière un comptoir pour comprendre ce que c'était de faire partie de la classe ouvrière.

— Mais vous, vous n'aviez pas la même attitude ?

— Non. J'ai essayé de le rendre plus agréable. Il se moquait de moi devant eux. Ils étaient désolés pour moi. Et je suppose qu'ils n'étaient pas surpris de me voir remplacée.

— Vous êtes dans la tranche d'âge pour ça.

Elle le regarda puis hocha la tête sagement.

— C'est ce que m'a dit l'un de mes amis. En plus de « J'aurais dû m'y attendre et pourquoi ai-je été si aveugle ? » Une femme que je connaissais avait fui son mariage, l'un de ceux où femme et mari ont vraiment l'air heureux. Elle est sortie avec un homme plus âgé. Quand je lui ai demandé pourquoi, elle a expliqué, bien sûr, qu'elle ne l'aimait pas. Mais qu'elle serait remplacée un jour ou l'autre et qu'elle voulait s'assurer d'être celle qui remplaçait. Et pile à ce moment-là, elle a reçu une proposition. Depuis, son mari est mort, et elle est fortunée. Je ne pourrai jamais être si calculatrice. Je ne me suis jamais imaginée riche dans le futur.

— Non, confirma-t-il. Mais vous n'avez pas non plus cherché à vous trouver un vieux riche qui allait, par chance, mourir sous peu et vous laisser tout cet argent.

— En effet. Apparemment, je n'avais aucun projet du tout. Le bon côté dans tout ça, c'est que j'avais Nan. Et apparemment, elle avait élaboré tous les plans pour moi. (Sa voix s'adoucit.) Elle pouvait lire dans la boule de cristal, tandis que moi non.

— Pour ça, vous devez être reconnaissante.

— Je le suis. J'en ai appris plus sur l'amour et la famille depuis que j'ai quitté mon mari.

— Et votre mère ?

— Ma mère collectionnait les hommes. Elle ne sortait avec un type que si des cadeaux coûteux lui étaient offerts. Ce n'est pas une prostituée. (Elle sourit.) Mais quand vous êtes soi-disant raffinée, les présents sont importants. Elle dirait qu'ils sont très appréciables pour les femmes de son âge. Elle les accumule. Elle les fait estimer de temps en temps. Quand elle a besoin d'argent, elle les revend. Elle n'a jamais été aussi en colère que lorsqu'elle a cru qu'un homme lui avait offert de la grande marque. Il lui avait donné des bijoux, mais quand elle les a fait estimer, il s'agissait de verre taillé, pas de diamant. (Doreen gloussa à ce souvenir.) Je ne devrais pas rire, mais elle était si outrée de déception… et je pensais qu'elle l'avait mérité.

— Mieux vaut ne pas y songer, éluda Mack.

— C'est un tout autre monde, reprit-elle. Mais ma mère jouait dans une autre catégorie. Elle a vu son vieil âge arriver et s'est accrochée, essayant de préserver sa jeune allure autant que possible ; tandis que mon amie a juste abandonné le navire avant que son apparence ne se fane, ainsi elle ne s'est pas retrouvée dans cette position.

— J'ai presque envie de vous dire que c'était une bonne tactique, mais, en tant qu'homme, je suis assez scandalisé.

— Reprenez-vous ! s'écria-t-elle en grimaçant un sourire. Je ne crois pas que le vieil homme s'embêtait avec ça. Il est mort dans son lit, en prenant du bon temps probablement. (Elle fit un rictus encore plus large.) De plus, je ne suis pas comme ça.

— De toute évidence. C'est dur de vous imaginer partir sans rien.

— Ça devait arriver, je suppose.

— Non, pas du tout. Vous avez plus que droit à votre part.

— À combien cependant ? Mon avocate a prétendu que je n'obtiendrais même pas vingt ou trente mille. Et est-ce que ça valait le coup de se battre alors qu'elle finirait par en tirer le plus gros ?

Il se contenta de la fixer. Elle leva les yeux vers lui et soupira.

— Je suis vraiment une idiote crédule, pas vrai ?

— Laissez-moi parler à mon frère. Si votre mari possède l'argent qu'il semble posséder, vous avez des chances d'avoir droit à un plutôt joli morceau.

— Ça veut dire quoi ? demanda-t-elle, en plissant le nez. Cinquante mille, cent mille ?

— Et pourquoi pas deux millions ? suggéra-t-il, en observant la stupéfaction de Doreen. Vous avez été mariés pendant quatorze ans et il a bâti tout son business, depuis le départ, avec vous à ses côtés.

— C'était un as prometteur, et il a réussi dès le début,

mais rien à voir avec maintenant.

— Exactement. (Mack sortit son téléphone et envoya un SMS à son frère.) OK, je lui ai annoncé que vous alliez me transmettre les coordonnées dont il a besoin, et il va avancer et faire ce qu'il peut gratuitement. Il ne facturera rien sans nous en parler.

Ce « nous » propagea une douce chaleur en elle.

— S'il est partant pour agir à titre gracieux, dit-elle avec douceur, il recevra assurément mes plus sincères remerciements. Mais je ne m'attends pas à ce qu'il parvienne à changer ma situation.

Mack pencha la tête et lui lança un sourire en coin.

— À tout le moins, vous pourriez envisager que Nick obtienne de l'argent de votre ex et contrarie votre avocate.

Elle rit à ses paroles.

— Dans ce cas, allons-y !

— Bien. Je déteste vous entendre décréter que tout lui reviendra. Parfois, vous devez vous lever et lutter.

— Je combats de temps en temps, rectifia-t-elle avec un petit sourire satisfait. Quand les journalistes m'abordent, je deviens assez fougueuse.

Son téléphone sonna à cet instant. Elle baissa les yeux vers l'écran et répondit.

— Salut, Nan !

— Salut ! Comment vas-tu ?

— Je vais bien. Quoi de neuf ?

— Rien. Je me demandais juste si tu faisais quelque chose aujourd'hui.

Il y avait comme de la roublardise dans la voix de sa grand-mère. Les yeux de Doreen se rétrécirent et elle dit :

— Qu'est-ce que tu mijotes, Nan ?

— Rien.

Doreen grommela, s'adossa à sa chaise, croisa les bras sur sa poitrine et lança :

— Je ne suis pas sûre de ça. Tu as l'air de manigancer quelque chose.

Nan soupira.

— Je me demandais juste si tu avais obtenu des informations de la part de ce gentil détective.

— Tu parles de Mack ?

— Oui, oui, c'est de lui que je parle, ma chérie. C'est si bon de savoir que tu passes du temps avec lui.

Elle se leva et regarda par la fenêtre, jetant un coup d'œil à Mack par-dessus son épaule. Elle articula silencieusement :

— Vous lui avez dit ?

Mack secoua la tête, les yeux grand ouverts.

— Il est encore là ? s'intéressa Nan.

— Pourquoi tu me demandes ça ? s'étonna Doreen, se posant des questions tout en marchant vers la table.

Elle posa le téléphone dessus afin que Mack puisse entendre la voix de Nan.

— Tu as un pari en cours ?

— Bien sûr que oui, ma chérie. Ta vie amoureuse est très importante pour nous.

Ce qui fit hurler de rire Mack. La voix ravie de Nan monta dans les aigus.

— Oh, mince, il est là ! J'adore avoir raison.

— Nan, stop ! cria Doreen, embarrassée. Il vient juste d'arriver.

— Vraiment ? se renseigna-t-elle malicieusement. Nous sommes un lundi matin. Tout ce que je sais, c'est que vous deux avez passé un agréable dimanche soir ensemble.

Doreen leva les deux mains, le visage rougi.

— Stop !

Nan gloussa.

— Je vois que ce ne fut pas une si bonne nuit que ça. Je te parle plus tard.

Nan raccrocha.

Doreen laissa tomber le téléphone, mortifiée.

— Je suis tellement désolée ! Ma grand-mère…

Mack continuait de hurler de rire. Elle le dévisageait.

— Vous avez de la chance qu'elle n'ait pas encore posé ses griffes sur vous !

— Elle ne le fera pas, affirma-t-il avec entrain.

— Elle le fera si je lui raconte que je vous intéresse. Et là, elle commencera à fouiller votre vie, à lancer des paris sur *tout* ce que vous effectuerez.

Il la fixa du regard.

— Vous savez quoi ? Pour une menace, c'est pas si grave, répondit-il avec un clin d'œil.

Elle lui lança un large sourire.

— C'est aussi ce que je me suis dit.

Chapitre 20

MACK PARTIT TOT, en lui laissant sa rémunération pour le jardinage effectué la veille. Elle nettoya la cuisine, regroupa les sacs de courses réutilisables dont elle avait besoin et s'en alla à l'épicerie.

En haut de la liste se trouvaient la nourriture pour chien, pour chat et les graines pour oiseaux. Après les avoir sélectionnés et avoir calculé leur coût méticuleusement, elle se rendit compte qu'il ne lui restait plus que vingt dollars.

Elle avait oublié de prendre de la monnaie dans le saladier. C'était stupide de sa part. Elle avait sa carte de crédit, mais essayait vraiment d'éviter de s'en servir. Au moins comme ça, elle gardait le contrôle.

Alors qu'elle flânait, elle prit du pain et plus de beurre de cacahuètes, se disant qu'elle pourrait bientôt diversifier son alimentation. Du fromage serait bien.

Mack lui avait laissé le reste des ingrédients pour l'omelette du lendemain, mais elle n'avait pas osé se lancer làdedans trop tard. Encouragée par ce qu'elle avait appris, elle attrapa une douzaine d'œufs, pensant qu'elle pourrait au moins les utiliser pour se préparer quelque chose, même une simple omelette au fromage.

Ses achats réglés et empaquetés, elle se dirigea vers le parking et plaça ses sacs sur le siège passager. En se redressant, elle se tourna et vit un pickup garé à côté de sa voiture. Le conducteur lui jeta un coup d'œil. Elle fit de même jusqu'à se rendre compte de qui il était, et alors, elle eut un hoquet de surprise.

Il baissa la vitre.

— Il y a un problème ? Surprise de me voir ?

— Si vous me harcelez, dit-elle, j'obtiendrai une ordonnance du tribunal pour vous maintenir à distance de moi.

— Tu as causé assez de problèmes, garce.

— Vous êtes un voleur. Vous avez pénétré dans ma maison, vous êtes un intrus. Vous êtes également celui qui m'a appelée. Vous vouliez quoi ? Essayer de me faire fuir en m'effrayant ? Pour ce que j'en sais, vous êtes aussi un voyeur. Je crois que vous êtes également à blâmer pour tous les vols commis à la maison de retraite de Nan.

Le choc sur son visage, c'était quelque chose à voir.

— Tu ne peux pas prouver que c'est moi qui ai passé ces appels. Laisse-moi tranquille, grogna-t-il. Et je te ficherai la paix. Tu n'es rien d'autre qu'une source d'ennuis, je ne m'engagerai pas dans cette voie.

Il démarra sa voiture, ferma la vitre et partit, les pneus balançant du gravier.

— *Like a bat out of hell*[2] … Bon débarras ! (Elle rit à sa propre phrase.) Combien de fois a-t-on utilisé cette réplique ? Ça ne te rajeunit pas, Doreen. Il me semble que ça vient d'une chanson de Meat Loaf. Tu n'es pas censée aimer le rock, tu te souviens ? (Elle modifia sa voix pour imiter celle

---

[2] Titre de 1977 du chanteur Meat Loaf, pouvant être traduit par « fuir comme un dératé ».

de son mari.) Tu dois écouter du classique parce que c'est la seule vraie musique !

À cause de cet idiot d'intrus médisant, et malgré ce qu'il avait déclaré, elle savait qu'elle ferait des cauchemars de lui pénétrant de nouveau chez elle. Mais elle se souvint de l'alarme qu'avait installée Mack et afficha un sourire mauvais.

— Oui, on verra comment il réagira quand il reviendra faire un tour la fois prochaine.

Elle avait dormi avec le tisonnier de la cheminée, juste au cas où. Ce n'était pas la meilleure arme, mais elle avait été efficace la fois précédente.

Elle conduisit jusque chez elle, entra dans la maison puis rangea les courses avant de s'asseoir à la table de la cuisine, se rendant compte à quel point elle s'ennuyait. Il lui fallait plus de pièces pour commencer à assembler le puzzle. Elle n'avait pas encore de nouvelles de Nathan.

Comme par enchantement, son téléphone sonna. C'était Nathan Trusswell.

— Salut ! dit-elle avec enthousiasme. Vous avez appris quelque chose ?

— Deux copains vont plonger et jeter un œil mardi, l'informa-t-il. Je voulais juste vous demander si vous vouliez en profiter pour venir.

— Bonté divine, j'adorerais ! À quelle heure ?

— Ça peut leur prendre tout l'après-midi aux gars, alors à 14 heures environ… Ils descendront un peu puis feront une pause, changeront les bouteilles d'air et recommenceront. Ce sera majoritairement de l'intermittence toute la journée.

— Ils vont partir de chez vous ?

— Ils parcourront quelques mètres avec mon bateau,

jusqu'à l'endroit où on a le plus de chance de trouver le fourgon. Je leur ai expliqué ce qui avait pu arriver selon nous, et ils étaient carrément d'accord pour aller vérifier. L'un d'entre eux a de l'expérience en exploration et sauvetage et a déjà extirpé un véhicule de l'eau auparavant, alors il a une bonne idée de ce qu'il faut chercher.

Doreen débordait d'excitation. Depuis qu'elle avait raccroché le téléphone, elle dansait sur place. Elle n'arrivait pas à croire que ça avait fonctionné.

— Mardi ! cria-t-elle à Mugs. Demain après-midi !

Maintenant, tout ce qu'il lui restait à faire était de patienter jusqu'à la fin de la journée, puis demain matin. Ne serait-ce pas merveilleux de résoudre ce mystère ? Elle se sentait mal, car une fois qu'une suspicion négative – comme celle d'être un pédophile ou un meurtrier – était formulée, elle ne disparaissait jamais. Malheureusement pour Henry et sa famille…

Chapitre 21

Lundi, fin de matinée…

DOREEN S'INSTALLA DEVANT son ordinateur pour effectuer davantage de recherches sur Josh Huberts, ainsi que sur Cecily et Celeste Bingham. Elle ignorait jusqu'où Mack était allé dans ses investigations à ce sujet, mais en admettant qu'elle puisse découvrir quelque chose, ça ne faisait qu'ajouter de l'huile sur le feu du nouveau mystère. Elle vérifia ses notes et comprit que quelque chose avait dû se passer avec les sœurs.

Elle prit son téléphone et, dès que Nan répondit, elle lui demanda :

— Hé ! Tu sais, la femme décédée que j'ai trouvée près du planning familial ?

— Oui, Celeste. Sa sœur Cecily dirige le centre.

— As-tu déjà entendu des rumeurs sur Celeste et Josh ? Ou peut-être sur Cecily et Josh ? interrogea-t-elle, hésitante.

Nan prit un moment pour comprendre de quoi parlait Doreen.

— Rien du tout concernant Cecily et Josh. Quant à Celeste et Josh… si tu fais allusion à leur dispute, c'était le genre de relation qu'ils entretenaient. Ils se sont toujours disputés.

— À propos de quoi ?

— Celeste ne désirait pas fonder une famille. Et sa sœur, Cecily, était entièrement de son côté. Elles étaient sensibles au sujet des droits des femmes.

— Il se trouve que je suis d'accord avec elles, digressa Doreen sérieusement. Au moins sur le fait que les femmes ont le droit de choisir. Mais qu'est-ce que ça a à voir avec cette histoire ?

— Si les agents de police venaient ici, ils devraient discuter avec ceux d'entre nous qui sont au courant de quelque chose, indiqua Nan. Ils en déduiraient que Josh s'est probablement suicidé. Il l'aimait. Il l'aimait de tout son cœur.

Là-dessus, elle raccrocha.

Doreen s'assit à la table de la cuisine et fixa son téléphone.

— Mais l'amour peut devenir de la haine. Et tirer sur quelqu'un à deux reprises, en général, résulte d'une grande colère, intimement. Alors, qu'est-ce qui l'a motivé à s'en prendre à elle comme ça ?

Et tout à coup, elle comprit. Doreen saisit son portable et contacta Mack.

— Avez-vous déjà reçu les résultats de l'autopsie pratiquée sur Celeste Bingham, la femme qui a été assassinée ?

— Aucune autopsie n'a été réalisée. Ni ne le sera, puisque cela a été déclaré comme un meurtre-suicide.

— Vous ne vous intéressez pas au pourquoi du comment d'un meurtre ?

— Dans ce cas-ci, c'est un meurtre-suicide, répéta-t-il. Vraiment, il n'y a aucun mystère derrière tout ça.

— Je pense toujours que les raisons qui l'ont conduit à

faire ça ont leur importance.

— Une querelle d'amoureux. C'est très commun.

— Peut-être… mais c'est pour ça que je posais la question à propos d'une autopsie.

— Pas d'autopsie. Pourquoi ? insista-t-il, exaspéré.

— Avez-vous parlé à Cecily ?

— Non. Elle n'était pas dans le coin à ce moment-là.

— Non, bien sûr que non. Vous avez dit que le centre était fermé, c'est ça ?

— Oui. Josh Huberts cherchait activement à le faire fermer.

— Et c'est compréhensible. Je suppose qu'on pourrait considérer qu'une grande passion peut se transformer en grande rage. Et de grandes rages causent des actes qu'il est difficile de réparer. Alors, ce serait logique qu'il soit retourné chez lui et fût incapable de vivre avec ce qu'il avait commis, puis qu'il se soit tué. Mais… seulement si vous avez trouvé plus de balles. J'ai clairement entendu quatre coups de feu.

— Oui, reconnut Mack, avec patience. Mais pourquoi vous vous interrogez encore sur cette affaire ?

— Je crois qu'elle était enceinte et qu'elle a avorté. Sans lui en parler.

Il y eut un silence au bout du fil. Puis Mack lança, de sa voix triste et douce :

— Oui, ça pourrait être le motif du crime. Mais on ne peut pas se contenter de devinettes ici, vous savez ?

— Je sais, admit-elle à voix basse. Vous devez demander au médecin légiste si elle a été avortée récemment, ou peut-être à sa sœur. Elle pourrait vous en informer.

— Vous pensez qu'elle était au courant ? questionna-t-il avec curiosité.

— Qui d'autre ? Et ça aurait du sens, s'il avait été tellement désespéré d'avoir son propre enfant et qu'ensuite elle avait changé d'avis et mis à un terme à sa grossesse, eh bien…

— Oui, ça pourrait pousser un homme à bout, en particulier s'il désirait vraiment le bébé.

— Exactement. Malheureusement, je n'ai aucune réponse quant à ce mystère, mais j'ai une piste dans une autre affaire.

Puis, en riant, elle raccrocha.

Lorsque le téléphone sonna de nouveau, elle l'ignora, saisit sa tasse de thé et sortit dans le jardin. Demain n'arriverait pas suffisamment vite à son goût. Elle adorerait résoudre cette affaire d'enfant disparu.

Et concernant le couple décédé, elle se préoccupait des motivations de Josh. Ce n'étaient toujours pas ses affaires, mais… Cecily lui parlerait-elle de sa sœur disparue ? Et pourquoi le ferait-elle ? Inutile de préciser que ça avait dû être un moment douloureux pour elle. Remettre sur le tapis la mort de sa sœur ne serait pas une initiative appréciée. Doreen fronça les sourcils, y réfléchit, se demanda si Mack irait au bout de leur récente conversation et poserait davantage de questions.

Cependant, il ne pourrait probablement pas aller plus loin, il avait les mains liées à la suite de cette déclaration de meurtre-suicide faite par des supérieurs qui n'y connaissaient rien. Elle supposa que Mack devait vivre avec ces décisions absurdes qui devaient survenir régulièrement dans son boulot. Elle était celle qui ne pouvait pas lâcher l'affaire. Malgré cela, elle serait difficilement en mesure d'aborder le sujet avec la sœur de la femme décédée.

À moins que…

Finalement incapable de s'en empêcher, elle fit monter

Mugs dans sa voiture et retourna à l'endroit où elle avait trouvé le corps. Tout avait été nettoyé, plus ou moins. Les œillets étaient aplatis, ce qui lui rappela qu'elle avait manqué la date butoir pour la candidature auprès de la municipalité. Elle avait été si prise dans ses tâches journalières qu'elle avait complètement oublié.

Elle flâna dans le jardin, étudiant la zone, quand une dame derrière elle l'interpella.

— Hé ! Que faites-vous ici ?

Doreen se tourna et sourit à la femme qui approchait. Elle lui semblait vaguement familière et se dit alors qu'il devait s'agir de Cecily, la sœur de la défunte. Elle tendit la main et lança :

— Salut, je suis Doreen.

Son interlocutrice fronça les sourcils et ne répondit pas à son geste. Doreen laissa son bras retomber près de sa taille.

— Je suis désolée. C'est moi qui ai trouvé le corps… Je me demandais juste s'il y avait la moindre chose que je puisse faire pour aider à commémorer sa mort en ce lieu, se dépêcha-t-elle de prétendre.

— Ce jardin est énorme, pour l'amour de Dieu. Cela ne vous suffit pas ?

Le corps de Doreen se raidit. Ce n'était pas le genre d'accueil auquel elle s'était attendue. Ni le ton de voix qu'elle avait prédit. Elle hocha lentement la tête et poursuivit :

— Souvent, dans les médias, on voit des couronnes de fleurs, des nounours, ce genre de trucs, laissés pour ceux qui sont partis.

— Elle n'aurait rien voulu d'enfantin, s'indigna-t-elle, sur un ton froid et caustique. Elle n'aimait pas les enfants, n'a jamais voulu être mère. (Elle effectua un geste vers le parc.) Et de toute évidence, il y a déjà eu assez de dégâts dans ce jardin.

— Je suis sincèrement désolée. Apparemment, vous êtes très touchée par cette histoire.

Cecily la regarda et ricana :

— Vous croyez ?

— J'ai entendu que son petit ami, qui l'a tuée, s'est ensuite suicidé. Je ne sais pas si ça aidera votre famille à faire son deuil ou pas…

— Pas vraiment. C'était ma sœur. Elle était obstinée et entêtée. Je lui avais dit de quitter Josh, il y a longtemps de ça. Il n'était pas comme nous.

Doreen étudia la femme devant elle. Elle mourait d'envie de lui demander ce que cela signifiait, mais craignait de ne pas apprécier la réponse.

La colère de Cecily couvait sous la surface. De fines ridules s'étendaient du coin de ses yeux, et sa bouche était très pincée.

Il se passait quelque chose ici, et Doreen ne parvenait pas à mettre le doigt dessus. Et maintenant, elle voulait tout analyser. Une autre énigme avait fait irruption dans son cerveau, et elle voulait à tout prix la résoudre.

— Toutes mes condoléances. C'est dur de perdre une sœur.

Cecily croisa les bras sur sa poitrine.

— Je pense qu'il est temps pour vous de partir.

Découragée, Doreen recula.

— Je voulais moi-même faire mon deuil. Ce n'est pas souvent qu'on croise une femme morte, murmura-t-elle.

Elle jouait sans doute un peu trop la comédie, mais elle était honnête. Trouver Celeste avait été éprouvant. Cette fille était dans la fleur de l'âge, pas de vieux os enterrés. Cela engendrait des sentiments très différents, mais nécessitait du temps dans tous les cas.

Cecily mima un mouvement de brossage, comme pour la faire partir.

Doreen hésita, sans trop savoir comment briser cette robuste carapace.

— Eh bien, je suppose que je vais m'en aller, alors. (Elle regarda le bâtiment derrière elle.) Est-ce que le centre est vraiment fermé ?

Son interlocutrice lui lança un regard noir.

— Un de mes amis pourrait avoir besoin de ses services, ajouta Doreen.

À ces paroles, la femme hésita.

— Il est fermé pour le moment. Notre financement a été interrompu, en partie à cause du petit ami de ma sœur, ce connard.

— Aïe. Ça fait mal, surtout qu'il faisait quasiment partie de la famille.

— Oui, confirma-t-elle avec dédain. Il savait ce qu'on essayait de réaliser, et pourtant, derrière notre dos, il racontait à tout le monde à quel point c'était mal.

— C'est une décision assez difficile pour beaucoup de gens. Un sujet qui cause des conflits partout sur Terre.

— Le corps d'une femme est un corps de femme, dit Cecily. C'est son droit d'en disposer comme elle l'entend.

Doreen n'avait aucune intention de rentrer dans ce débat. Elle ne pensait pas que quelqu'un pouvait avoir le dernier mot. De plus, dans une certaine mesure, elle était d'accord avec elle.

— Pourquoi était-il tellement contre cette idée ?

— Qui sait ? Je crois qu'une ex-petite amie attendait un bébé de lui et a avorté. Apparemment, ça l'a vraiment traumatisé. Alors, quand ma sœur est tombée enceinte, il a perdu la tête.

— De joie ou de colère ? interrogea Doreen, presque satisfaite d'entendre qu'elle avait raison.

À cette question, la femme se mit à rire.

— N'est-ce pas le dilemme ? *Verser une pension alimentaire ou élever un enfant ?*

— Eh bien, pour beaucoup, ce serait l'enfant, répondit Doreen avec sympathie.

— C'est ce qu'il souhaitait. Il mourait d'envie d'avoir son propre gosse. Surtout après avoir perdu le premier.

— Ça se comprend…

— Ma sœur a obtenu ce qu'elle désirait. Et dans le cas présent, elle ne voulait ni de lui ni du bébé, lui apprit Cecily en ricanant. Et il lui a fait payer pour ça aussi.

— Oh, mon…, alors ils ont rompu, il a fait demi-tour et l'a tuée ?

Elle tressaillit à cette idée, imaginant à quel point il avait pu ressentir de la colère et avoir le cœur brisé. Mais Doreen pouvait-elle faire confiance à Cecily ? Ou racontait-elle les mensonges qui l'arrangeaient ?

— Elle devait vraiment compter pour lui alors…

— En théorie, dit Cecily, se tournant pour remonter les escaliers. Le plus probable, c'est qu'il était juste inquiet de perdre quelque chose qu'il n'était pas prêt à laisser partir. Les hommes ont ce besoin de contrôler à chaque instant, et ils préfèrent être ceux qui rompent.

Doreen n'était pas sûre que ce soit toujours vrai. Il y avait un côté très catégorique et rebelle chez Cecily, comme si elle avait raison et que les autres avaient tort, ne laissant aucune place pour un terrain neutre.

La femme la dévisagea de haut.

— Je présume que vous ne vous entendiez pas bien avec

lui.

— Il n'était pas facile à vivre, expliqua-t-elle en secouant la tête. C'était un connard.

— Outch… La plupart des gens n'utilisent pas des termes aussi forts pour parler des morts.

— La plupart des gens ne disent pas la vérité. Pourquoi ne dirais-je pas au monde comment je me sens ?

— On dirait que vous le détestiez tellement que vous êtes contente qu'il soit décédé.

— Je le suis absolument, confirma-t-elle en riant. Et vu la façon dont ma sœur se comportait vers la fin, c'est la même chose pour elle.

— Que voulez-vous dire par là ?

— Elle a pris son parti, raconta-t-elle. Ça ne serait jamais passé avec moi. (Elle jeta un œil à Doreen, du haut des marches.) J'en ai déjà trop dit. Allez vous faire voir.

Et elle entra puis ferma la porte.

Doreen se tenant debout, les mains sur les hanches et quasi bouche bée, elle pouvait remarquer les rideaux qui cachaient Cecily de l'extérieur.

— En voilà une femme en colère, se plaignit-elle auprès de Mugs.

Le chien tirait sur sa laisse. Elle le promena sur le côté du bâtiment afin qu'il puisse faire une pause pipi. Elle songea que la femme serait encore plus énervée si elle laissait Mugs poser sa crotte dans le jardin. Mais elle disposait de sacs à déjections canines pour nettoyer au cas où. Elle nettoyait toujours derrière lui. C'était la moindre des politesses. Tout le monde ne s'en chargeait pas, mais elle, oui.

Elle attendit qu'il ait terminé son affaire, puis ramassa et chercha une poubelle. Mais il n'y en avait aucune. Cependant, il y avait celle du centre. Elle se dirigea vers elle et y jeta le sac.

À l'intérieur, elle découvrit une pile de notes sanglantes et des vêtements froissés en dessous. Elle leva les yeux vers le bâtiment, mais les rideaux étaient bel et bien fermés. Par pur instinct, elle utilisa des petits sacs comme des gants puis saisit les notes, les emballa, ramena le chien à la voiture et s'en alla.

Elle ne savait pas ce qui se passait, mais elle avait vu quelque chose : des traces de sang. Et beaucoup. Comme si quelqu'un s'était servi des papiers, probablement des habits aussi, pour se nettoyer. Mais nettoyer quoi ?

Cecily avait-elle aperçu sa sœur dans le jardin, avait-elle essayé de la sauver avant de rentrer à l'intérieur, car elle n'avait pas réussi ? Peut-être parce que Doreen était arrivée ? Ça n'avait aucun sens.

De retour chez elle, elle enfila une paire de gants, recouvrit la table de la cuisine avec un grand sac poubelle en plastique et regarda attentivement les notes. Tout chiffonnés, ils étaient excessivement tachés de sang. Mais celui de qui et pourquoi ? Elle plissa le front. Devait-elle contacter Mack ou ne pas le déranger ? C'était toujours difficile de savoir comment agir avec lui. S'il y avait des empreintes ou si le sang était celui de Celeste, comment s'était-il retrouvé sur les papiers puis dans la poubelle ?

Elle savait que cela mettrait Mack en colère ou le frustrerait, mais elle devait faire quelque chose. Elle l'appela.

— Je sais que c'est votre jour de repos et que vous ne voulez pas encore entendre parler de ça… se dépêcha-t-elle de se justifier.

— Que se passe-t-il ?

— Je suis retournée là où la défunte a été retrouvée. Je sais que vous refusez que j'interfère et je n'en avais pas envie, mais je me suis sentie obligée de m'y rendre et de peut-être trouver un moyen de rendre hommage à cette pauvre femme. (Elle soupira.) Mais ensuite, sa sœur est sortie du centre. Elle n'était *pas* amicale.

— Elle est légèrement agressive. C'est une féministe à la volonté forte et très obstinée. Et elle ne fait pas la timide pour vous signifier son opinion sur certains sujets.

— Exactement. Nous discutions, mais à la toute fin, elle a raconté que, premièrement, elle était plutôt ravie que le petit ami de sa sœur soit mort, et, deuxièmement, qu'elle l'était aussi pour celle de sa sœur qui commençait à se convertir aux croyances de son copain.

— Quoi ? Alors, maintenant, vous pensez que sa sœur aurait pu la tuer ? se moqua-t-il.

— Non, non. Ce n'est pas ce que je prétends… pas vraiment. (Elle cessa de parler puis fronça les sourcils.) Écoutez. Je ne sais pas ce que ça signifie, mais Mugs est allé faire ses besoins. Alors, j'ai nettoyé et j'ai jeté le sac dans la poubelle du centre. Quand je l'ai placé à l'intérieur, j'ai vu un paquet de papiers froissés et des bouts de tissu. Ils étaient imbibés de sang ! Cecily était rentrée et avait fermé les rideaux, alors j'ai essayé d'en attraper quelques morceaux pour les ramener à la maison.

Elle finit sa tirade si précipitamment que cela prit un moment à Mack pour répondre :

— Vous avez fait quoi ?

Elle grommela à voix haute.

— Je ne sais pas pourquoi j'ai fait ça, mais il y avait beaucoup de sang et… je veux dire, beaucoup, beaucoup de sang… comme si quelqu'un avait nettoyé après avoir tué Celeste.

Il soupira calmement.

— Et je suppose que vous avez ces papiers pleins de sang

avec vous, maintenant ?

— Oui, confirma-t-elle tristement. Ils sont sur ma table.

— Et vous aimeriez que je vienne et les récupère pour voir s'ils ont un lien avec l'affaire, c'est ça ?

Elle fit la grimace, car il ne semblait pas très content d'elle. Et pour une bonne raison. C'était son jour de repos, et il effectuait assez d'heures comme ça pour avoir en plus à gérer des quêtes futiles.

— Si ça ne vous dérange pas… souffla-t-elle d'une petite voix. Si vous constatez qu'elles n'ont aucun lien avec la mort de Celeste, alors je m'en excuserai. En attendant… il y a *beaucoup* de sang.

— Oh, bon sang de bonsoir ! (Il se calma puis dit :) Écoutez. Je ne suis même pas chez moi. Je ferai un saut d'ici vingt minutes, sur mon trajet pour aller chez ma mère. Je les prendrai au passage. Ou j'y jetterai au moins un œil.

Elle sauta sur ses pieds.

— Merci beaucoup !

Elle raccrocha. Tandis qu'elle fixait les notes, elle dénicha une étrange liste de pensées diverses gribouillées.

Ce serait bien d'avoir un enfant.

Ce serait chiant d'avoir un enfant.

J'adorerais savoir ce que ça fait d'être mère.

Je détesterais être mère.

Doreen secoua la tête.

— De toute évidence, quelqu'un avait l'esprit confus à propos de la parentalité.

Elle voulait lire le reste, mais savait aussi que Mack pouvait arriver à tout moment et qu'elle perdrait le tout. Alors, elle attrapa son téléphone et prit en photo chaque page. Elle n'envisageait pas que ces phrases cachent un réel mystère. Si elles étaient celles de Celeste, ça aurait du sens. Elle était de toute évidence embarrassée par son état et ce qu'elle désirait vraiment. Peut-être s'était-elle fait avorter avant de le regretter terriblement. Mais aucune explication ne serait apportée à ce sujet, puisque la femme n'était plus du tout en mesure de répondre à la moindre question et qu'aucune autopsie n'avait été pratiquée pour obtenir davantage de détails.

Mais Mack pourrait au moins déterminer à qui ce sang appartenait.

Quand Doreen eut fini de faire des clichés, elle rassembla les notes en pile, les enveloppant une fois de plus dans un sac à déjections, et mit son téléphone de côté afin que Mack n'ait aucune suspicion.

Elle entendit son véhicule s'avancer dans son allée. Il arriva sur les marches du porche et tambourina à la porte. Mugs aboya comme un chien fou vers la porte d'entrée. Elle l'ouvrit et regarda Mack.

— Si vous frappiez comme un être humain normal, Mugs ne ferait pas de crise cardiaque. Il vous reconnaît maintenant, mais quand vous êtes en colère comme ça, il n'est pas très content.

Mack se tenait avec les bras croisés sur son torse massif. Et pour ne rien arranger, Thaddeus le fixa et lâcha : « Saloperie. Saloperie. »

Mack tourna son visage vers le perroquet et répondit :

— Tu es une saloperie, Thaddeus. Saleté d'oiseau !

— Mack ! Ne parlez pas à Thaddeus comme ça ! Vous allez l'effrayer lui aussi.

Thaddeus se pencha en avant, toucha le nez de Mack avec son bec et causa : « Tu es une saloperie. »

Stupéfait, Mack regarda simplement l'oiseau lui lancer ses gros yeux perçants, puis il se mit à rire. Les larmes coulaient de ses yeux avant qu'il ne parvienne à s'arrêter. Il s'écroula sur le canapé ultra cher et observa la ménagerie autour de lui. Goliath, pour ne pas être en reste, sauta sur ses genoux, se sentant comme chez lui.

Mack dévisagea Doreen, impuissant.

— Qu'est-ce que je vais bien pouvoir faire de vous tous ?

— Patience, tolérance et bienveillance seront très utiles, dit-elle avec un sourire hésitant. Je sais que je suis vraiment pénible et que vous ne voulez pas me suivre dans mes hypothèses lorsque je me plonge dans ce genre d'histoires, mais c'est très dur pour moi d'en sortir.

— Montrez-moi ce que vous avez.

Il souleva Goliath et le garda dans ses bras tout en marchant vers la cuisine. Quand il découvrit les papiers, il s'arrêta sur place.

— Vous aviez raison. Ça fait beaucoup de sang.

Elle le regarda.

— En effet, et il y en avait encore plus dans la poubelle.

Il secoua la tête.

— Vous avez vu autre chose ?

— Des bouts de tissu, des chiffons de nettoyage ou peut-être des vêtements. Je ne sais pas ce que c'était.

Il soupira. Elle hocha la tête et lui tendit les notes ensanglantées emballées.

— J'irai là-bas pour vérifier la poubelle, annonça-t-il. Mais arrêtez de faire ça, s'il vous plaît.

— J'arrêterai.

Mais elle se retint de promettre. Elle l'observa tandis qu'il se retournait et partait sans ajouter d'autre mot.

Chapitre 22

Lundi, environ midi...

DOREEN ESPERAIT QUE la poubelle n'avait pas encore été ramassée afin que Mack puisse en extraire le reste des éléments qu'elle y avait découverts. Comme c'était le week-end, il y avait des chances qu'elle soit encore pleine. Mais si Cecily avait surpris Doreen en train d'en extirper les notes, alors elle était sûre que quelqu'un viendrait la vider, et rapidement.

Quand Mack lui téléphona vingt minutes plus tard, il confirma ses craintes.

— La poubelle est vide, dit-il en jurant à mi-voix.

— Évidemment qu'elle l'est. Elle m'a probablement vue et a décidé de la débarrasser elle-même.

— Nous ne savons toujours pas si ça a un lien avec l'affaire.

— Non. Mais, comme vous l'avez remarqué, il y avait beaucoup de sang. Mais trop peu pour quelqu'un qui se serait coupé une artère, découpé une jambe ou autre. Il y a des chances pour que ce soit lié à la mort de sa sœur – avec qui elle n'était plus en bons termes –, qui avait un petit ami, décédé également.

— Vous pourriez avoir raison, grommela-t-il. Mais sans mandat, je ne peux pas m'y rendre pour vérifier cette hypothèse.

— Aurait-elle emporté le contenu de la poubelle à l'intérieur ? Je veux dire, si vous y réfléchissez, ne s'attendrait-elle pas à ce qu'il y ait une perquisition ensuite ?

— La seule autre solution qu'elle ait pu envisager serait de les mettre dans sa voiture histoire de les jeter ailleurs, pensa-t-il.

— Je n'ai pas vu de véhicule quand j'étais sur place. Le parking est peut-être derrière.

— Il y a un parking. Mais je n'ai pas vérifié s'il y avait des voitures là-bas.

— Pourquoi n'y passeriez-vous pas, mine de rien ? lui conseilla-t-elle vivement. Regarder quels véhicules y sont garés, noter les plaques d'immatriculation, confirmer que l'un d'entre eux appartient à Cecily, et ensuite, peut-être que je la suivrai pour voir où elle va.

— Et pour faire quoi ? se moqua-t-il. Vous jouez de nouveau au détective amateur. Vous vous souvenez que c'est censé être réservé aux professionnels ?

— Oui, bon, les professionnels n'ont pas vérifié la poubelle qui était à proximité du corps.

— Je ne suis pas certain qu'elle s'y trouvait à ce moment-là, douta-t-il pensivement. Je ne le saurai pas tant que je ne serai pas retourné scruter les photos de la scène de crime.

— Oh là ! ce serait un rebondissement intéressant. Et si quelqu'un d'autre avait placé la poubelle dehors pour qu'elle soit ramassée ? Et pourquoi ?

— Difficile à dire. Peut-être l'a-t-elle sortie plus tôt, pensant que ça ne risquerait rien.

— Mais si elle est vide désormais, c'est que quelqu'un

s'en est chargé.

— Exact. Je vois du mouvement à l'intérieur. Bye.

Et il raccrocha.

Elle se rongea les ongles, inquiète. Puis, impatiente, elle observa ses animaux.

— Qui veut faire une balade en voiture ?

Thaddeus brailla : « Moi, moi, moi ! »

Mugs aboya, et même Goliath lui sauta sur les genoux.

Elle soupira.

— Je ne voulais pas vraiment dire tout le monde.

Mais c'était trop tard, elle l'avait proposé, alors maintenant, elle se sentait obligée d'aller jusqu'au bout. Elle ignorait à quel moment les animaux étaient devenus aussi importants que les gens à ses yeux, ni quand ses promesses à leur intention avaient acquis autant de valeur que celles faites aux gens, mais d'une manière ou d'une autre, c'était le cas.

Elle sortit pour se rendre à son véhicule, son téléphone portable à la main au cas où Mack rappellerait, puis elle chargea la voiture des bestioles. Comme toujours, Goliath prit le siège passager, provoquant presque Mugs pour se battre. Plus tard, Thaddeus sur son épaule, Doreen passa devant le jardin du centre du planning familial, où elle avait découvert le corps.

Fait intéressant, elle ne vit aucun signe de la voiture de Mack. La poubelle était toujours à l'endroit où elle l'avait trouvée auparavant. Elle entreprit le tour du bâtiment en voiture et se dirigea vers le parking, à l'arrière. Il était vide également. Mais une petite voiture rouge venait juste de partir par la sortie opposée. Avec une femme au volant.

Doreen n'avait pas remarqué ce véhicule avant ça, mais puisqu'elle l'observait, elle le vit se diriger au bout de la rue.

Intuitivement, elle tourna à droite et la suivit. Elle

n'avait aucun moyen de savoir qui était au volant, et évidemment, une fois de plus, ses pressentiments n'étaient que des suppositions aveugles.

Cependant, Thaddeus l'encourageait sur son épaule.

— Thaddeus, on ignore s'il s'agit de Cecily.

Il jeta un coup d'œil à Doreen et tenta de sauter sur son volant. Elle le chassa.

— Non, non, non.

Même Goliath se redressa et posa ses pattes sur le tableau de bord. Elle le dévisagea.

— Que vous arrive-t-il, à vous deux ?

Elle regarda dans le rétroviseur pour y remarquer Mugs en train de fixer dehors par la vitre derrière elle.

— Au moins, toi, tu es normal, blagua-t-elle.

Mais alors, il se tourna pour scruter vers le pare-brise, sauta sur l'accoudoir entre les deux sièges de devant et se mit à aboyer.

— Oh ! purée… J'en ai assez de tout ça ! Je n'arrive pas à penser, conduire prudemment et m'occuper de vous tous, maugréa-t-elle.

Elle essaya de calmer Mugs, mais il n'avait pas l'air de vouloir obéir. Elle stationna sur le bas-côté.

— Les gars, si vous n'arrêtez pas, je ne conduis plus.

Le boucan devint trois fois plus important. Elle appuya sur l'accélérateur et suivit de nouveau la voiture. Elle continuait de rouler lentement, selon la vitesse maximale autorisée. Louche, donc. Doreen dépassait toujours la limite autorisée de dix kilomètres-heure. Elle ne pouvait imaginer quelqu'un conduire si bien. Mais cette automobile rouge semblait maintenir l'allure de conduite parfaite. Si Doreen conduisait une voiture remplie de preuves tachées de sang et qu'elle ne voulait pas se faire arrêter par les flics, c'était ce qu'elle ferait également.

Tandis qu'elle était perdue dans cette réflexion, un véhicule se colla derrière le sien, beaucoup trop près. Thaddeus se retourna, brailla une fois, puis regarda de nouveau face à lui. Elle jeta un coup d'œil dans le rétroviseur.

— Oh, merde ! Les ennuis commencent, les gars.

Puis elle se mit à rire. Car si Mack s'était attendu à une chose, c'était que Doreen serait dans le pétrin. Si ce n'était pas dans l'immédiat, ce serait bientôt le cas. Elle continua de suivre le véhicule rouge, mais elle leva une main pour que Mack distingue son signe à trois doigts à travers la vitre arrière. Elle savait que ça ne ferait que l'énerver davantage, mais aucune importance. Il se trouvait que c'était l'un des actes qu'elle réalisait fréquemment sans même y réfléchir. De plus, ça la faisait sourire, alors ça ne pouvait pas être totalement mauvais.

Mack donna quelques coups de klaxon.

La conductrice de la voiture rouge comprit qu'elle était suivie. Qu'elle ait reconnu le véhicule de Doreen ou celui de Mack, elle écrasa la pédale d'accélérateur et tourna rapidement à droite à l'angle suivant.

Surprise, Doreen manqua presque de tourner, mais prit un large virage. Mack était sur ses talons. Mais désormais, on aurait dit que l'automobiliste devant elle tentait désespérément de fuir.

Elle roulait à tombeau ouvert, empruntant plusieurs virages à la suite comme si elle essayait de les semer, et Doreen faisait tout ce qu'elle pouvait pour la garder en vue, se demandant ce que faisait cette femme exactement. Pour sûr, elle agissait de façon plus que suspecte. Finalement, elle s'engagea dans un énorme parking, sauta hors de sa voiture et courut jusqu'à l'entrée du centre commercial.

Et Doreen put l'entrapercevoir. *Cecily.* Elle avait eu raison. Elle s'arrêta puis se gara à côté de sa voiture. Ce ne fut qu'à cet instant que Doreen prit conscience que ses mains tremblaient.

Elle savait que Mack allait la tailler en pièces pour ça. Mais, en même temps, elle devait découvrir ce que pouvait bien cacher cette femme. Peut-être était-elle simplement terrifiée. Doreen n'avait même pas pensé à ça. Peut-être que la simple vue d'une folle nommée Doreen, conduisant avec son perroquet sur son épaule, était suffisant pour effrayer Cecily et l'inciter à se réfugier dans l'endroit le plus fréquenté qu'elle pouvait trouver.

Et, sans surprise, un violent martèlement se produisit sur la vitre. Elle la baissa et ouvrit la bouche pour parler, mais Mugs et Thaddeus, et même Goliath, beuglèrent sur Mack tandis qu'il baissait les yeux vers elle.

La force du chahut le fit reculer de surprise. Mais pas longtemps.

Il se pencha de nouveau et exhorta :

— Vous pouvez calmer votre ménagerie ?

Elle ricana.

— Il y a peu de chance. (Mais les animaux s'apaisèrent malgré ses paroles.) De plus, ne devriez-vous pas être en train de lui courir après plutôt que de me parler ?

— D'autres flics sont sur le coup. Je voulais m'assurer d'avoir un entretien avec vous d'abord. (Il cracha les mots comme s'il était vraiment furieux.) Si nous n'étions pas dans un lieu public, je pourrais vous étrangler pour ce que vous venez de faire.

— Qu'est-ce que j'ai fait ? demanda-t-elle innocemment.

— Vous lui avez foutu les jetons. J'essayais de rester à distance pour voir où elle se rendait.

— Oh… Eh bien, moi aussi. Mais ensuite, je me suis dit que Thaddeus avait pu l'effrayer. Mais il est plus probable que ce soit vous, à me klaxonner. Pas très subtil, non ?

Mack lui lança un regard noir.

— Thaddeus ?

Elle haussa les épaules.

— Il a l'air plutôt étrange quand il se penche en avant comme ça. Lorsque j'ai essayé de m'arrêter ou de cesser de la suivre, les animaux sont devenus fous.

Cette fois, l'expression de Mack donnait l'impression qu'il croyait qu'elle se payait sa tête.

— Juré ! Vous m'avez vue me ranger sur le côté de la route une fois, non ?

Il acquiesça.

— Les animaux sont devenus fous, absolument dingues ! aboya-t-elle. Ce n'est pas ma faute si là, maintenant, ils ont l'air de créatures douces et innocentes.

Et ils l'étaient. Ils étaient tous simplement assis, observant les échanges entre Mack et Doreen.

Puis, Thaddeus sauta sur la vitre abaissée, leva le regard vers Mack et causa : « Salut, Mack ! »

Mack baissa les yeux vers lui.

— Waouh… Salut, Thaddeus. Quand as-tu appris à dire « salut » ?

« Salut. Salut. Salut. »

— Ne l'encouragez pas, s'il vous plaît, grommela Doreen.

Mais Mack ne la considéra pas.

— Alors, Thaddeus, si…

Là, le perroquet parcourut le bras de Mack jusqu'à son épaule. Au moment où elle pensait qu'il allait s'arrêter, il sauta sur le toit de la voiture de Cecily et glissa jusqu'au coffre. Doreen ouvrit sa portière.

— Thaddeus, descends de là !

Elle était pétrifiée à l'idée que ses pattes rayent la peinture et qu'elle soit poursuivie pour dommages.

Mais l'oiseau se contenta de marcher en cercle au sommet du coffre. Puis il se mit à chanter : « Corps dans le coffre. Corps dans le coffre. »

Mack grommela, Doreen poussa un cri de surprise. Plusieurs personnes en route vers leurs véhicules s'arrêtèrent pour observer. Elle leva les mains, paumes tournées vers le haut.

— C'est juste un oiseau un peu fou !

Une foule s'était cependant formée.

— Mack, je ne sais pas quoi faire.

— Eh bien, c'est vous qui avez commencé, grogna-t-il. (Il s'approcha du perroquet.) Viens, Thaddeus. Retournons à la voiture, mon pote. On te ramène à la maison.

Mais Thaddeus fuit ses mains. « Ouvre coffre. Ouvre coffre. Ouvre coffre. », cria-t-il.

Et pendant que Doreen ne regardait pas, Goliath sauta par la vitre et atterrit sur le toit de la voiture rouge, juste à côté de Thaddeus. Désormais, elle allait devoir contenir deux de ses animaux échappés. Le chat se tenait sur le coffre, sa queue se balançant vivement. Mugs, qui n'était pas en reste, poussa la portière qu'elle n'avait pas très bien refermée et se mit à courir autour du véhicule, aboyant comme un dingue.

Soudain, deux voitures de police s'arrêtèrent à côté d'eux.

Doreen se cacha le visage avec les mains.

L'un des officiers sortit du véhicule et demanda :

— M'dame, ces animaux sont à vous ?

— Oui, répondit-elle en hochant la tête. Je suis sincèrement désolée. Ils sont assez hors de contrôle, là, tout de suite.

Ensuite, Mack effectua un pas en avant.

— Hé, Stanley !

— Mack ?

— Ouaip, c'est moi, confirma-t-il après un long soupir.

Ils observèrent les animaux puis Doreen, et un large sourire fissura le visage de Stanley lorsqu'il la taquina :

— Alors, qu'est-ce que vous avez fait ? Trouvé un nouveau cadavre ?

De nouveau, Thaddeus se mit à chanter : « Corps dans le coffre. Corps dans le coffre. Corps dans le coffre. »

Le silence s'installa parmi la foule.

— Est-ce qu'il se passe ici ce qu'on croit ? demanda Stanley.

Mack secoua la tête.

— Honnêtement, j'en ai aucune idée. Y a juste un problème avec cet oiseau. En réalité, avec le chat et le chien aussi. De toute évidence, quelque chose les attire. Peut-être une odeur.

— D'accord, et on sait à qui appartient le véhicule ?

— À Cecily ! s'écria quelqu'un dans la foule. Elle tient le centre du planning familial.

Dans le brouhaha ambiant, on pouvait distinguer toutes sortes de suggestions sur ce que pouvait contenir le coffre.

— Peut-être qu'elle se trouve dedans. Morte.

— Peut-être qu'il contient un enfant mort.

— Hé, c'est peut-être un chat ! supposa quelqu'un d'autre. Peut-être que c'est juste un animal qui s'est approché trop près de la voiture et que c'est ce qu'ils sentent. C'est pas parce que l'oiseau parle que ce qu'il raconte a du sens.

Doreen ricana à cette parole.

— Ça, tu l'as dit ! gloussa-t-elle.

Chapitre 23

Lundi, tôt dans l'après-midi...

LES POLICIERS AIDERENT Mack à disperser la foule. L'un des gars se dirigea vers le centre commercial pour participer à la recherche de Cecily. Ils annoncèrent son nom au micro du magasin, lui demandant de retourner à son véhicule, mais, une heure plus tard, il n'y avait toujours aucun signe d'elle.

Mack regarda Doreen. Doreen dévisagea Mack, et les deux haussèrent les épaules.

— Qu'est-ce qu'il se passe ici ? demanda Stanley à Mack.

À voix basse, Mack leur raconta autant qu'il put.

Les deux officiers observèrent Doreen. Elle leva de nouveau les épaules.

— J'ai contacté Mack quand je l'ai trouvée, dit-elle.

— Vous auriez dû le prévenir quand vous y étiez, la réprimanda Stanley. Maintenant, la preuve s'est plus ou moins envolée.

— Et c'est la raison pour laquelle j'ai suivi la voiture, se justifia-t-elle. Pour voir si elle tentait de se débarrasser du reste de la poubelle.

Roberts, le partenaire de Stanley, intervint :

— J'appellerai le chef. Voir si on gagne quelques pistes pour savoir comment agir.

— Fais donc ça, déclara Mack dans un lourd soupir. Rien n'est jamais facile avec Doreen. L'affaire était déjà classée comme meurtre-suicide jusqu'à ce qu'elle s'en mêle.

Stanley hocha la tête, un léger rictus aux lèvres.

— Et qu'est-ce que j'ai entendu ? questionna-t-il en se tournant pour regarder Doreen. Vous avez motivé des amateurs de plongée sous-marine à faire une sortie mardi ?

Le regard de Doreen se posa sur Mack, puis sur ses pieds et les vieilles sandales qu'elle portait.

Mack se tourna lentement pour lui faire face.

— Doreen ? l'interpella-t-il d'une voix devenue menaçante.

Elle plissa le nez.

— Ils voulaient juste faire de la plongée…

— Ça, je n'en suis pas si sûr, dit Stanley, un sourire aux lèvres. Ils sont plutôt gonflés à bloc à cette idée. Ils cherchent quelque chose en particulier, à ce que j'ai entendu…

Dans un gémissement plaintif, elle laissa ses épaules s'affaisser. D'une manière ou d'une autre, elle avait espéré passer son mardi sans avoir à se justifier auprès de Mack. Elle aurait dû le souhaiter plus fort.

— Vous savez que Mack ne me laissera plus quitter ma maison, hein ? demanda-t-elle à Stanley.

— À ce qu'on dit, répondit-il, vous pouvez vous mettre dans un sacré pétrin sans même avoir à sortir de chez vous.

— N'est-ce pas la vérité ? questionna-t-elle, avant de se confier à Mack.

Il n'était pas ravi, mais lorsqu'elle expliqua sa théorie, il demeura calme et fut stupéfait.

— C'est vraiment bien pensé, admit-il. Je doute qu'ils

trouvent quelque chose, mais j'apprécie ce que vous avez entrepris dans l'intérêt de la famille. Personne n'a jamais envisagé ça quand on a parlé de cette affaire classée.

— Il n'y a absolument aucune raison qu'Henry Huberts, un homme sans passé criminel, ait enlevé le petit garçon à des fins malfaisantes. Je sais qu'il existe des pédophiles dissimulés, mais il y avait un truc dans cette histoire qui ne tenait pas la route. Quand j'ai découvert que son petit-fils, Josh Huberts, avait été accusé du meurtre de Celeste pour ensuite se suicider, j'ai vu ça comme un autre coup dur pour la famille. Si je pouvais aider à résoudre un de ces mystères, alors peut-être que ça leur faciliterait la vie.

Mack hocha la tête.

Roberts se tourna pour faire face à Doreen.

— D'ailleurs, n'êtes-vous pas celle à qui on a installé un système de sécurité ?

Elle sourit.

— Oui et merci pour ça, car, honnêtement, je peux désormais dormir la nuit.

— Rien ne l'a déclenché ?

— Non, même si je n'ai aucun espoir que ça continue ainsi maintenant que j'ai croisé mon visiteur à l'épicerie, plus tôt aujourd'hui. Je n'arrive pas à croire qu'il soit libre de circuler et de pénétrer dans ma maison encore une fois, commenta-t-elle sèchement.

— Je suis surpris que vous ayez laissé les lieux vides aussi longtemps pour suivre cette femme.

— Mais si elle avait quelque chose à voir avec ces deux décès…

— Alors, vous bossez pour la police maintenant ? la taquina Stanley avec un large sourire. Vous savez, comme nouveau membre de la société des détectives amateurs volontaires ?

— Oh, Seigneur ! Ne la menez pas sur ce terrain-là, dit Mack sans attendre. Roberts, vous avez mis la main sur le chef ?

— Il parle avec le procureur pour voir ce qu'on peut obtenir.

— Bien, lâcha Mack avant de se tourner vers Doreen. Vous êtes consciente que je ne laisserai pas passer ça.

— Vous savez quoi ? Je ne laisserai pas passer ça moi non plus, l'imita-t-elle en lui lançant un regard aussi noir que le sien. Vous n'aviez pas à me suivre, vous êtes au courant ?

— C'est au contraire ce que je devais faire ! cria-t-il.

À ce moment, Stanley hurla de rire.

— Vous deux, ensemble, c'est génial ! remarqua-t-il avec amusement. On dirait un vieux couple.

Doreen et Mack se tournèrent tous deux pour l'observer. Stanley, moqueur, leva les deux mains pour mimer une reddition, continuant de s'esclaffer avant d'aller rejoindre Roberts qui était de nouveau au téléphone.

Doreen se tourna vers Mack.

— Je ne sais pas ce qu'il y connaît en mariage, mais ça n'a rien à voir avec celui que j'ai connu.

— Vous n'étiez pas mariée, rétorqua Mack sèchement. Vous étiez esclave.

Elle le dévisagea et, après un long moment, lança :

— J'étais vraiment son esclave, hein ? murmura-t-elle d'une voix très basse et triste.

Toute l'agressivité de Mack s'évanouit.

— Hé, je voulais pas dire ça…

— Non. Mais vous deviez le penser, car c'est la vérité. Triste, mais vrai.

— Ne le prenez pas mal. Vous êtes libre maintenant.

Elle hocha la tête et pivota pour s'appuyer contre la voiture. Thaddeus, comprenant qu'elle n'allait pas le déplacer, sauta sur son épaule et frotta gentiment son bec contre son nez. « Esclavage. » causa-t-il juste une fois, d'une petite voix.

Elle lui caressa la tête.

— Voilà pourquoi tu ne vis pas dans une cage. Voilà pourquoi, comme Nan, je ne peux pas te confiner, d'aucune manière. J'ai passé quatorze ans dans une cellule dorée, mais une cellule néanmoins.

Elle effleura et câlina l'oiseau.

Goliath était de l'autre côté de Doreen. Il frotta son museau contre sa joue. Elle les cajola tous les deux, savourant le fait qu'à cet instant, alors qu'elle ressentait la douleur de tout ce qu'elle avait traversé, ils étaient là pour elle.

Elle leva les yeux en entendant le clic distinctif d'un appareil photo, s'attendant à voir un paparazzi. À la place, elle découvrit Mack. Elle le regarda avec surprise. Il tourna l'appareil afin qu'elle puisse voir l'image, et elle l'observa fixement avec enchantement, en voyant Thaddeus et Goliath, têtes tournées vers elle. Elle avait les yeux fermés et un petit sourire aux lèvres.

— Ouah… souffla-t-elle. C'est une photo vraiment spéciale.

— Je vous l'enverrai, confirma-t-il en hochant la tête avant de faire une pause. Vous avez peut-être été enfermée dans une prison dorée, reprit-il, mais vous avez offert une existence extraordinaire à ces deux-là. (Puis il baissa les yeux vers Mugs qui, comme à son habitude, était étendu aux pieds de Doreen. Mack sourit.) Vous avez probablement bouleversé cette ville, mais les animaux apprécient sans nul doute leur nouvelle vie.

Roberts revint vers eux et annonça :

— On va essayer une dernière fois de la retrouver. Si on n'a aucun signe d'elle d'ici une heure, on pourra ouvrir le coffre.

Mack hocha la tête.

— Entrez les gars, et aidez à la retrouver.

— Elle est déjà partie, affirma quelqu'un parmi les officiers, à deux rangées de là. Je l'ai vue sortir en courant de l'arrière du magasin. Elle n'avait pas l'air de vouloir revenir de si tôt.

Roberts hocha la tête en entendant ça. Mack marcha jusqu'à sa voiture, prit un pied de biche et revint.

Avant qu'il ne force le coffre, Doreen le regarda et suggéra :

— Vous ne voulez pas simplement le déverrouiller de l'intérieur ?

Les trois policiers les plus proches la dévisagèrent, s'observèrent, marchèrent jusqu'à la portière conducteur et, sans surprise, constatèrent que cette satanée porte n'était pas fermée à clé. En proférant des jurons, Roberts appuya sur le bouton d'ouverture du coffre, et celui-ci s'ouvrit.

— On apprécierait vraiment que vous ne parliez de ça à personne, dit Stanley.

Elle lui offrit un sourire désinvolte et esquissa un geste.

— Je ne le répéterai pas. Croyez-moi. J'aimerais que vous ne racontiez pas certaines choses également.

Il s'esclaffa et son regard tomba sur ce que contenait le coffre. Il s'arrêta de rire.

— Bon sang, ça fait un paquet de sang !

Il n'y avait pas seulement les vêtements tachés de sang que Doreen avait vus dans la poubelle, le tapis à l'intérieur du coffre en était complètement imbibé également. Elle soupira.

— C'est pour cette raison que je la suivais.

Mack acquiesça.

— Et c'est aussi pour ça que je la suivais. La différence entre nous, c'est que je suis flic, et pas vous.

Elle lui tira la langue.

— Dans ce cas, je dois rentrer chez moi, maintenant, c'est ça ? Et vous devez rester et travailler.

Elle leur lança un grand signe à tous, rassembla ses animaux et prit la direction de sa maison.

Plus tard cette soirée-là, Doreen passa en revue dix autres cintres de Nan, mais elle n'avait pas le cœur à ça. Elle brûlait encore de satisfaction à la suite de ses aventures du jour, bien qu'elle n'ait reçu aucune nouvelle de Mack. Désormais, elle doutait de son envie d'en obtenir.

Avec un peu de chance, ils identifieraient le sang comme étant celui de Celeste. Et alors, ils jetteraient de nouveau un œil sérieux à cette affaire. Doreen prit un livre, s'assit sur son lit, mais se sentit trop fatiguée pour cette activité. Elle redescendit l'escalier, fit un dernier tour des différentes pièces, vérifiant que tout était en place et s'assurant que l'alarme était enclenchée, puis revint à l'étage et s'écrasa dans son lit.

Chapitre 24

Mardi matin…

ELLE SE REVEILLA le matin suivant, le mardi, le jour pour préparer une omelette. Si Mack venait faire un saut, il valait mieux qu'elle se douche et s'habille. Il était déjà huit heures. Il serait là dans très peu de temps.

Mais une fois de plus, s'il avait travaillé sur cette affaire toute la nuit, il s'était probablement couché très, très tard. Cependant, elle ne prit pas de risque. Après une douche rapide, elle s'habilla et se rendit au rez-de-chaussée.

Une fois dans la cuisine, elle fronça les sourcils, ignorant si elle devait l'appeler pour savoir si elle devait préparer le petit-déjeuner ou pas. Elle n'en avait vraiment pas envie.

Elle rechercha la vidéo qu'elle avait réalisée de Mack en train de cuisiner l'omelette et la visionna de nouveau. Attentivement. Ça ne lui avait pas pris très longtemps, et il l'avait concoctée avec aisance. Elle se demandait si elle parviendrait à réussir la préparation. Il fallait qu'elle apprenne à le faire. Cela supposait-il d'avoir Mack à ses côtés ? Il n'y avait pas vraiment de bonne ou de mauvaise décision, mais elle avait l'impression de le trahir s'il n'était pas là pour lui montrer. De plus, elle n'était pas trop pressée. Elle ne voulait juste pas tout faire foirer.

Elle ne comprenait pas la relation qu'elle entretenait avec Mack, mais, en prenant en compte les commentaires des autres policiers, elle supposa qu'il y avait déjà pas mal de bavardage à leur sujet. Il était difficile de ne pas se demander si cela dérangeait Mack.

En ce qui la concernait, elle s'en fichait. Mack était un ami, et elle était fière de pouvoir le considérer ainsi. Surtout avec la folie qu'était sa vie.

Elle désamorça le système de sécurité des portes de devant et de derrière, attrapa une tasse de café et appela les animaux.

— Venez ! Allons un peu dehors, les gars. Prendre un peu d'air frais et tout ça.

La porte arrière grande ouverte sur cette belle matinée, tous ses compagnons foncèrent hors de la maison avec elle. Elle rit à leurs singeries, car ils étaient trop mignons. C'était chaotique, mais bon, elle en profitait aussi.

Elle descendit les marches jusqu'au jardin et flâna, regardant ce qui pourrait en sortir. C'était un terrain mystérieux. Nan se souvenait d'un tas de plantes et de l'endroit où elle les avait placées. Doreen elle-même en reconnaissait beaucoup qui étaient déjà sorties. Mais plusieurs annuelles étaient encore à peine florissantes et en feuillaison. Les rudbeckies hérissées n'étaient pas encore apparues. Il y avait l'échinacée, autant qu'elle pouvait en juger au feuillage, mais, sans les fleurs mauves écloses, elle n'était pas très sûre. Elle n'en avait pas beaucoup vu auparavant, mais elles ressemblaient à quelque chose qui pourrait totalement lui plaire.

Elle rentra à la maison presque une heure plus tard. Elle revérifia sa montre en se dirigeant vers la cafetière et se versa une seconde tasse.

— Je peux finir cette cafetière toute seule puis en mettre une autre en route lorsqu'il arrivera, ou je peux laisser un fond dans celle-ci. Mais s'il ne vient pas avant dix heures, ce sera vraiment méchant de sa part.

— Vous parlez toujours toute seule ? interpella une voix étrangère derrière elle.

Une voix étrangère et pourtant… pas tant que ça. Elle se tourna très lentement pour découvrir Cecily, tenant un revolver Bulldog à la main. Doreen inspira profondément.

— Est-ce que c'est l'arme dont vous vous êtes servie pour tuer votre sœur et son petit ami ?

— *Mon* petit ami, vous voulez dire ! répondit-elle. Enfin, une partie du temps.

Doreen vacilla contre le comptoir.

— Oh, merde !

Alors, elle avait eu raison. Ouah… Pauvre Celeste.

— Ah, je vois que vous ne savez que dalle, enchaîna Cecily.

— Et je ne comprends pas cette phrase. Pourquoi tout le monde parle de dalle ? Ça n'a aucun sens. Ça a un rapport avec la plaque qu'on pose au sol ou la faim ? taquina Doreen d'un ton amusé.

Son regard était posé sur le flingue alors que son esprit tentait de trouver un moyen de sortir de ce cauchemar.

— Mais de quoi vous causez bon sang ? Vous êtes dingue en vrai ?

— Qu'est-ce que ça veut dire ? Être dingue en vrai et ne pas l'être en vrai ? la provoqua Doreen. Je suis confuse. Je ne comprends vraiment pas la question.

Le visage de Cecily se modifia, passant de sympathique à interdit, puis énervé.

— Assez plaisanté. Je n'ai pas envie d'entendre ce genre

de conneries de votre part.

— Que voulez-vous ? Vous avez pénétré dans ma maison, pointé un flingue sur moi. Je n'ai rien à voir avec vous ou votre vie. Pourquoi en avez-vous après moi ?

— Parce que tu es l'idiote qui est en train de foutre ma vie en l'air ! Toi et tes animaux ! Vous m'avez détruite !

— Pourquoi, quand quelqu'un distille le mal et qu'il est attrapé, il se retourne pour blâmer un autre ? Je ne vous ai rien fait ! Rien de tout ça n'est ma faute et vous n'avez pas à me faire porter le chapeau !

— C'est *ta* faute ! Et tu porteras le chapeau parce que tu n'avais rien à voir avec le centre. Alors, c'est ta responsabilité. Si tu ne fourrais pas ton nez là où il ne faut pas…

— Étant donné que j'ai trouvé le corps de votre sœur là-bas, je dirais que j'ai beaucoup à voir avec le centre, rétorqua sèchement Doreen. Au moins, quelqu'un s'est préoccupé de ce qui était arrivé à votre pauvre sœur. Qu'aviez-vous prévu ? De la laisser pourrir là, dehors ?

— Je voulais appeler. Mais je n'en ai pas eu l'occasion. Je me souciais d'elle, pas toi. Tu ne l'as même jamais rencontrée.

— Dois-je avoir connu chaque femme assassinée pour comprendre qu'elle comptait ? demanda Doreen, stupéfaite. Ça n'a aucun sens pour moi. Mais je suppose que pour quelqu'un qui a tué sa propre sœur, ça revêt une signification tordue.

— Elle n'était pas ton problème, et tu n'avais pas à t'en mêler.

— Elle n'était pas un problème tout court, enchérit Doreen. C'était une jeune femme avec toute la vie devant elle. Et de toute évidence, elle était dynamique et passionnée. Vous lui avez enlevé tout ça.

— Oh ! c'était une passionnée, fort bien. Toujours à propos des putains de mauvais sujets. Quelqu'un devait garder la tête froide, posée et organisée, grogna-t-elle.

— Je suis confuse, dit Doreen. Qu'aviez-vous donc contre votre sœur qui justifie de la tuer ?

— Que penses-tu du fait qu'elle aidait son petit ami à faire fermer mon centre ?

— Alors, Josh était son petit ami, finalement… pas le vôtre ? s'étonna Doreen, perdue.

Elle devait continuer de faire parler Cecily, mais c'était assez difficile, car elle essayait encore de trouver comment inciter cette femme à poser son arme.

— Il jouait avec nous deux, expliqua Cecily de façon méprisante. Je me disais que si ma sœur pouvait le voir tel qu'il était vraiment, elle le larguerait.

— Alors, vous l'avez séduit pour ruiner leur relation ? Quel genre de femme, bien moins qu'une sœur, êtes-vous ?

Elle ne pouvait imaginer un truc pareil.

— Quel genre de femme es-tu, toi ? demanda Cecily. Tu n'as même pas besoin de travailler. Tu traînes, tu te pointes chez les gens, tu sèmes le trouble et le chaos partout où tu passes. Et ça, là ? Voilà ce qui arrive. Tu te mêles des affaires des autres parce que tu t'ennuies. Il te faut un homme, ricana-t-elle. Si tu savais quoi faire avec.

— J'ai été mariée pendant quatorze ans, répondit calmement Doreen. Alors figurez-vous que je sais.

— Oui, mais tu vois, le mot-clé ici… Tu *as été*. Alors, si tu avais su faire ton boulot, tu le serais toujours.

— Oh ! d'accord… C'est intéressant. Parce que, selon vous, le mariage est un boulot. Je ne l'ai jamais considéré comme tel. Alors, quitter un travail, c'est ce que représente un divorce pour vous ? gloussa-t-elle. C'est une idée passionnante du mariage. Je ne suis pas sûre qu'elle soit similaire à celle que s'en font les hommes, à moins qu'un divorce équivale pour eux aussi à quitter leur job ? Bien que je ne pense pas que vous vous souciiez vraiment du point de vue des mecs, si ?

— Cette conversation est stupide. Je suis venue ici pour régler les derniers détails, et tu es l'un d'entre eux.

— Vous n'avez rien à régler avec moi, rétorqua doucement Doreen. Vous avez déconné, et la loi est contre vous. Il n'y a aucun délai de prescription concernant les meurtres. Ils vous trouveront, que vous le croyiez ou non, même si vous quittez la ville maintenant. Ils vous poursuivront et vous débusqueront. Ça pourrait prendre dix ans, peut-être vingt. Vous pourriez même fuir pendant cinquante ans si vous avez de la chance. Mais le cœur du problème, c'est que vous passeriez tout ce temps-là à regarder par-dessus votre épaule, et qu'ils pourraient toujours vous choper.

— Alors, ça n'a aucune importance.

— Vous avez déjà tué deux personnes, affirma Doreen. Ce n'est pas comme si le petit ami de votre sœur l'avait assassinée. *Vous* l'avez tuée. Puis vous avez abattu Josh et fait en sorte que ça ait l'air d'un meurtre-suicide.

Cecily la dévisagea.

— Comment as-tu pu deviner ça ? Ce n'est pas comme s'il y avait eu des témoins.

— Non… mais quelqu'un a *entendu*.

— De quoi tu parles ?

— Voyez-vous… j'ai entendu quatre coups de feu. Deux, une petite pause, puis deux autres. Et, avec cela en tête, il était peu probable que ce soit un meurtre-suicide. Et cette maison en ruines ? Pourquoi s'y trouvaient-ils ? Ça ne leur ressemblait pas.

— De quoi tu parles ? Bien sûr que c'était un meurtre-suicide ! Deux tirs plus deux tirs. Et pour ce qui est du lieu, Josh venait d'acheter ce trou à rats. Il le retaperait, disait-il. À d'autres ! Et tellement pas le style de ma sœur. Elle n'a jamais été faite pour cet endroit, pas même le temps d'une minute. Deux balles chacun. Qu'est-ce qu'il y a de mal à ça ? Il n'avait pas à se suicider tout de suite. Il a probablement tiré deux fois, en guise d'avertissement, puis deux autres fois pour la tuer. Qui peut savoir ce qu'il y avait dans sa tête à ce moment-là ?

— Sauf que la police scientifique n'a pas trouvé d'autres impacts de balle.

En tout cas, elle n'avait pas entendu Mack mentionner le contraire. Elle savait que Cecily les avait tués tous les deux, mais le lui faire admettre serait compliqué… ou peut-être pas. En douceur, Doreen réorienta la conversation sur les actes de Cecily.

— Si vous les aviez laissés là où ils étaient tombés, personne n'aurait joué au plus malin. Mais pour je ne sais quelle raison, après les avoir abattus tous les deux, vous avez ressenti le besoin de déplacer le corps de votre sœur.

Cecily resta à regarder Doreen pendant un long moment avant de hausser nonchalamment les épaules.

— Je devais la déposer là où tout avait commencé, répondit-elle lentement. C'est aussi ce qu'aurait fait Josh s'il l'avait tuée. Je devais marquer le coup et la ramener à la maison. Deux motivations en une. Et je devais faire en sorte que ça ressemble à un meurtre de la main de Josh.

— Bien sûr.

Doreen hocha lentement la tête, à la fois reconnaissante et inquiète que Cecily ait admis ses actes. De toute évidence, elle ne la considérait pas comme une menace, mais elle avait prévu de s'assurer qu'elle ne serait plus en vie pour répéter tout ça.

Elle entendit la porte de devant s'ouvrir doucement. Tant que ce n'était pas le cas de Cecily, c'était une bonne nouvelle. Doreen pouvait espérer qu'il s'agissait de Mack, mais elle ignorait si Cecily avait opéré seule.

— C'est pour cette raison qu'il y avait tant de sang sur les papiers et le tissu. Il provenait de vos vêtements, n'est-ce pas ? Je suppose que votre sœur n'a pas été facile à déplacer.

— Non, en effet. J'ai toujours été la plus forte et la plus grande de nous deux, alors je pensais pouvoir m'en charger beaucoup plus facilement que ce ne fut le cas. J'ai failli la faire tomber, et j'ai fini par la tirer par la nuque, au jardin. Après ça, je n'y ai même plus pensé. Je me suis simplement changée, et j'ai jeté les vêtements couverts de sang dans la poubelle.

— Mais vous avez oublié qu'il n'y avait pas de ramassage des ordures le week-end…

— J'ai loupé celui du vendredi.

— Et donc les habits pleins de sang se trouvaient toujours dans la poubelle.

— Est-ce que tu fouines toujours dans la poubelle des gens ? demanda Cecily, indignée.

— J'agissais en tant que bonne citoyenne, éluda Doreen en faisant un geste de la main.

Le flingue se redressa.

— Du calme. J'expliquais juste mon acte. Je suis allée là-bas pour rendre hommage à votre sœur, et Mugs a dû faire sa commission. Et dans ces cas-là, il ne fait pas dans le détail. J'avais des sacs à déjections. J'ai nettoyé, mais je ne voulais pas prendre le sac avec moi dans la voiture, alors je l'ai apporté jusqu'à la poubelle. En l'ouvrant, tout ce que j'ai pu voir, c'étaient des papiers tachés de sang. Et si vous vous y connaissez un peu en sang, ajouta-t-elle calmement, vous saviez qu'il y en avait beaucoup. C'était bien plus que ce qu'aurait occasionné un saignement de nez ou une petite coupure. C'était du sérieux. Et il était probable que ce soit le sang de votre sœur, qui était morte dans la maison délabrée… Lui avez-vous dit au revoir au moins ? Ou l'avez-vous juste laissée allongée là à se vider de son sang pendant que vous étiez en train de rire ?

— Je lui ai dit au revoir. Tu crois que c'est ce que je souhaitais ? Évidemment que non ! Elle était la seule parente que j'avais !

— Oh ! je suis vraiment ravie d'entendre ça.

Cecily la dévisagea avec surprise.

— D'entendre quoi ? Que ma sœur était ma seule parente ?

— Oui, car si vous aviez encore une mère, elle souffrirait déjà de la perte de l'une de ses filles. Ensuite, elle aurait subi un autre choc en apprenant que son autre fille en était responsable, et elle aurait alors perdu la seconde également.

— Je suis la plus âgée, rétorqua sèchement Cecily. Je suis la première.

Doreen eut un lent hochement de tête.

— D'accord, comme vous préférez.

— Et je n'irai pas en prison.

— Si vous étiez juste entrée, m'aviez tuée et étiez partie, j'aurais davantage foi en ces paroles.

— Pourquoi ? Je devais savoir comment vous aviez deviné.

— Ce n'était pas si dur. Réfléchissez-y. Vous avez merdé à propos de la poubelle, ricana Doreen, pas certaine de savoir pourquoi elle piquait la mauvaise humeur de Cecily. De plus, maintenant que vous savez, vous n'avez toujours pas appuyé sur la détente.

— Je me prépare à le faire, grogna Cecily. Mais il me faut tout ton argent.

— Mon argent ? rit Doreen. Je n'en ai pas. Pas du tout.

— Mais tu en as forcément. Tu n'as pas de boulot. Tu vis dans cette maison, toute seule. Et selon les rumeurs, tu possèdes des antiquités. Alors, arrête de jouer et donne-moi tout ton fric.

Doreen se pencha en avant.

— Tu as entendu parler des antiquités ?

Cecily désigna l'arme.

— Tu es quoi, une idiote ? Dès que tu fais quelque chose dans cette ville, évidemment que tout le monde est au courant.

Doreen observa le revolver. Le temps filait. Et Cecily serait encore plus énervée qu'elle ne lui laisse aucun argent. Elle avait cru avoir entendu la porte s'ouvrir et Mack entrer, mais aucun signe de lui.

C'est alors que Thaddeus, qui s'était jusqu'à présent trouvé sur le comptoir de la cuisine, sauta sur la table pour se lisser les plumes.

Cecily regarda l'oiseau avec dégoût.

— Comment tu peux vivre avec ce truc ? Ça ne fait que chier partout.

— Il est plutôt bien éduqué, dit Doreen joyeusement. Il a quelques endroits qu'il utilise comme lieux d'aisance, mais, en dehors de ça, il ne chie que sur certaines personnes.

— Il chie sur les gens ? demanda Cecily en reculant.

— Il a son petit caractère, parfois. Et il aime déféquer sur ceux qui ont des comportements de merde aussi, nargua Doreen en riant sottement.

Elle ne savait pas combien de temps elle pourrait continuer ainsi. Son œil était toujours vigilant, attendant sa chance. Mais Cecily était trop loin d'elle. Si Doreen essayait de frapper sur sa main pour lui faire lâcher l'arme, elle serait probablement touchée durant le processus.

C'est alors que Thaddeus sauta sur l'épaule de Cecily. Elle cria.

— Éloigne-le de moi ! Éloigne-le de moi !

— Je ne m'en ferais pas à votre place, indiqua Doreen. Il n'a pas fait sa crotte ce matin. Il est sûrement à la recherche de l'endroit parfait.

Cecily cria encore plus fort et frappa brutalement l'oiseau avec sa main.

Thaddeus laissa échapper une plainte tandis qu'il dégringolait de son épaule jusqu'au sol. Parce qu'il ne volait pas très bien, c'était d'autant plus difficile pour lui d'amortir sa chute. Mais dès qu'il toucha le sol, Goliath grimpa sur la cuisse de Cecily, miaulant d'indignation. Mugs aboya, s'emmêlant dans ses jambes. Elle portait de hauts talons, ce qui impressionnait vraiment Doreen, car c'étaient des instruments de torture qu'elle ne tolérait que pour quelques heures en soirée. Mais en journée ? Pas question. Enfin, plus depuis que son futur ex-mari n'était plus là pour la forcer à en porter.

Elle observa, fascinée, Mugs faire un croche-pied à Cecily et Goliath essayer de grimper, à l'aide de ses griffes, de sa cuisse à sa taille, en les enfonçant bien pour s'agripper fermement. Et ce n'était pas un poids plume.

Cecily hurla comme si on l'attaquait.

Quand Mack attrapa le flingue de la main de Cecily, elle ne le remarqua même pas. Elle poussa un cri strident et s'en prit à Goliath, tout en frappant ce pauvre Mugs. Mais

Goliath riposta de la plus belle des manières. Alors qu'une main s'approchait de lui, il se tendit vers le haut et mordit fermement son doigt. Ses hurlements se transformèrent en sanglots de douleur, et Mugs lui asséna un gros coup au derrière puis sauta, plaçant ses deux pattes à l'arrière de ses genoux. Elle chuta, tomba en avant, s'écrasant violemment au sol et braillant.

Mack tenant en joue Cecily, Doreen tenta de calmer Goliath.

— Hé, Goliath. Tout va bien, mon cœur. Détends-toi. Elle n'a pas blessé Thaddeus.

Elle jeta un coup d'œil à ce dernier, espérant dire vrai.

Thaddeus s'ébouriffa les plumes, s'assit au sommet de la table, baissant les yeux vers la femme qui l'avait envoyé valdinguer, comme si elle méritait tout ce que ses amis lui avaient infligé.

Finalement, grâce à une forte pression sur sa mâchoire, Doreen força Goliath à relâcher sa prise sur le doigt de Cecily. Celle-ci posa sa main sur sa poitrine, pleurant comme si elle avait le cœur brisé. Ou peut-être le doigt.

Doreen pensa que les deux étaient possibles. À un moment, cela ferait prendre conscience à Cecily qu'elle avait tué sa propre sœur. C'était une chose de commettre un tel acte sous le coup de la rage, et une autre de le faire par méchanceté. Éventuellement, la réalité aurait pu rattraper Cecily : elle était désormais seule au monde et son futur n'avait pas l'air très brillant.

Doreen se redressa pour taper dans la main de Mack.

Quand leurs mains cognèrent et s'éloignèrent, il déclara :

— Vous savez quoi ? Mon instinct m'avait conseillé de ne pas frapper. Je pressentais que vous étiez dans le pétrin, déjà très tôt ce matin. Apparemment, aucun jour n'est serein pour vous.

Elle lui adressa un grand sourire.

— Vous voyez ? C'est sûrement grâce aux animaux tout ça. Ils vous ont probablement envoyé des messages d'alerte.

Il la regarda fixement. Elle rit.

— Je blague. Je me suis dit que vous aviez faim.

Il pointa Cecily du doigt.

— Je n'arrive pas à croire qu'elle les ait tués tous les deux.

— Vous écoutiez pendant tout ce temps ? demanda Doreen.

Il montra son téléphone.

— Et vous m'avez appris la leçon. J'ai tout enregistré.

En entendant ça, Cecily fondit encore plus en larmes et se mit en position fœtale sur le sol.

— Vous feriez mieux d'appeler un cuirassé pour venir récupérer votre prisonnière, suggéra Doreen. Je crois que nous venons de mettre les menottes à une double meurtrière.

Mack observa Doreen et lui sourit.

— Merci pour ça.

— Merci d'être venu à mon secours, répondit-elle. Je suis contente de résoudre vos affaires, tant que vous continuez de sauver mes pauvres petites fesses.

À ces paroles, il explosa de rire.

— Marché conclu !

Chapitre 25

Mardi, fin de matinée…

MACK RETOURNA DANS la cuisine à 11 h 30, retira sa veste, la plaça au dos d'une chaise et dit :

— Maintenant, j'ai faim. Où est l'omelette ?

Doreen rit.

— J'ai visionné cette vidéo trois fois. Je ne suis toujours pas certaine de savoir comment faire.

— Venez, approchez, l'invita-t-il. Ce n'est pas difficile.

Sous son œil attentif, elle coupa soigneusement le bacon en tranches, mettant cinq fois plus de temps que lui la veille. Chaque fois qu'elle essayait de s'excuser, il balayait d'un geste de la main.

— Oubliez ça. Bien le faire dès la première fois, c'est ne pas endurer la courbe d'apprentissage éternellement. Vous irez plus vite au fil du temps.

En sentant les oignons et le bacon en train de mijoter — et ça avait été quelque chose d'allumer le brûleur et de le faire monter en température ! —, Doreen pensa que c'était la meilleure invention depuis le beurre de cacahuètes. Elle ajouta les champignons puis Mack lui expliqua comment brouiller des œufs, pour qu'elle puisse le faire ensuite. Elle retira alors tous les ingrédients de la poêle, cassa les œufs, les mélangea vigoureusement et, une fois cuits, disposa le reste des ingrédients sur le dessus, avec du fromage râpé. Puis elle regarda Mack.

— Maintenant, prenez la spatule et pliez doucement l'omelette en deux.

Sachant que c'était une sorte de premier test de ses compétences en cuisine, elle fit doucement glisser la spatule sous l'un des côtés et fut totalement ébahie lorsqu'il se leva sans rester collé. Puis elle le replia avec délicatesse. Et c'était franchement d'un beau doré sur la surface.

Mack attrapa le couvercle et le lui tendit. Elle le laissa tomber lourdement et lui grimaça un sourire.

— J'ai réussi ! cria-t-elle.

— Presque ! C'est facile d'être trop sûr de son coup maintenant, mais de quand même réussir à la brûler.

Le regard de Doreen se baissa sur la poêle.

— Combien de temps je la laisse comme ça ? (Elle se mâchouilla la lèvre inférieure.) Parce que je jure que je ne veux pas tout gâcher maintenant.

— Ne vous inquiétez pas, dit Mack. Accordez-lui peut-être trente secondes de plus. Je vais dresser la table.

Il apporta les assiettes, couteaux et fourchettes.

Lorsque Doreen acheva son décompte des trente secondes, elle souleva le couvercle et soupira de contentement.

— Comment êtes-vous parvenu à la mettre sur la planche sans la démolir ?

— Vous pouvez la couper dans la poêle, suggéra Mack, si c'est plus facile. Prenez la spatule, trouvez le milieu et poussez, en séparant doucement.

Décidant que c'était probablement plus simple, elle suivit son conseil et, bien vite, elle obtint deux larges parts d'omelette. Les sortir de la poêle et les disposer sur les assiettes prit un peu de temps, mais, une fois fait, Doreen n'aurait pu être plus fière. Elle se tourna, soupira et lui en tendit une.

— Le brunch est servi !

Il rit et déposa un baiser sur son front.

— Je serai ravi de le manger.

Ils s'assirent et apprécièrent leur repas. Elle n'arrivait pas à y croire.

— Ça a le goût d'une omelette. (Elle en avait presque les larmes aux yeux. À la place, elle prit une douzaine de photos.) Je les envoie à Nan. Elle sera trop contente pour moi.

Dès qu'elle l'eut fait, Mack vérifia et dit :

— Vous vous rendez compte que vous avez envoyé des photos de nos deux assiettes, hein ?

Elle leva les yeux vers lui et répliqua :

— Oui, bien sûr. Je les ai préparées toutes les deux. (Elle était confuse.) Pourquoi ? Ça veut dire quoi ?

Le regard de Mack s'illumina.

— Rien. Excepté que ça pourrait attiser sa tendance à parier sur notre vie amoureuse. Maintenant, elle saura que j'étais ici ce matin aussi.

Doreen s'affaissa sur place.

— Oh, non ! Qu'ai-je fait ?

Mack se mit à rire.

— Ne vous inquiétez pas pour ça. C'était la leçon de cuisine numéro un, et vous vous en êtes très, très bien tirée.

Elle se frotta les mains, tout sourire.

— Vous l'avez cuisinée plus rapidement et avez intégré plus de choses dans la vôtre. Mais je me suis servie de la cuisinière. (Elle sauta sur ses pieds pour revérifier que la cuisinière était éteinte et lui donna une petite tape.) Bien joué, Doreen.

Chapitre 26

Mardi, en milieu d'après-midi...

IL ETAIT MAINTENANT deux heures. Après que Mack eut embarqué une Cecily armée, les journalistes avaient, d'une manière ou d'une autre, découvert que Doreen avait été menacée par le canon d'un pistolet chez elle, par la même personne qui avait assassiné les deux récentes victimes de la ville.

Les médias arrivèrent dans une irritante avalanche.

Par défi, Doreen avait pris quatre chaises de jardin et les avait placées sur le trottoir en face de sa maison.

— Si vous devez attendre ici, autant que ce soit confortable.

Quand l'heure fut venue de superviser la plongée sous-marine, Doreen sortit en douce par l'arrière. En arrivant sur le site, elle observa la plage, découvrant le nombre de personnes présentes. Elle marcha jusqu'à Nathan.

— Je suis tellement désolée, déclara-t-elle. D'une façon ou d'une autre, la rumeur s'est répandue.

Il lui tapota la main.

— Ne vous en faites pas. Ça vient probablement de moi. Je veux dire... on a peu de chance de trouver quelque chose, mais c'est une sacrée bonne idée. On aurait dû tenter ça y a longtemps. Que vous soyez celle qui y a pensé a contribué à renforcer votre réputation en ville.

Elle soupira.

— Je n'ai pas cherché à avoir une réputation, vous savez ?

Il rit.

— Et vous découvrez ainsi que c'est de ça que sont constituées les renommées. Ce n'est pas quelque chose qu'on essaie d'acquérir, mais qu'on obtient. Je suis ravi de constater que vous n'avez pas été blessée dans votre attaque de ce matin.

— Honnêtement, je crois que Cecily a plus été agressée par les animaux que je n'ai été menacée par elle, confessa Doreen. Goliath lui a mordu la main et Mugs l'a fait tomber, car elle a frappé ce pauvre Thaddeus.

Nathan tendit le bras et toucha les ailes du perroquet.

— Est-ce qu'il va bien ? s'enquit-il, soucieux.

Thaddeus ouvrit son bec : « Thaddeus va bien. Thaddeus va bien. »

Nathan rit.

— Comme il doit enjoliver votre vie, souffla-t-il avec envie. C'est vraiment une relation remarquable que vous entretenez avec eux.

— En effet. Et vous avez raison, ils ont égayé mon existence. Elle paraissait si solitaire avant, et ces trois-là, désormais, font partie intégrante de ma vie.

C'est alors que Mugs se mit à aboyer. Ils regardèrent vers l'étendue d'eau pour observer les plongeurs remonter.

— Vous pensez qu'ils ont trouvé quelque chose ?

— On a mis en place un signal. Vert signifie qu'ils ont découvert quelque chose et bleu signifie qu'ils sont bredouilles.

— Ils sont plutôt loin… à cette distance, le vert et le bleu doivent se ressembler.

— Oh ! je ne crois pas. Vous devriez le constater d'ici une minute.

Peu de temps après, quelqu'un brandissait un grand panneau vert sur le bateau.

Autour de Doreen, la foule applaudit.

Sa main atterrit sur sa bouche et elle s'exclama :

— Oh, mon… Je n'ai jamais cru que je pouvais avoir raison.

— Eh bien, ma chère, on dirait que vous n'aviez pas seulement raison, mais que vous venez d'épargner davantage de chagrin à deux familles. Merci… Merci d'être venue à Kelowna. J'aimerais beaucoup être impliqué dans les mystères qui se retrouveront entre vos mains, dit-il en riant. C'est infiniment divertissant de vous avoir comme amie !

Il glissa la main de Doreen dans la sienne et ils marchèrent jusqu'au bord de la plage.

La foule déferla autour d'eux et, sans surprise, sur la plage où se trouvaient les policiers et Mack. Il se tourna pour regarder Doreen, tendit la main. Elle la saisit, et il l'attira un tant soit peu vers lui. Elle se demanda si ça avait quelque chose à voir avec Nathan à ses côtés, mais ils avancèrent tous les trois côte à côte.

— Vous avez réalisé une chouette action aujourd'hui, avoua-t-elle à Mack, des larmes dans ses yeux et un sourire sur son visage.

— Pour ça, on doit remercier Nathan.

— Mes amis plongeurs sont descendus avec quelques autres que Mack a engagés, expliqua Nathan. Ils ont utilisé mon bateau, mais vous, Doreen, êtes celle qui les avez trouvés. Vous avez deviné où ils étaient. Et pourquoi.

Elle leva les yeux vers Mack.

— Est-ce que les plongeurs peuvent les remonter ?

— Deux des plongeurs là-bas sont des policiers. Ce sont des spécialistes en recherche et sauvetage, ainsi qu'en extraction, répondit-il. S'il y a un moyen de les sortir du lac, ils le feront. (Il se tourna pour regarder vers l'étendue d'eau.) Pour ce qui est du fourgon, je ne sais pas, en revanche.

Et sans surprise, avant que l'après-midi se soit écoulé et que le bateau soit enfin revenu, il y eut deux housses mortuaires à bord. Elle ne pouvait imaginer dans quel état se trouvaient les os désormais. Cependant, ces petits sacs fins contenaient des restes précieux, perdus depuis des décennies. Les policiers descendirent du bateau et marchèrent vers Mack. Ils se serrèrent les mains. L'un déclara :

— On n'est pas légistes, mais on dirait un enfant et un homme adulte.

— Vous avez pu identifier le véhicule ? demanda Doreen, anxieuse.

— Mieux que ça. Le permis et l'assurance se trouvaient dans la boîte à gants, dans un sac plastique. Il y a également un sac à dos en plastique, avec le nom de Paul à l'intérieur. On a remonté ça aussi. Vous aviez raison. Ce sont Paul et Henry, disparus depuis plus de vingt-neuf ans.

Elle recula, submergée par l'émotion. Sa réputation venait d'être sans doute d'être renforcée. Mais cette fois, elle était suffisamment fière d'elle pour ne pas se soucier de sa publicité. D'une manière ou d'une autre, elle avait purifié les noms de deux générations différentes de Huberts. Henry était désormais innocenté quant au kidnapping de Paul, et Josh l'était du meurtre de Celeste. Plus que ça, elle avait ramené deux personnes auprès des leurs, à leur place.

Elle renifla. Mack se tourna pour la considérer. Elle haussa les épaules et sourit.

— Je me sens comme si je devais rentrer chez moi, exactement comme je les ai ramenés chez eux. Je me sens un peu perdue.

Le regard de Mack se fit inquiet.

— Vous allez bien ?

— Je vais bien, répondit-elle en souriant. Je vais vraiment bien. En fait, je ne me suis jamais sentie aussi bien, depuis très longtemps.

Après avoir adressé un signe à la foule, elle appela les animaux et se dirigea vers sa maison.

Existait-il un mot plus doux dans tout le dictionnaire ?

Épilogue

À Mission, Kelowna, Colombie-Britannique
Mercredi, un jour plus tard…

D OREEN OUVRIT LA porte d'entrée, éloignant d'elle un Mugs aboyant comme un fou. Elle regarda fixement l'étranger, surprise.

— Oui ? Je peux vous aider ?

L'homme, dans un costume trois-pièces, l'air extrêmement élégant et bien trop parfait pour la petite ville de Kelowna, particulièrement pour sa maison, sourit et lui tendit la main.

— Je suis Scott Rosten, expert de la société de vente aux enchères Christie's.

Elle lui serra la main avec un peu trop d'enthousiasme.

— Oh, mon… Je ne vous attendais pas avant cet après-midi.

— Mon vol a eu de l'avance, répondit-il. Il n'y avait pas de raison d'attendre, donc, si je ne vous dérange pas, est-il possible d'entrer et de discuter maintenant ?

— Absolument ! Je vous en prie, entrez.

Elle ferma la porte derrière lui. Il s'arrêta dans le salon.

— Ouah…

Elle le regarda, anxieuse.

— Ouah ? Est-ce que c'est un bon ouah ou un mauvais ouah ?

— Ça pourrait être un très bon ouah.

Il alla jusqu'à la première petite chaise, la souleva pour vérifier la marque de fabrique, ses doigts caressant amoureusement le bord de la sculpture.

— On voit ces merveilles en photo, mais elles ne sont pas tout à fait pareilles en vrai.

— Sans compter ce que l'on ressent en touchant du bois véritable, enchérit-elle.

— Si vous êtes amateur d'antiquités, dit-il, ses doigts frôlant doucement le pied sculpté puis l'endroit où les coussins se joignent, c'est absolument remarquable.

— Vous pensez qu'ils sont d'origine ?

Il la dévisagea, surpris.

— Oh, ils le sont, de toute évidence !

— OK. D'accord. Alors, je sais que c'est du bois véritable et qu'il s'agit de meubles authentiques, mais est-ce que ce sont vraiment des antiquités ?

La tête de Doreen se chiffonna en une grimace. *Doreen, ressaisis-toi. Tu te comportes comme une idiote.*

— Je n'explique pas très bien… se justifia-t-elle.

Il leva une main.

— Si, si. Ce que vous voulez vraiment savoir, c'est s'il s'agit des pièces rares que nous espérons. Et pour celle-ci, je peux vous affirmer que la réponse est oui.

— Et il y a celle-là aussi.

Il se dirigea vers l'autre chaise, la souleva, l'étudia, la plaça à côté de la première, puis tomba à genoux devant la table basse.

— Ouah… Regardez donc l'ouvrage qui a été effectué

ici.

Il prit les deux pour les soulever avec précaution afin de pouvoir voir la marque de fabrique et les numéros situés sur le dessous.

Il hocha la tête.

— En voici trois d'un même ensemble. J'espérais tellement que les photos ne mentaient pas. Mais avant de pouvoir venir et vérifier par moi-même…

— Et le canapé ? demanda-t-elle, la voix pleine de doute. Il est sacrément gros.

— C'est ce qui en fait une pièce vraiment unique dans cet ensemble. Il était destiné à l'espace boudoir d'une grande chambre. Il voulait qu'il corresponde au lit. Montague n'en a réalisé que deux comme ça.

Ensemble, ils renversèrent doucement le canapé qui était suffisamment grand pour au moins six personnes. Il vérifia les griffes, sourit en en voyant deux, croassa de plaisir lorsqu'il vit la marque du fabricant et annonça alors :

— Tout ça appartient au même ensemble.

— Est-ce que cela signifie que vous pensez pouvoir les proposer aux enchères pour un prix décent ?

— Absolument. (Il posa les yeux sur elle.) Vous êtes prête à les laisser partir ?

— C'est intéressant que vous posiez cette question. Avant de découvrir qu'ils appartenaient à mon arrière-grand-mère, je n'avais pas d'attachement pour eux. Maintenant que je sais qu'ils sont dans ma famille depuis un siècle, c'est un peu plus difficile, mais oui, confirma-t-elle, je ne peux même plus m'asseoir dessus désormais, tellement je suis pétrifiée à l'idée de les abîmer.

— Bien sûr qu'ils se trouvent dans votre famille depuis des générations. Je sais que vous l'avez précisé et que votre grand-mère est toujours en vie. Que c'est elle qui a expliqué qu'ils avaient été en possession de sa grand-mère. Détenez-vous les papiers qui prouvent leur provenance ?

— C'est un nouveau mot que j'ai appris, dit-elle en souriant. Fen Gunderson est celui qui m'a expliqué le premier à quel point c'était important. Ma grand-mère m'a indiqué qu'il y avait un dossier dans la maison, quelque part, mais je ne suis pas tout à fait sûre de l'endroit où il est rangé. J'espérais qu'on puisse bouger certains de ces meubles et qu'alors, on le trouverait.

— Très bien, répondit-il. J'ai cru comprendre qu'un lit fait partie de l'ensemble, c'est exact ?

— Un lit et deux tables de nuit.

Il parut aux anges en entendant ces paroles.

Doreen le mena à l'étage, s'excusant à chaque marche :

— Je suis désolée. Je ne vous attendais pas avant cet après-midi, alors je n'ai pas encore nettoyé.

— Peu importe, peu importe.

Lorsqu'elle entra dans la chambre principale, il s'exclama de plaisir.

— C'est celui qui était sur les photos, précisa-t-elle. Je suppose que vous l'avez déjà vu.

— Et une fois de plus, les clichés ne lui rendent pas hommage, observa-t-il avec le sourire. (Il s'approcha de l'une des larges colonnes.) Absolument magnifique.

— Si vous le dites… Je vais être honnête, il s'agit de mon lit. Je dors dedans.

— Il y a normalement une paire de petits tiroirs que le fabricant intégrait dans la tête de lit, l'informa-t-il. Puis-je ?

— Absolument. Pourquoi faisait-il ça ?

— Parce qu'il désirait avoir un endroit où ranger ses lunettes et les pilules qu'il devait avaler le soir. Montague a construit ces petits compartiments pour convenir à ses besoins. Il a construit deux ensembles. Un pour lui, l'autre pour le vendre.

Monsieur Rosten s'assit sur l'un des côtés du matelas et vérifia avec douceur la tête de lit. Et comme il s'y attendait, cela ne prit que quelques minutes avant que Doreen n'entende un petit bruit de relâchement, et qu'un tiroir ne se dévoile. L'expert se tourna pour la regarder.

— Il est bien là. Et maintenant, je suis certain que c'est son œuvre.

Elle regarda dedans, mais il était vide. Elle haïssait le sentiment de déception qu'elle avait ressenti, alors qu'elle ignorait l'existence de ce tiroir et qu'elle aurait pu vérifier en premier.

Il se leva, fit le tour du lit et proposa :

— Vous voulez voir comment on les ouvre ?

Elle hocha la tête et se pencha par-dessus l'épaule de l'expert tandis qu'il pressait le tout petit bouton. Là aussi, le second tiroir secret s'ouvrit.

— Nan a raconté que sa grand-mère avait l'habitude de cacher des bonbons à son intention dans un tas de meubles et qu'elle les cherchait partout, tout le temps.

— Eh bien… (Il en tira un chocolat enveloppé dans du papier doré.) Ce doit en être un. Peut-être devriez-vous le donner à Nan. Même s'il est périmé de plusieurs décennies.

Doreen tendit sa main, émue en pensant à sa grand-mère petite fille courant partout dans la maison à la recherche de friandises.

— C'est un moment vraiment spécial, murmura-t-elle. Cela vous dérangerait qu'on le replace dans le tiroir ? Je voudrais prendre une photo. Je lui apporterai cet après-midi.

— Si vous désirez toujours vendre, je dois m'arranger

pour un envoi en bonne et due forme. Et ça prendra plusieurs jours. Chaque pièce doit être enveloppée correctement.

— Compris, acquiesça-t-elle.

Il la regarda.

— Mais ça signifie que vous n'aurez plus de lit.

— Je meurs de faim également, lui apprit-elle en souriant. Je n'ai pas de travail, et j'essaie de conserver un toit au-dessus de ma tête. Je peux trouver un autre lit dans lequel dormir.

Il hocha la tête, compréhensif.

— C'est bien. (Il contempla les tables de nuit.) Tomber sur l'ensemble du salon et celui de la chambre en même temps est absolument merveilleux. La seconde collection n'est plus au complet.

— Y a-t-il d'autres pièces qui le composent, autre que celles que nous avons déjà trouvées ?

Il hocha la tête.

— Trois buffets, une grande commode, une commode basse et une coiffeuse.

Ses yeux firent le tour de la chambre et s'illuminèrent devant la coiffeuse.

Elle n'avait jamais vu un homme pleurer. Mais il se tenait, tremblant, devant le meuble, comme si c'était la plus belle chose qu'il ait croisée dans sa vie. Elle se leva et demanda :

— Est-ce qu'il s'agit de la fameuse coiffeuse ?

Il se contenta d'acquiescer, complètement incapable d'articuler un mot.

— Je suppose qu'elle fait partie de l'ensemble, alors. (Elle ouvrit les tiroirs.) Je n'ai pas encore eu l'occasion de les fouiller.

— Peut-être devriez-vous vous en occuper maintenant, car j'ai vraiment besoin de vérifier la griffe en dessous, qui confirmera que ça fait partie du même ensemble. Ce miroir a l'air très fragile.

Elle craignait de le déplacer, mais ils le firent glisser vers l'avant afin que l'expert puisse se faufiler à l'arrière et contrôler les marques qu'il recherchait.

Lorsqu'il se releva, un sentiment de paix illuminait son visage. Il continua de caresser le bord du miroir.

— C'est sans aucun doute l'un des éléments. Il devrait également posséder deux tiroirs secrets.

Doreen le dévisagea avec surprise.

— Où ça ?

Il gloussa.

— Et si je vous laissais quelques minutes pour voir si vous pouvez les trouver par vous-même ?

Elle ne découvrit aucun compartiment comme ceux de la tête de lit. Ses doigts glissèrent sur le dessus puis sur les côtés. Elle haussa les épaules et s'adressa à lui :

— Je n'en ai aucune idée.

— C'est l'une des raisons pour lesquelles nous devons vider les tiroirs. Car l'un des emplacements secrets se trouve derrière l'un d'entre eux.

Elle prit des cartons vides ainsi qu'un panier à linge et ouvrit ensuite les tiroirs, renversant en douceur leur contenu dans les cartons. Il y avait de tout, des papiers aux carnets en passant par du parfum et quelques bijoux. C'était juste une partie de la collection de Nan.

— Je n'ai pas encore eu l'occasion de trier tout ça, dit-elle.

Il y avait six petits tiroirs, trois de chaque côté, et un plus grand au centre. Avec tous les rangements tirés, assis sur le lit, l'expert pressa un petit bouton sur le devant et un tiroir à l'intérieur sortit à l'arrière. Dedans se trouvait une petite enveloppe capitonnée de velours. Il la saisit et la tendit à Doreen.

Elle la décacheta et fit tomber dans sa main ce qui semblait être un médaillon. Elle l'ouvrit et l'air se retrouva bloqué dans sa gorge.

— Oh, mon…

C'était l'image d'une femme qui avait une cinquantaine d'années et, de l'autre côté, celle d'un bébé.

— Vous connaissez ces personnes ?

— C'est ma Nan, précisa-t-elle en tapotant le visage de la femme. Et je dirais que là, c'est moi.

— Eh bien voilà. La famille, c'est la famille. Est-ce votre grand-mère maternelle ou paternelle ?

— Paternelle, répondit-elle. Mon père est mort après une vie folle et déchaînée, d'une overdose de drogue, il y a un paquet d'années. Ma mère est restée amie avec Nan pour mon bien, et parce que Nan nous a beaucoup aidées pendant mon enfance.

Avec précaution, elle referma le médaillon et le remit dans la pochette en velours. Pour éviter de la perdre, elle la glissa dans sa poche.

— Je demanderai à ma grand-mère pour être sûre.

— Faites donc cela. Maintenant, trouvons l'autre tiroir.

Il le fit s'ouvrir. S'y trouvait un autre chocolat enveloppé de papier doré. Elle rit de joie et prit une autre photo, attrapa le chocolat et le plaça à côté du premier qu'elle avait posé sur le rebord de la fenêtre.

L'expert observa le meuble.

— Vous êtes vraiment bénie.

— Et je ne savais même pas ce que je possédais, déclara

Doreen en souriant.

Il désigna d'un geste le reste de la chambre.

— Vous ne semblez pas détenir les trois buffets.

— Il y en a un à l'arrière du placard. Je n'ai pas été capable d'y accéder.

Il la regarda elle, puis le placard, avant de dire :

— Ce serait vraiment bien si vous pouviez y parvenir.

Elle ouvrit la porte du placard afin qu'il puisse constater à quel cauchemar elle faisait allusion. Il souffla.

— De toute évidence, Nan aimait les vêtements.

— De toute évidence… (Elle repoussa certains des habits afin qu'il puisse distinguer le fond du placard, qui mesurait environ un mètre de profondeur.) Voici la commode. Petite, cependant.

Il se fraya un chemin avec elle.

— Il faut qu'on la sorte, intima-t-il, excité.

C'était vraiment difficile d'y parvenir, mais, peu à peu, ils dégagèrent le chemin et la firent glisser vers l'avant. Quand elle fut finalement libérée du désordre du placard, Doreen constata qu'elle faisait vraiment partie du même ensemble.

— Et ceci vous donne une idée de comment ces pièces ont été traitées, commenta-t-elle en secouant la tête. Au lieu d'être considérée comme un objet de valeur, celle-ci a été fourrée dans un placard pour une raison inconnue.

— C'est assurément l'une des commodes, confirma l'expert. Avez-vous vu les deux autres ?

— Pas encore.

— Les seuls autres éléments manquants sont une commode basse et une commode haute.

Il vérifia à l'intérieur du placard, avec espoir.

— Qu'est-ce qu'une commode haute ? demanda-t-elle

quand il se redressa.

Il désigna son torse.

— C'est un coffre étroit et haut, généralement destiné à un homme.

— Alors, celle-ci pourrait être la commode pour dame ? demanda-t-elle en désignant le meuble qu'ils venaient de dénicher.

Il acquiesça.

— Oui. Et ça aurait plus de sens qu'il se trouve près de la coiffeuse et du lit. Mais je ne vois aucun signe de lui. Cependant, ce serait un énorme atout de posséder l'ensemble complet.

— Est-ce qu'on est vraiment certain que cette commode fait partie de l'ensemble ?

Il l'examina activement. Elle patienta en retenant son souffle en attendant sa réponse. Il s'exclama :

— Venez constater par vous-même !

Elle se pencha derrière lui pour le regarder passer doucement ses doigts sur les marques.

— Alors, elle l'est, n'est-ce pas ?

— Elle l'est, en effet. (Il sourit.) C'est l'un des plus beaux jours de ma vie. Maintenant… êtes-vous sûre d'être prête à voir partir toutes ces pièces ?

— Absolument.

— Pouvons-nous de nouveau jeter un œil et contrôler si vous avez d'autres meubles de cet ensemble ? Et, si vous êtes encline à les vendre, je prendrai les dispositions pour leur expédition.

— Vous me donnerez tous les reçus, n'est-ce pas ? interrogea-t-elle, hésitante.

— Absolument, répondit-il en riant. Il y aura un tas de paperasse pour rendre compte de ça.

Se sentant soulagée, elle saisit deux cartons de la chambre d'amis, les ramena et vida les tiroirs de la commode du placard.

— Vous ne voulez même pas vérifier ce qu'ils contiennent ? s'étonna-t-il, derrière elle.

— J'aimerais tous les passer en revue, mais de toute évidence, nous n'en avons pas le temps maintenant.

L'intégralité du tiroir du haut contenait des écharpes et des accessoires. Le second, des bas. Elle en tint une paire.

— Ils sont en soie, indiqua l'expert, de la belle soie.

Elle secoua la tête.

— Ma grand-mère possède un tas de choses de haute qualité, visiblement.

Elle trouva plusieurs autres objets, les plaça tous dans le carton, et, au moment où elle arriva au sommet, en sortit un énorme dossier en accordéon, rempli de papiers. À sa vue, elle devint tout excitée.

— C'est peut-être ça ! cria-t-elle.

Il était à ses côtés.

— C'est peut-être quoi ?

— Le dossier, avec la provenance, précisa-t-elle. Ça va me prendre du temps de lire tout ça, il est plein à craquer. (Elle désigna la commode.) Pouvez-vous jeter un œil et vous assurer qu'il n'y a absolument rien d'autre là-dedans ?

— Sortons tous les tiroirs, proposa-t-il, parce que, oui, il pourrait y avoir deux tiroirs secrets en plus dans la commode également.

Avec les quatre tiroirs retirés, ils purent constater que plusieurs objets se trouvaient dans le fond. Une fois ceux-ci collectés, l'expert actionna le même mécanisme que celui de la coiffeuse et il y eut deux tiroirs de plus. L'un renfermait une paire de boutons de manchette.

Doreen les observa avec stupéfaction.

— Ils ont l'air d'avoir de la valeur, dit l'expert. Cela me fait espérer que la commode haute est dans le coin, car ce sont des accessoires d'homme.

Elle admira les pierres rouges.

— Grenat ou rubis ?

— Rubis, assurément, affirma-t-il en souriant.

Elle secoua la tête et les rangea de côté, dans le même sac en velours que le médaillon.

Dans l'autre tiroir se trouvait une photo. Doreen se mit à rire.

— Et voici Nan quand elle était petite fille.

Elle regarda le cliché, sourit, et le tendit à l'expert. Au dos était indiqué le vrai nom de Nan, Willa Montgomery.

— J'adore ces petits tiroirs secrets, s'extasia-t-elle.

Le regard de l'expert fit le tour de la chambre et il demanda :

— Y a-t-il une chance que vous dormiez ailleurs cette nuit ? Nous avons mis la pagaille dans votre chambre.

— Je peux utiliser la chambre d'amis, au moins pour ce soir.

Il observa le grand placard.

— Je suis désolé, mais cela vous dérange si je fouille pour m'assurer qu'il n'y a rien d'autre ici ?

— Je vous en prie. Je sais que des étagères se trouvent dans le fond. Je ne sais pas pourquoi Nan a placé des cintres sur le devant.

— Je pense que vous trouverez, une fois que tout ça sera dégagé, un espace entre les deux rangées de vêtements suspendus pour traverser. C'est l'adaptation d'un dressing.

— C'est le chaos, corrigea-t-elle en riant.

Le visage de l'expert s'éclaira d'un sourire.

— C'est ça.

À cet instant, elle entendit le facteur ouvrir la fente pour le courrier. Mugs aboya comme un fou. Doreen soupira.

— Je dois descendre et sauver le courrier. Mon chien a décidé que c'était quelque chose qu'il était en droit de déchirer.

— Oh ! ma chère… Vite, allez-y !

Elle se précipita jusqu'à la porte d'entrée et y trouva Mugs, une lettre dans la gueule. Tandis qu'il passait à côté de Goliath, ce dernier le frappa au museau. Mugs grogna et fit tomber l'enveloppe. Thaddeus déboula rapidement entre les deux et attrapa le papier avant de foncer dans la cuisine.

Doreen leva les deux mains, frustrée.

— Que vous arrive-t-il, les amis ? Arrêtez !

Elle accula Thaddeus, qui traînait toujours la lettre, bien trop grande pour lui, jusqu'à la table de la cuisine. Elle le sortit de son bec et le tint au-dessus de sa tête.

— Stop ! C'est mon courrier, pas le tien.

À la suite de ce remue-ménage, l'expert était descendu pour vérifier si tout allait bien. Il s'arrêta et sourit.

— C'est vraiment incroyable que vous viviez dans cette maisonnée chaotique.

— Mais pas très bénéfique pour les antiquités, répondit-elle en roulant des yeux.

L'expert gloussa.

Elle ouvrit l'enveloppe.

— Intéressant… Il n'y a pas d'adresse d'expédition ni de timbre.

— Quelqu'un l'a glissée dans la fente pour vous alors, supposa-t-il.

Elle hocha la tête et ouvrit. Il n'y avait qu'une seule feuille. *Chère Femme aux ossements.*

— Oh ! oh !… murmura-t-elle.

Je vois que vous êtes réellement intéressée par les affaires classées, et vous avez un sacré talent pour les résoudre… Je me demandais si vous pouviez m'aider avec la mienne. Mon beau-frère a disparu il y a vingt-cinq ans, et on n'a plus jamais entendu parler de lui. Je sais que je n'ai aucun droit de le demander, mais, si vous aimez les mystères, appelez-moi s'il vous plaît. J'ai des preuves, une dague de Johnny qui a été retrouvée enterrée à l'endroit où il a disparu. Je l'ai découverte en plantant un nouveau lit de dahlias, mais je ne sais pas si ça suffit à commencer une investigation. J'ai bon espoir. S'il vous plaît, contactez-moi.

À la suite de cette requête se trouvait un numéro de téléphone, et la lettre était signée Penny.

Doreen fixa le mot avec surprise.

— Eh bien, regardez ça. On dirait qu'on a décroché notre prochain mystère ! Une dague dans les dahlias !

Ça sonnait très bien.

C'est la fin du tome 3 de *Jolis Jardins Maudits, Un cadavre dans les œillets.*

Découvrez *Une dague dans les dahlias : Jolis Jardins Maudits,* tome 4

Jolis Jardins Maudits : Une dague dans les dahlias, tome 4

Un nouveau polar « cozy mystery », par Dale Mayer, auteure de best-sellers au classement du USA Today. Suivez les aventures de Doreen Montgomery, jardinière et détective en herbe, et de ses adorables assistants (un chat, un chien et un perroquet) dans leurs enquêtes criminelles dans la jolie ville de Kelowna au Canada.

Du luxe à la misère… Le chaos s'apaise… Le crime rôde… Et les affaires classées ne sont jamais vraiment terminées…

Après avoir passé un mois dans la ville pittoresque de Kelowna, Doreen Montgomery n'arrive pas à se faire discrète et ne peut s'empêcher de mettre son nez dans ce qui ne la concerne pas. Maintenant, toutes les pauvres âmes ayant perdu un être cher viennent lui demander son aide. Si

Doreen n'a aucune envie que les médias apprennent sa découverte d'une autre affaire classée, elle est déjà plongée dans l'enquête…

Mais ce n'est pas tout. La rumeur court selon laquelle la vieille maison de Nan regorgerait d'antiquités de valeur, des objets de collection qu'elle a légués à Doreen. Les résidents les plus cupides de leur adorable ville s'approchent déjà comme des vautours. Avec l'aide précieuse de ses animaux, Doreen doit mener l'enquête sur cette affaire, corriger les injustices du passé et protéger sa maison tout en échappant aux médias… et au brigadier Mack Moreau.

Le tome 4 est disponible !

Pour en savoir plus, visitez le site web de Dale Mayer.

https://geni.us/DMFRDaggerUni

Note de l'auteure

Merci d'avoir lu *Un cadavre dans les œillets : Jolis Jardins Maudits, tome 3* ! Si vous avez apprécié le livre, merci de prendre un moment pour laisser votre avis.

Chers lecteurs,

J'aime avoir de vos nouvelles, alors n'hésitez pas à me contacter sur mon site web : www.dalemayer.com ou sur ma page d'auteure Facebook. Pour être informés des nouvelles parutions et des offres spéciales, inscrivez-vous à ma newsletter ou suivez-moi sur BookBub. Si vous souhaitez rejoindre mon groupe de lecteurs, voici la page d'inscription sur Facebook.

À bientôt,
Dale Mayer

À propos de l'auteure

Dale Mayer est une auteure de best-sellers au classement de *USA Today*, connue pour ses romances militaires sur les forces spéciales, sa série *Psychic Visions* et sa série *Jolis Jardins Maudits*, dans le genre cozy mystery. Ses romances contemporaines sont vibrantes d'émotion et de passion (série *Broken But... Mending, Hathaway House*). Ses thrillers vous laisseront à bout de souffle (séries *By Death* et *Kate Morgan*) et ses comédies romantiques vous feront rire aux éclats (*It's a Dog's Life*, une novella hors-série, et la série *Broken Protocols* avec Charming Marvin, le chat).

Elle laisse libre cours aux séries qui lui viennent… dont certaines sont carrément folles, enfreignant toutes les règles et croisant différents genres !

En plus de ses romans de fiction, elle écrit également des textes documentaires dans de nombreux domaines, dont la rédaction de CV, le jardinage de loisir et le système de crédit immobilier américain. Elle a récemment publié la série professionnelle *Career Essentials*. Tous ses livres sont disponibles aux formats papier et ebook.

Contactez Dale Mayer en ligne

Site web de Dale – www.dalemayer.com
Twitter – @DaleMayer
Facebook Page – geni.us/DaleMayerFBFanPage
Facebook Group – geni.us/DaleMayerFBGroup
BookBub – geni.us/DaleMayerBookbub
Instagram – geni.us/DaleMayerInstagram
Goodreads – geni.us/DaleMayerGoodreads
Newsletter – geni.us/DaleNews